너무도
아름다운 사랑

HAWK O'TOOLE'S HOSTAGE

너무도
아름다운 사랑

산드라 브라운
나채성 옮김

HAWK O'TOOLE'S HOSTAGE

Sandra Brown

큰나무

나 채 성
이화여대 사회사업학과 졸업
역서로『사로잡힌 신부』,『불꽃 같은 사랑』,
『오랜 기다림 후에』,『사랑의 텍사스』
『연인들의 텍사스』,『침대에서 아침을』외 다수

너무도 아름다운 사랑

지은이 / 산드라 브라운
옮긴이 / 나채성

펴낸곳 / 도서출판 큰나무
펴낸이 / 한익수

초판 인쇄 / 1998년 4월 20일
초판 발행 / 1998년 4월 30일

등록 / 1993년 11월 30일(제5-396호)
주소 / 120-090 서울시 서대문구 홍제동 215
전화 / 736-9653 · 736-6960 팩스 / 732-8694
통신 / 유니텔 ID : 큰나무북

ISBN 89-7891-055-6   03840

▶잘못 만들어진 책은 바꾸어 드립니다.

값 7,000원

어쩌다가 사랑이 되어 버렸을까. 그 사람은 납치극을 벌인 죄인이었고, 그녀는 바로 그 사람에게 납치된 포로인 것을.

뮤지컬 '지저스 크라이스트 슈퍼스타'에서 막달라 마리아의 사랑 노래가 하나 있다. 잘 알려진 노래, 'I DON'T KNOW HOW TO LOVE HIM'(그분을 어쩌다 사랑하게 되었는지 모르겠어요)이 그것이다.

사랑이란 이렇게 자신도 모르는 사이에, 예기치도 못한 어느 순간에 찾아오는 것인 모양이다. 만약 사랑을 예상하고 이 남자가 내 짝이라는 걸 미리 알 수만 있다면, 고민하며 방황하고 또 가슴 태우며 안달할 필요도 없을 텐데. 그렇지 못하기에 사랑에는 언제나 가슴 아픈 사연이 동반되기 마련이다. 그 사람은 내 사랑을 알지 못하고, 나 자신도 사랑이란 걸 모르는 사이 멀어지게도 될 수 있다. 하지만 또한 그런 이유로 해서 사랑이란 것이 그렇게 몇 세기가 지나고 국경을 초월해서라도 불가사의한

신비의 영역으로 남는 것이 아닐까. 그러기에 '사랑'이 아련한 꿈을 꾸는 듯한 단어로 남는 것이 아닐까.

　하지만 그 아련한 사랑을 나의 것으로 쟁취하기 위해서는 무엇보다 중요한 것이 있다. 솔직하게 자신의 마음을 인정하는 것, 그리고 상대방을 위하여 노력하는 것. 그래야 만약 일치되지 않는 사랑이라 해도 후회가 남지 않을 것 아닌가. 나중에 후회하는 것이 무슨 소용인가. 지금 현 시점에서 최선을 다하는 것이 동서고금의 변하지 않는 사랑의 진리가 아닐까.

　아름다운 만남을 위하여, 또 아름다운 사랑을 위하여, 지금 우리는 할 일이 참으로 많다. 그걸 한 번 해 보면 어떨까? 지금 바로 이 순간 말이다.

　여러분 모두 사랑의 전쟁에서 승리자가 되기를……

나 채 성

1

   그들은 진짜 기차 강도처럼 보였다. 지저분한 모자챙에서부터 부츠의 짤랑거리는 박차에 이르기까지, 미란다의 눈에 틀림없는 강도들로 보였다.

   철로 앞에는 나무들을 쌓아 만든 임시 바리케이드가 가로막혀 있었다. 기차는 그 장애물과 충돌하지 않기 위해 브레이크를 걸었다. 기차의 엔진 굴뚝에서 일련의 뿌연 안개가 뿜어져 나오면서 기차는 급한 끼익 소리와 함께 멈춰 섰다.

   훌륭히 제 역할을 연기해 내고 있는 배우들이 철로 양쪽의 울창한 숲에서 고함을 지르며 달려나왔다. 천둥치는 듯한 말발굽 소리가 힘껏 지면을 파헤치는 소리를 내며 그들은 철로 옆에 정지했다. 훈련이 잘 된 말들이 차렷자세를 취하는 동안, 권총을 빼든 복면 강도들이 말에서 내려 기차에 올라탔다.

"이런 말은 안내서에 없었다구요."

승객 중 여자 한 명이 불안하게 입을 열었다.

"당연하지, 여보. 알았다면 놀라지 않을 거 아냐."

그녀의 남편이 낄낄거리며 대답했다.

"굉장한 쇼야, 그렇지?"

미란다 프라이스도 그렇게 생각했다. 굉장한 쇼, 여행 경비가 하나도 아깝지 않을 만큼. 이 미리 짜여진 강도 행위는 모든 승객들을 매혹시켰다.

그 중에서도 미란다의 여섯 살난 아들, 스콧보다 더 매혹된 사람은 없을 것이다. 그녀의 옆 좌석에 앉아 있는 아이는 그 연극에 완전히 넋이 나가 있었다.

아이는 밝게 빛나는 눈동자를 무법자 일당의 두목에게 고정시켰다. 다른 강도들이 객차의 앞뒤에 서서 경계 태세를 취하는 동안, 두목인 듯한 사내가 좁은 기차의 복도로 천천히 걸어오고 있었다.

"모두 진정하시오, 자리에 앉아 있기만 하면 아무도 다치지 않을 거요."

그는 아마 일시적으로 일자리를 잃어버린 할리우드의 배우든지, 아니면 들쭉날쭉한 수입을 보충하기 위해 이 여름 한철 직업을 받아들인 스턴트맨인지도 몰랐다. 그가 이 일에 얼마를 받든지간에 그건 충분치 않다고 미란다는 생각했다. 그는 정말 아주 완벽하게 역할에 어울렸다.

얼굴 아래쪽을 가린 스카프 탓에 그의 목소리가 응얼거리는 듯 들렸지만, 고풍스런 객차 안에 있는 모든 승객들에게 충분히 잘 전달되었다. 그의 의상은 아주 그럴 듯했다.

눈썹 바로 위까지 깊숙이 눌러쓴 까만 모자, 길게 늘어진 더스터(먼지 방지용 웃옷), 그리고 엉덩이 둘레에는 가죽 권총 벨트를 두르고 허벅지에 권총집을 잡아맸다. 권총집은 지금 비어 있었다. 승객의 얼굴을 하나하나 살피며 좌석들을 훑어보는 그의 장갑 낀 오른손에 콜트 권총이 들려 있었기 때문이었다.

"저 사람이 진짜 우리 걸 빼앗는 건가요, 엄마?"

스콧이 낮게 소곤거렸다.

미란다는 아니라고 고개를 흔들면서도, 그 강도에게서 시선을 떼지 않았다.

"그냥 흉내내는 것뿐이야. 무서워할 거 하나도 없단다."

하지만 그렇게 말하는 자신마저 확신이 서지 않았다. 그 순간 배우의 눈이 그녀에게 내리꽂혔다. 그녀는 날카롭게 숨을 들이마셨다. 작열하는 레이저 빛과도 같은 눈빛이 곧장 그녀를 꿰뚫어 버릴 듯 날아왔다. 그의 눈빛은 숨이 멎을 것 같은 맑은 파란 색이었지만, 단지 그 이유 하나만으로 숨을 삼킨 것은 아니었다. 그 눈 속에 담긴 강렬한 적대감이 연기의 일부라면, 그의 재능은 이런 기차 안에서 낭비되고 있는 것이다.

그 불타는 시선이 미란다에게서 떠나지 않았다. 그 잠깐의 얼어붙은 것 같은 정적을 깨고, 그녀 바로 앞에 앉은 남자가 유쾌한 어조로 질문을 했다.

"주머니를 비워 낼까요, 총잡이 양반?"

아까 아내를 안심시켰던 그 남자였다.

그 무법자는 시선을 돌려 남자를 내려다보고는 간결하게 어깨를 으쓱였다.

“물론.”

그 남자는 웃으며 일어섰다. 그리곤 그의 뚱뚱한 몸매에 어설프게 걸쳐져 있는 격자 무늬 버뮤다 반바지 주머니를 뒤지다가 신용 카드가 나오자 복면한 무법자의 얼굴 앞에 그걸 흔들어 보였다.

“이거 없이는 절대 집을 떠나지 말 것.”

선언하는 듯한 목소리로 말한 다음 그는 낄낄거리며 웃었다.

기차 안의 다른 사람들도 그와 같이 웃어댔다. 하지만 미란다는 웃지 않았다. 그녀는 그 무법자를 뚫어지게 쳐다보았는데, 그의 눈에도 아무런 웃음기가 배어 있지 않았다.

“앉으시오.”

그가 낮은 목소리로 중얼거렸다.

“아, 알겠소. 화내지 마시구려. 다른 주머니도 있으니까.”

그 여행객은 다른 주머니에서 현금을 한 움큼 꺼내 내밀었다. 그러자 무법자는 권총을 잡고 있는 오른손은 조금도 움직이지 않고 왼손으로 돈을 받아 들었다.

“됐어.”

해냈다는 듯이 환하게 웃으며 외친 그 남자는 동의를 구하듯 주위를 둘러보았다. 다른 승객들에게서 환호가 터져나왔다. 모두가 박수 갈채를 보냈고, 몇몇은 휘파람을 불어대기까지 했다.

그 무법자는 더스터 주머니에 현금을 쑤셔 넣었다.

“고맙소.”

남자가 여전히 불안해 하는 아내 옆에 앉아, 그녀의 손을 톡톡 두들겼다.

“다 재미있으라고 하는 거야. 당신도 즐기라고.”

무법자는 그들을 무시하고 미란다와 창문 사이에 앉은 스콧을 내려다보았다. 아이는 입을 떡 벌린 채 복면한 사내를 올려다보고 있었다.

"안녕."

"안녕."

소년이 인사를 되돌렸다.

"내 탈출을 도와주겠니?"

순수한 아이의 눈동자가 휘둥그래졌다. 그리고 벌어진 이를 드러내며 활짝 웃었다.

"좋아요!"

"스콧."

미란다가 조심스레 입을 열었다.

"난……."

"아이는 괜찮을 거요."

스카프 위로 보이는 딱딱한 시선은 미란다의 근심을 전혀 덜어 주지 못했다. 오히려 더 증가시켰다면 모를까. 그 차가운 눈빛은 악당의 말이 거짓임을 드러내고 있었다.

그가 스콧에게 손을 내밀자 소년은 열성적으로 그 손을 붙잡고는 엄마의 다리를 넘어 통로로 나갔다. 스콧을 앞장세운 채, 무법자는 객차 앞쪽으로 걸어갔다. 어른들은 환호를 지르며 용기를 북돋았고, 기차 안의 다른 어린애들은 스콧을 부러운 듯이 쳐다보았다.

"봤지?"

아까 무법자에게 돈을 건네 준 미란다 앞의 그 남자가 아내에게 말했다.

"모두 다 게임이라고 했잖아. 아이들까지 합류시키고."

그때까지는 약간 멍하니 앉아 있던 미란다는 악당과 자신의 아들이 통로를 반쯤 걸어가자 벌떡 일어나 그들을 뒤쫓기 시작했다.

"잠깐만! 아이를 어디로 데려가는 거예요? 기차에서는 내리지 않았으면 좋겠어요."

사내가 홱 돌아서더니 또다시 강렬한 푸른 눈으로 그녀를 찌를 듯 쳐다보았다.

"아이는 괜찮을 거라고 했잖소."

"어디로 데려가는 거예요?"

"말을 타러."

"내 허락 없이는 안 돼요."

"제발요, 엄마?"

"이봐요, 아이한테 기회를 좀 줘요."

아내를 안심시키던 그 밉살스런 사내가 끼어들었다.

"재미있잖소. 아이가 좋아할 거요."

미란다는 그를 무시하고 이제 객차 입구까지 스콧을 재촉하여 데려간 무법자를 향해 더욱 빨리 걸었다.

"그러지 말라고……."

"앉으시오, 마담. 그리고 조용히들 해!"

그녀는 거친 목소리에 놀라 몸을 돌렸다. 뒤쪽 입구를 지키던 두 명의 강도가 어느새 다가와 그녀의 뒤를 막아서고 있었던 것이다. 두 강도의 복면 위의 눈동자는 신중하고 불안하며 거의 공포스럽다고 할 만했다. 그녀가 잘 짜여진 계획을 망쳐 버릴까 봐 걱정이라도 하듯. 그 순간 미란다는 게임이 아니라는 걸 깨달았다.

이건 게임이 아니야, 절대로. 그녀는 휙 몸을 돌려 달려나갔다. 입구에서 언뜻 이미 말에 타고 있는 두 남자가 걱정스레 주위를 살피는 동안, 아까의 그 두목 같은 사내가 자신의 말 안장에 스콧을 태우고 있는 것이 보였다.

스콧은 말갈기를 움켜잡고 흥분하여 소리쳤다.

"와우, 굉장히 크네요. 내가 아주 높이 올라왔어요."

"잘 잡아라, 스콧. 놓치지 마. 그게 아주 중요하단다."

무법자가 지시를 했다.

'스콧! 저자가 내 아들의 이름을 알고 있어.'

미란다는 무작정 계단을 휙 뛰어내렸다. 완전히 아이를 보호하고자 하는 모성 본능에 의해서였다. 자갈 깔린 철로에 부딪혀 고통스런 손과 무릎을 문지르며 일어선 순간, 두 명의 악당이 순식간에 그녀 옆으로 와, 스콧에게 달려가려는 그녀의 팔을 잡아 제지했다.

"여자는 내버려 둬."

그들의 두목이 외쳤다.

"어서 타. 여기서 떠나야 한다구."

두 사내가 그녀를 풀어 주고 자신의 말로 달려갔다. 한 손으로 말고삐를 쥐고 다른 손에는 권총을 든 두목이 기차 쪽으로 턱을 치켜올리며 미란다에게 명령했다.

"기차로 돌아가시오."

"내 아들을 내려 줘요."

"아이는 다치지 않을 거라고 했소. 하지만 만약 당신이 내 말대로 기차로 돌아가지 않으면 당신은 문제가 달라."

“그 사람 말대로 해요.”

겁에 질린 목소리가 들려 왔다. 소리나는 쪽으로 몸을 돌리니 철로 옆 자갈에 엎드려 있는 기관사의 모습이 눈에 들어왔다. 두 손은 머리 위로 올린 채였다. 또다른 강도들이 그 기관사 옆에서 총을 겨누고 있었다.

미란다는 공포로 비명을 내지르고 말았다. 그리고 두 팔을 벌리며 아들에게 달려갔다.

“스콧, 내려와!”

“왜요, 엄마?”

“당장 내려!”

“못 내려가요.”

아이가 울부짖었다. 엄마의 걱정이 전달된 것일까, 여섯 살난 아이의 마음에 갑자기 이 모든 것이 더이상 놀이가 아니라는 생각이 들었던 걸까. 말갈기를 움켜쥐었던 작은 손가락에 힘이 들어갔다.

“엄마!”

아이가 비명을 질러댔다.

미란다는 아이가 타고 있는 말의 고삐를 잡고 있는 사내에게 달려들었다. 그 두목은 거친 욕설을 내뱉었다.

“기차에서 아무도 못 내리게 해.”

그가 부하들에게 명령했다.

기차 한쪽의 창문에 다닥다닥 붙어 내다보던 승객들이 점점 공포에 휩싸이기 시작했다. 어떤 이들은 미란다에게 충고의 말을 소리쳤고, 다른 이들은 공포로 비명을 질러댔다. 또 어떤 이는 너무 충격적이고 두려운 나머지 아무 말도, 아무런 행동도 하지 못했다.

부모들은 각각 자신의 아이들을 끌어당겨 죽을 힘을 다하여 끌어안았다.

미란다는 야생 고양이처럼 몸부림을 쳤다. 잘 다듬어진 손톱이 야수의 발톱이 되어 강도의 얼굴을 할퀴려 했다. 그러나 그의 손이 수갑처럼 그녀의 손목을 죄었다. 그의 월등한 완력에 그녀는 상대가 되지 않았다.

하지만 그녀는 필사적으로 그의 정강이를 걷어차고 무릎으로 그의 사타구니를 세게 차올렸다. 놀라움과 고통의 신음 소리가 사내에게서 흘러나왔다.

"내 아들을 놔줘!"

복면한 사내가 힘껏 밀어 버리자 그녀는 뒤로 비틀거렸다. 미란다는 엉덩이가 쾅당 땅에 부딪혔지만, 즉시 튕겨 일어나 등자에 다리를 올린 그자의 한쪽 부츠를 붙잡고 늘어졌다. 그가 균형을 잃고 흔들리자, 그녀는 그의 갈비뼈를 어깨로 힘껏 들이받았다. 그리고 스콧에게 손을 뻗었다.

스콧은 엄마의 가슴으로 뛰어내렸다. 너무나 강하게 부딪혀 숨이 막힐 지경이었지만 그녀는 아이를 끌어안고 방향을 돌려 미친 듯이 내달렸다. 다른 악당들이 모두 말에 올라탔다. 말들이 주위의 소란스러움에 날카로워져, 이리저리 발길질을 하며 먼지를 일으켰다. 그 바람에 미란다는 눈앞이 제대로 보이지 않았고 코와 목으로 숨쉬기도 힘들어졌다.

수천 개의 가시가 머리를 콕콕 쑤신다는 생각이 드는 찰나 그 무법자가 그녀의 머리채를 세차게 잡아당기고 있었다.

"빌어먹을 여자."

그가 저주를 퍼부었다.

"아주 쉬울 수도 있었다구."

그녀는 과감히 스콧을 내려놓고 무법자의 복면으로 손을 뻗었다. 중간에서 그녀의 손을 낚아챈 무법자는 이해할 수 없는 말로 부하들에게 명령을 내렸다. 부하 중 하나가 즉시 소용돌이치는 먼지 구름을 뚫고 나타났다.

"아이를 데려가. 자네와 같이 타라구."

"싫어!"

스콧이 미란다에게서 떨어지지 않으려고 안간힘을 썼다. 그러나 그 부하는 아주 쉽게 아이를 들어올려 자신의 말에 태웠다. 무법자는 그녀에게 팔을 뻗어 그녀의 배를 꽉 졸라매 뒤로 끌어당겼다. 그녀는 지금까지보다 더 힘껏 젖먹던 힘을 다해 투쟁했다. 발에 힘을 줘 끌려가지 않으려고 애쓰면서 두려움에 울부짖는 스콧을 시야에서 놓치지 않으려고 안간힘을 썼다.

"아이에게 손을 댔다간 죽여 버릴 거야."

무법자는 그녀의 위협에도 꿈쩍하지 않는 듯했다. 그는 자신의 말에 올라타 그녀를 잡아 올렸다. 그가 말에 박차를 가했을 때, 그녀는 반쯤 안장에 오르고 반쯤은 그의 팔에 매달린 상태였다.

말은 한 번 원을 그리더니 울창한 숲으로 번개처럼 질주해 갔다. 다른 말들도 그 뒤를 따랐다.

말발굽 소리가 고요한 숲속에 천둥처럼 울려댔다. 그들은 빽빽한 소나무 숲을 무서우리만큼 빠른 속도로 달렸다. 미란다는 납치되는 것보다 떨어져서 말발굽에 짓밟힐까 봐 더 걱정스러웠다. 언덕을 오르기 시작했을 때는 사내가 손을 놓아 버릴까 두려워 그를 힘껏 부여잡았다.

마침내 나무들의 간격이 드문드문해졌지만, 그들은 속도를 늦추지 않고 계속해서 달렸다. 산세는 점점 더 험악해졌다. 말 편자가 땅 위의 자갈을 스치며 요란한 소리를 내었다. 그녀의 뒤로 스콧의 울음 소리가 들렸다. 어른인 그녀도 두려운데 아이는 얼마나 공포스럽겠는가?

30분쯤 후 그들은 정상에 올랐고, 산 반대쪽으로 내려가기 시작했다. 내리막이 더 위험하기 때문에 어쩔 수 없이 속도를 줄여야만 했다. 작은 소나무 숲에 도착했을 때, 그 무법자 두목은 말을 걷게 하더니 이윽고 완전히 멈춰 세웠다. 그가 미란다의 허리를 팔로 누르며 말했다.

"아이한테 그만 울라고 말해."

"지옥에나 가버려!"

"당신을 늑대 먹이로 여기 놓고 가겠어."

거친 목소리였다.

"다시는 당신 이야기를 듣지 못하겠지."

"당신 따위는 하나도 무섭지 않아."

"아들도 다시는 보지 못하겠지."

복면 위의 눈동자는 얼음장 같았다. 증오의 눈길로 그를 바라보다 미란다는 갑자기 손을 올려 그의 스카프를 홱 잡아당겼다. 그를 무력하게 만들 의도였지만, 숨을 들이킨 사람은 오히려 그녀였다.

그 얼굴은 놀랄 만했다. 모든 선이 자로 그려진 듯이 절묘한 각도였다. 광대뼈는 높고 칼날처럼 날카로웠으며, 턱은 완벽하게 네모였다. 입술은 가늘고 컸으며 그 위로 길고 오뚝한 코가 자리를 잡고 있었다. 그는 놀란 기색도 없이 노골적인 경멸을 담아 그녀를 노려볼 뿐이었다.

"아이한테 그만 울라고 말해."

그가 되풀이해 명령했다.

그 목소리, 그 눈의 단호함에 소름이 끼쳤다. 이길 가능성이 있을 때는 싸운다. 하지만 지금은 아무리 노력해야 소용없는 짓, 그녀는 겁쟁이는 아니었지만 멍청이도 아니었다. 두려움과 자존심을 애써 삼키며, 그녀가 떨리는 목소리를 냈다.

"스콧."

아이의 울음이 잦아들지 않자, 그녀는 목기침을 하고 더 크게 불러 보았다.

"스콧!"

"엄마?"

스콧은 빨갛게 충혈된 눈에서 때 낀 손을 내리고 엄마를 찾았다.

"그만 울어. 알겠지, 애야. 이…… 이 남자들은 우릴 해치지 않을 거란다."

"집에 가고 싶어요."

"알아, 엄마도 그래. 그리고 그렇게 될 거야, 금방. 하지만 지금은 울음을 그쳐라, 알겠지?"

작은 주먹이 눈에 남아 있는 눈물을 닦아 냈다. 아이에게서 흐느낌의 잔재로 딸꾹질이 났다.

"알았어요. 엄마랑 같이 타도 돼요? 나 무서워요."

그녀가 사내를 힐끗 올려보았다.

"어쩌면……"

"안 돼."

그녀가 질문을 다 끝내기도 전에 무뚝뚝한 대답이 전달되었다. 그녀의 성난 시선을 무시하고, 그는 부하들을 불러 몇 가지 명령을 내렸다. 다시 출발하기 위해 말을 재촉하기 전에, 그가 퉁명스레 그녀에게 물었다.

"걸터앉을 수 있소?"

"당신은 누구죠? 우리에게 뭘 원하죠? 스콧을 왜 기차에서 빼낸 거예요?"

"오른발을 이쪽으로 넘겨. 그러면 더 안전하고 편안할 거요."

"당신은 스콧을 알고 있었어요. 그애 이름을 부르는 걸 똑똑히 들었다구요. 당신은 대체…… 아!"

그의 한 손이 그녀의 허벅지 사이로 들어와 오른발을 안장 너머로 들어올렸다. 맨살에 닿는 말의 감촉은 따뜻했지만, 안쪽 허벅지에 장갑 낀 그의 손을 느끼는 것에 비하면 아무것도 아니었다.

그녀가 정신을 차리기도 전에, 그는 그녀를 자기의 벌린 허벅지 사이에 끼워 넣었다. 그리고는 그녀의 아랫배에 손을 대고는 그녀를 더 힘껏 잡아당겨, 자신에게 기대도록 만들었다.

"난폭하게 다루지 말아요."

"난 단지 더 안전하게 탈 수 있게 하려는 거요."

"말 타고 싶은 마음 없어요."

"언제라도 내려도 좋소, 마담. 당신을 데려가는 건 내 계획이 아니었으니, 여행 조건이 맘에 안 든다면 욕할 사람은 자기 자신뿐이지."

"아무 저항도 받지 않고 내 아들을 데려갈 수 있으리라고 생각했나요?”

그의 엄격한 얼굴에는 감정이 드러나지 않았다.

“당신에 대해서는 전혀 생각지 않았소, 프라이스 부인.”

그가 박차를 가하자 말이 달리기 시작하며 몇 킬로미터쯤 떨어진 다른 동료들을 따라갔다. 미란다는 아무 말도 못한 채 멍해졌다. 그가 그녀의 이름을 안다는 사실뿐만이 아니라, 그의 한 손이 말고삐를 느슨하게 쥐는 동안 다른 손이 그녀의 엉덩이에 가볍게 닿았기 때문이었다.

“날 아시나요?”

목소리에 근심이 드러나지 않도록 노력했다.

“당신이 어떤 여자인지 알지.”

“그럼 나에게 명백히 불리하군요.”

“맞소.”

그의 이름이 우연히라도 새어 나오길 바랐지만, 그는 냉정한 침묵을 지킬 뿐이었다. 말이 가파른 비탈길을 조심스레 내려갔다. 지금까지 올라온 산기슭도 험했지만, 내려가는 길은 더욱 정도가 심했다.

미란다는 말의 앞다리가 꺾여 곧 그들을 앞으로 내동댕이칠 것을 상상하였다. 저 아래 산 밑에 닿을 때까지 쉬임없이 굴러가겠지. 그녀는 스콧이 더욱 걱정스러웠다. 아까처럼 히스테릭하지는 않았지만 여전히 울고 있었던 것이다.

“내 아들을 데리고 탄 사람, 말을 잘 타나요?”

“어니는 말 위에서 태어났다고 할 수 있지. 아이에게 어떤 일도 생기지 않게 할 거요. 자신에게도 몇 명의 아들이 있으니까.”

“그럼 지금 내 심정이 어떤지 틀림없이 이해할 거예요!”

그녀가 소리를 쳤다.

"대체 왜 우릴 데려가는 거죠?"

"금방 알게 될 거요."

미란다는 그 후로 불타는 적대감을 온몸으로 나타내며 침묵을 지켰다. 더이상 이 참을 수 없이 불쾌한 사내에게 대답을 애걸하지 않겠다. 그녀는 더이상 아무 말도, 아무 질문도 하지 않기로 했다.

갑자기 말이 휘청거렸다. 놀란 짐승이 무언가 발 디딜 곳을 찾았지만 찾아내지 못한 채 비탈길을 미끄러지듯 내려가기 시작했다. 미란다는 균형을 잃고 거의 말의 목 위로 넘어갈 뻔했다. 놀란 그녀는 무언가 의지할 것을 잡으려고 왼손으로 안장 앞머리를, 오른손으로는 남자의 허벅지를 쥐어짜듯이 움켜쥐었다.

그의 팔이 그녀의 배를 가로질러 강철 막대처럼 그녀를 잡아주는 동안, 그의 다른 손은 점차적으로 말 고삐를 잡아당겨 말을 안정시켰다. 그의 허벅지 근육이 그녀의 손 아래에서 긴장으로 단단하게 덩어리졌고, 영원이라도 지난 듯한 후에, 드디어 말이 다시 발길을 제대로 찾았다.

미란다는 횡경막을 가로지르는 그의 팔 때문에 간신히 헐떡이는 숨을 내뿜을 수 있었다. 하지만 그는 말이 다시 제대로 통제될 때까지는 긴장을 늦추지 않았다. 말이 어느 정도 안정되자 그녀의 몸은 안도되었지만, 그녀의 모든 감각들은 한치의 방심도 허락하지 않았다.

무의식적으로 그의 허벅지에 손을 올려놓았을 때, 우연히도 그의 권총집이 만져졌다. 권총이 그녀의 손아귀에 있었다! 그녀가 할 일은 그걸 침착하게 다루는 것뿐. 그의 경계를 느슨하게 풀 수만 있다면, 권총집에서 권총을 꺼내 그에게 겨눌 기회가 있을 것이다. 두목에게 총을 겨눈 채로 스콧을 자신과 같은 말에 태운다면 다른 부하들쯤은 물리칠 수 있을 것이다. 기차까지 되돌아가는 길은 당연히 찾을 수 있겠지.

이미 경찰들이 수색대를 조직해 그들의 흔적을 뒤따르기 시작했을 것이다. 흔적을 없애려고 애쓰는 기색은 전혀 보지 못했으니까 어렵지 않게 수색대들이 쫓고 있을 것이다. 운만 따라준다면 어둡기 전에 수색대에게 발견될 수 있다.

하지만 그러기까지, 그녀는 전혀 이상한 낌새를 보여서는 안된다. 그의 경계가 조금이라도 늦춰질 수 있도록 그녀가 자신의 처지에 대해 포기를 하고 묵묵히 따른다는 걸 이 악당에게 확신시켜야만 한다.

점차적으로, 노골적이지는 않지만 명백하게 그녀는 그의 가슴에 더 나긋나긋하게 몸을 기댔다. 그의 허벅지와의 사이에 공간을 유지하려던 노력도 이제 그만두었다. 더이상 엉덩이를 긴장시키지 않았고 그의 무릎에 부드럽게 닿도록 허락하였다. 안장이 흔들릴 때마다 그의 무릎이 인식할 수 있을 정도로 단단하게 죄어들었다.

결국 그녀의 머리가 그의 어깨로 가볍게 떨어졌다. 졸음에 빠진 것처럼. 그녀의 눈이 감긴 것을 그가 내려다보는 것이 틀림없었다. 얼굴과 목덜미에 그의 숨결이 느껴졌던 것이다. 깊이 숨을 들이마셔서, 그녀는 의도적으로 젖가슴을 높이 들어올렸다. 가벼운 여름 블라우스를 팽팽하게 채울 때까지. 그리곤 여전히 그녀의 배를 가로지르고 있는 악당의 팔 위에 가슴을 무겁게 내려놓았다.

하지만 그녀는 감히 손을 움직이지는 않았다. 바로 그 순간이라는 생각이 들 때까지는 안 되었다. 심장이 너무 두근거리기 시작하자 그의 팔에 전해질까 봐 걱정이 되었다. 손바닥이 땀으로 축축해졌다. 권총을 잡기에 너무 미끄럽지 않기만을 바랄 뿐이었다. 더이상 지체할 수 없었다. 행동해야만 하는 때이다.

순간적으로 그녀는 똑바로 일어나 앉으며 권총으로 손을 뻗었다. 하지만 그의 반응이 더 빨랐다. 그의 손가락이 손목을 강철 밴드처럼 죄어들어 그녀의 손을 총에서 비틀어 떼어 냈다. 그녀는 고통의 신음과 함께 패배와 좌절감으로 비명을 내질렀다.

"엄마?"

스콧이 앞쪽에서 소리를 질렀다.

"엄마, 왜 그래요?"

연약한 손목뼈가 부러질 듯이 아팠지만, 그녀는 이를 악물며 간신히 대답했다.

"아무 일도 아니야, 아가. 아무것도 아냐. 엄만 괜찮아."

남자의 손힘이 느슨해지자, 그녀는 다시 스콧을 외쳐 불렀다.

"넌 어떠니?"

"목도 마르고 화장실도 가고 싶어요."

"거의 다 왔다고 말해."

지시받은 말을 아들에게 되풀이하여 전하자, 스콧은 그것으로 만족한 모양이었다. 남자는 마지막 말이 시야에서 사라질 때까지 다른 이들을 먼저 보내 놓고 나서, 그녀의 턱 아래에 한 손을 대고 머리를 돌려 자신을 마주 보도록 했다.

"뭔가 단단하고 치명적인 걸 다루고 싶다면 프라이스 부인,

권총처럼 완전하게 장전된 다른 걸 당신 손에 건네 드릴 수 있지. 하지만 이미 그게 얼마나 단단한지는 벌써 알고 있을 거요, 그렇지? 지난 20분 동안 당신의 부드러운 엉덩이를 계속 갖다 뭉갰으니까 말야.”

그의 눈동자 색이 짙어졌다.

“다시는 날 과소 평가하지 마시오.”

미란다는 머리를 그의 손아귀에서 잡아 뺀 다음 그를 무시하고 다시 앞으로 몸을 기울여 앉았다. 몸을 꼿꼿이 긴장시키며 등은 깃봉처럼 딱딱하고 똑바르게 유지하였다. 그런 군대식 자세는 얼마 안 가 금세 대가를 요구해 왔다. 긴장하지 않아도 충분히 힘든 거친 지형에서의 말 타기가 온몸에 고통의 아픔을 전달하기 시작한 것이다. 특히 양쪽 어깨에는 불타는 듯한 느낌이 들었다.

어스름한 어둠이 깃들며 저녁 무렵이 되었을 때는 거의 견딜 수 없을 지경이 되었다. 그제서야 그들은 숲을 벗어나 산마루의 개척지에 도착하였다.

몇 개의 트럭들이 흐르는 시내와 불타오르는 장작불 사이에 주차되어 있었다. 분명 그들의 도착을 기다린 듯한 사내들이 주위로 몰려들며, 그 중 한 명이 환영의 말인 듯한 소리를 외쳤다.

미란다로서는 이해할 수 없는 언어였지만, 그다지 놀랍지도 않았다. 그녀는 고통 때문에 더이상 어떤 것에도 신경쓸 여유가 없었던 것이다. 전신은 아파 오고 피로 때문에 거의 녹초가 되어 버렸다. 그녀에게는 지금의 상황이 마치 꿈인 듯이 초현실적으로 느껴졌다.

남자가 말에서 내리며 그녀도 같이 끌어 내렸다. 오랫동안 말

을 타고 난 후라, 허벅지가 제대로 서 있지도 못할 만큼 부들거
렸고 발은 마비되었다.

　정신을 수습하고 몸의 감각을 되찾기도 전에, 스콧이 달려들
어 그녀의 정강이에 작은 몸뚱이를 힘차게 밀어붙였다. 스콧은
엄마의 허벅지를 끌어안으며 무릎에다가 얼굴을 들이밀었다.

　반사적으로 그녀는 무릎을 꿇고는 아이를 꼬옥 안아 주었다.
안도의 눈물이 뺨으로 흘러내렸다. 이렇게 멀리까지 왔는데 두
사람 모두 심각한 피해는 입지 않았다. 그 점만으로도 충분히
감사해야 했다.

　한참을 서로 그렇게 껴안고 나서, 그녀는 스콧을 떼어 내 자
세히 살펴보았다. 울었던 탓에 빨갛게 부어오른 눈 말고는 겉으
로 보기엔 별다른 점이 없었다. 말짱해 보였다. 그녀는 다시 아
이를 가슴에 끌어당겨 힘껏 껴안았다.

　하지만 그런 기쁨도 잠시, 금세 긴 그림자가 그들 사이로 드
리워졌다.

　고개를 들어보니, 그들을 유괴한 자가 하얀 더스터와 장갑,
권총 벨트와 모자까지 벗은 모습으로 서 있었다. 그의 뻣뻣한
머리카락은 주위를 둘러싼 어둠만큼이나 칠흑처럼 새까맸다. 장
작불에서 비쳐지는 불빛이 그의 얼굴에 그림자를 드리우며 흔
들거렸다. 그것으로 인해 그의 날카로운 얼굴 윤곽은 무뎌졌지
만 더욱 음침해 보였다.

　그러나 그런 분위기도 스콧을 저지하지는 못했다. 미란다가
아이의 행동을 깨닫기도 전, 스콧이 그 남자에게로 몸을 날린
것이다. 작은 테니스 신발로 사내의 정강이를 걷어차고 지저분
한 주먹으로 딱딱하고 마른 허벅지를 연신 두들겨댔다.

"당신이 엄마를 아프게 했어. 내가 때려 줄 거야. 당신은 나쁜 사람이야. 당신이 미워. 죽여 버릴 거야. 엄마를 내버려 두란 말이야."

아이의 높고 째지는 목소리가 고요한 밤공기를 갈랐다. 미란다는 얼른 스콧을 뒤로 잡아당기려 했으나, 남자가 손을 올려 그 행동을 막았다. 그는 아이의 힘이 다 소모되고 또다른 눈물로 무너질 때까지 스콧의 무기력한 공격을 받아 냈다.

남자가 두 손으로 소년의 어깨를 잡았다.

"아주 용감하구나."

그의 낮고 진지한 목소리는 금세 스콧을 진정시켰다. 눈물이 가득한 눈으로 스콧이 남자를 올려다보았다.

"네?"

"너보다 훨씬 강한 적에게 대들다니 아주 용감하다."

다른 사람들이 그들 주위로 몰려들었다. 하지만 그의 관심은 아이에게로만 쏠려 있었다. 그가 스콧과 같은 눈높이로 쪼그려 앉았다.

"지금 네 행동처럼 엄마를 보호하기 위해 달려든 것은 사나이로서 훌륭한 일이다."

그는 허리띠에 부착된 칼집에서 칼을 빼냈다. 칼날은 짧았지만, 충분히 날카로워 보였다. 미란다는 급히 숨을 들이켰다.

남자는 공중으로 칼을 던졌다가 능숙하게 방향을 바꾸어 칼끝을 잡았다. 그리고 아이보리색 칼자루를 스콧에게 내밀었다.

"이걸 갖고 있어라. 만약에 내가 네 엄마를 아프게 하면, 이걸로 내 심장을 찌르면 돼."

심각한 표정을 지으며, 스콧은 칼을 받아 들었다. 평소라면 낯선 사람에게 선물을 받는 것은 엄마의 허락을 받고 나서였지만 스콧은 미란다에게 눈도 돌리지 않고, 앞에 있는 남자에게 시선을 고정시킨 채 그 칼을 받아 들고 있었다.

오늘 오후 두 번째로 그녀의 아들이 그녀와 상의하지도 않고 이 남자의 말에 복종한 것이다. 그 사실이 그녀의 신경을 불쾌하게 건드렸다.

이 기차 강도한테 어떤 초자연적인 힘이라도 있는 걸까? 그의 행동과 목소리가 매력적이라는 건 인정할 수밖에 없다. 눈동자가 보기 드물 정도로 파랗긴 하지만, 그 눈이 진짜로 최면을 걸 수 있을까? 이자와 같이 행동하는 사내들은 그의 악당 동료들일까, 아니면 추종자들일까?

그녀는 주위를 둘러보았다. 이미 다 복면을 벗은 상태였다. 그것이 한 가지 사실을 확실히 알려 주고 있었다. 그들은 모두 인디언들이었다. 스콧을 태워서 온 어니라고 불리던 자는 긴 회색 머리를 두 갈래로 땋아 내렸는데 지금까지는 그 머리를 모자 속에 숨겨 놓았던 것이다. 그는 작고 검은 색의 깊이 패인 눈동자와 주름 잡힌 가죽빛의 얼굴이었다. 하지만 그에게 위협적이라고 할 만한 면은 하나도 없었다.

오히려 아이가 정중히 자신을 소개할 때는 옆에 서서 미소를 짓기까지 했다.

"내 이름은 스콧 프라이스예요."

"만나서 반갑다, 스콧."

악당 두목과 소년이 서로 악수를 나눴다.

"내 이름은 호크란다."

"호크? 그런 이름은 들어 본 적이 없어요. 당신은 카우보이인가요?"

그들을 둘러싼 남자들이 낄낄거렸지만, 남자는 그 질문에 진지하게 대답해 주었다.

"아니, 카우보이는 아니란다."

"카우보이처럼 입고 있잖아요, 총도 갖고 있고."

"평소에는 그렇지 않아. 오늘만이란다. 사실, 난 엔지니어야."

스콧이 끈적끈적하게 얼룩진 뺨의 눈물 자국을 닦아 냈다.

"기차 같은 거요?"

"아니, 그런 종류가 아니고 광업 쪽 엔지니어란다."

"잘 모르겠어요."

"좀 복잡하지."

"음, 이제 화장실에 가도 되나요?"

"여긴 특별히 화장실이 없단다. 최고의 자연 화장실은 숲속이지."

"괜찮아요. 가끔 소풍 같은 걸 갔을 때 엄마가 밖에서 볼일 보도록 했거든요."

대단히 흔쾌히 동의하는 듯했지만, 그는 장작불 너머 어둠의 장벽을 걱정스레 훔쳐보았다.

"어니가 같이 가 줄 거다."

호크는 일어서며 아이의 어깨를 눌러 안심시켰다.

"돌아오면 마실 걸 줄게."

"좋아요. 난 배도 고파요."

어니가 앞으로 나서 손을 내밀자, 소년은 주저 없이 그 손을 잡았다. 두 사람이 방향을 돌려 다른 사내들과 같이 장작불 쪽을 향해 나아갔다. 미란다는 얼른 뒤쫓아가려 움직였지만, 호크라는 이름의 남자가 그녀의 앞길을 가로막았다.

"어디 가려는 거요?"

"아들을 지켜보려구요."

"당신 없이도 괜찮을 거요."

"비켜요."

그는 비키는 대신 그녀의 팔뚝을 잡아 소나무의 거친 껍질에 닿을 때까지 밀어붙였다. 그녀의 몸이 나무에 닿자 자신의 몸으로 눌러 고정시키더니, 그 마력을 지닌 듯한 푸른 눈동자가 그녀의 얼굴에서 목으로 다음에는 가슴까지 훑어 내려갔다.

"당신 아들은 당신이 싸울 가치가 있다고 생각하는 모양이야."

그녀에게 더 가까이 다가들며 그가 머리를 숙였다.

"그런가?"

2

그의 입술은 딱딱했지만, 혀는 부드러웠다. 그의 혀가 그녀의 입술에 어루만지듯 부드럽게 스쳤다. 입술이 열리지 않자, 그는 물러나 그녀의 눈을 들여다보았다. 그녀의 반항은 그를 화나게 하기보다 오히려 재미있게 한 듯했다.

"그렇게 가벼운 벌로 끝나지는 않을 거요, 프라이스 부인. 고의적으로 내 사타구니에 불을 질러 놓고 이제 와서 발뺌하시겠다고?"

그녀의 턱을 단단히 감아쥐고 그의 혀가 입술을 열도록 강요해 왔다.

미란다는 그의 근육질의 가슴에 주먹을 대고 뒤로 밀어내려고 온힘을 다했지만 그는 꿈쩍도 하지 않았다. 지금까지 중에서 가장 철저하게 약탈적인 키스를 받게 될 것이었다. 그것에 대항하여 그녀가 할 수 있는 일이란 아무것도 없다. 오직 굴종밖에는 아무 느낌이 없었다. 언뜻 스콧에 대한 생각이 떠올랐다. 그들의 유괴자가 난폭해진다면, 그의 분노는 아들에게가 아니라 그녀에게 향해야 했다.

하지만 전적으로 항복한 것은 아니었다. 그녀는 그들 사이에 약간이라도 공간을 확보하기 위해 계속해서 꿈틀거렸다. 그렇지만 그는 그녀의 육체에서 가장 부드럽고 가장 연약한 부분을 아는 것 같았다. 그는 혀로 그녀의 입을 격정적으로 애무하며 부드럽게 조절해 갔다.

미란다는 마침내 입술을 열고 말했다.

"날 내버려 둬요."

낮고 허스키한 목소리였다. 스콧이 이 모습을 발견하고 개척지를 가로질러 야만인이 건네 준 칼을 휘두르는 일이 생기는 건 원치 않았다.

"그러지 않는다면?"

그가 조롱하듯 말했다. 그리고는 그녀의 금발 머리 한 가닥을 집어 딱딱한 선을 그리고 있지만 섹시하게 젖어 있는 입술에 대고 부볐다.

"스콧에게 당신이 준 칼을 받아 내가 직접 당신 심장을 찌를 거예요."

그의 엄격한 얼굴에 미소의 기미는 전혀 보이지 않았다. 하지만 그의 가슴이 웃음의 흔적으로 물결이 일었다.

"키스를 훔쳤기 때문에? 키스가 괜찮긴 했지만, 죽을 가치가 있을 정도는 아니지."

"점수를 매겨 달라고 부탁하지 않았어요."

"내 키스가 마음에 들지 않았다면, 다시는 여성적인 매력으로 날 혼란시키려 하지 말라고 충고하고 싶군."

그의 손이 앞으로 미끄러져 내리더니 그녀의 가슴을 덮어 부드럽게 움켜쥐었다.

"이것도 괜찮아. 하지만 내 목적을 방해할 정도는 아니야."

그녀가 그의 손을 탁 쳐냈다. 그가 한 걸음 물러났지만 그것은 그녀의 위협 때문이 아니었다. 단지 그가 그렇게 하려고 했기 때문이었다.

"당신 목적이 뭔데요?"

"론 퓨마 광산을 다시 열도록 정부에 압력을 가하는 것."

그의 대답이 너무 예상과는 거리가 멀었으므로 그녀는 재빠르게 눈을 깜박이며 멍하니 입술을 축였다. 마음 깊은 곳 어디선가, 입술에서 키스의 맛이 난다고 전달해 왔다. 남자의 맛, 이 사내의 맛. 하지만 당혹스러움이 모든 다른 생각들을 뒤덮었다.

"뭘 다시 열어요?"

"론 퓨마 광산. 은광이지. 들어 본 적 있나?"

그녀가 고개를 저었다.

"당연하겠지. 그 일은 거기에 생계를 의존하고 있는 사람들 말고 누구에게도 중요하지 않으니까. 우리 부족 사람들 말이오."

"당신 부족? 인디언들?"

"대단한 관찰력이군."

그가 냉소적으로 대꾸했다.

"내 어떤 점을 보고 눈치채셨나? 아둔함인가 게으름인가?"

그녀는 아무런 말도, 어떤 행동도 하지 않았다. 그러나 그의 말에 깔려 있는 속물 근성은 불공평한 것이었으며 그것이 그녀의 화를 돋구었다.

"당신의 파란 눈동자."

"유전적인 실수지."

"이봐요, 호크 씨. 난……."

"성은 오툴이오, 호크 오툴."

그가 어깨를 으쓱이며 말했다.

"좋아요. 당신은 누구죠, 오툴 씨? 스콧과 나에게 대체 뭘 원하는 건가요?"

"우리 부족 사람들은 론 퓨마 광산에서 수세대에 걸쳐 일해 왔소. 물론 인디언 보호 구역이 크니 수입을 얻을 다른 방법도 있을 수 있다고 말하겠지. 하지만 우리의 거의 모든 생활은 광산 운영에 달려 있소. 그간의 음모들을 지루하게 늘어놓을 생각은 없지만 어찌 되었든 우린 소유권을 사기당했던 거요."

"그럼 지금은 누가 소유하고 있나요?"

"투자자들 그룹. 그들은 광산을 유지하는 게 경제적으로 별 볼일 없다고 결정하고 폐쇄시켜 버렸소."

그녀의 코앞에서 그가 손가락을 튕겼다.

"어떤 사전 경고도 없이, 수백 명의 가족들이 완전히 일을 빼앗기고 만 거요. 그리고 아무도 관심조차 갖지 않았지."

"그게 다 나와 무슨 상관인가요?"

"전혀 상관없지."

"그럼 내가 왜 여기 있는 거죠?"

"아까도 말했듯이 당신은 소란을 피웠기 때문에 데려온 것뿐이오.”

“하지만 스콧을 유괴하려고 기차에 탄 거잖아요.”

“맞아.”

“왜죠?”

“왜라고 생각하오?”

“아이를 인질로 삼기 위해서가 분명해요.”

그가 퉁명스레 고개를 끄덕였다.

“우린 몸값을 받으려고 잡아 두는 거요.”

“돈 때문이라구요?”

“정확히 그렇진 않지.”

깨달음이 전해지며 그녀가 속삭였다.

“모턴.”

“맞았소, 당신 남편. 거친 인디언 무리들이 아들을 인질로 잡고 있다면, 그는 친한 의원 친구들에게 도움을 요청할 수 있지.”

“그 남자는 더이상 내 남편이 아니에요.”

파란 눈동자가 매섭게 그녀를 훑어보았다.

“그래, 당신의 너절한 이혼에 대해 신문에서 읽었지. 프라이스 의원은 당신의 불충실함을 이유로 이혼했더군.”

그가 다시 몸을 내밀어 그녀를 나무에 밀어붙이며, 의미 심장한 표정으로 말했다.

“여기 오는 내내 내 사타구니에 달라붙던 방식으로 봐서, 그가 당신 같은 여자를 아주 잘 떨궈 냈다는 생각이 드는군.”

“그런 지저분한 견해는 자신에게나 해주시죠.”

“당신도 알겠지만,”

그가 손을 올려 집게 손가락으로 그녀의 턱을 매만졌다.

"인질치고 당신은 대단히 오만 불손해."

그녀는 그의 손에서 머리를 홱 잡아챘다.

"당신은 바보로군요. 모턴은 날 위해서 손가락 하나 꿈쩍하지 않을 거예요."

"그건 틀림없어. 하지만 우리에겐 그의 아들도 있다구."

"모턴은 스콧이 나와 같이 있는 한 안전하다는 걸 알아요."

"그렇다면 둘을 떼어 놓아야겠군. 당신은 돌려 보내고 아이만 데리고 있든지 해야겠어."

그가 그녀의 반응을 유심히 살폈다.

"어둠 속이라도 그 생각이 당신을 얼마나 겁먹게 했는지 알겠군. 그런 일을 바라지 않는다면, 명령대로 고분고분 따르는 게 좋을 거야."

그녀는 어쩔 수가 없었다. 아들만 혼자 두고 돌려 보내진다는 생각에 몸이 떨려 왔다. 그에게 애원하는 수밖에 다른 도리가 없었다.

"제발 스콧은 해치지 마세요. 우리를 떼어 놓지 마세요. 그애는 어린애에 불과해요. 내가 눈앞에 없으면 두려워할 거예요."

"당신이든 스콧이든 해칠 생각은 없소, 아직까지는."

그가 교묘하게 덧붙였다.

"항상 내 명령에 따를 것. 이제 이 점은 서로 이해가 된 거겠지, 프라이스 부인?"

받아들이기 싫었지만 지금으로서는 선택의 여지가 없었다. 그녀가 고개를 끄덕였다.

호크가 옆으로 비켜 서더니 장작불 쪽으로 앞장서라는 듯 고갯짓을 했다. 그녀는 어깨 너머로 물었다.

“불빛이 발견될까 겁나지 않나요? 지금쯤 사람들이 우리를 찾고 있을 거예요.”

“그럴 가능성 때문에 예방 조치를 취해 두었지.”

그가 보란 듯이 한쪽으로 고갯짓을 했다. 그녀는 그의 시선을 따라가 보았다. 모든 말들의 안장이 내려지고 긴 트레일러 속으로 실리는 중이었다.

“우린 말발굽과 트레일러 타이어 자국들을 지울 거요. 오늘밤 누군가 우릴 발견한다면, 여행자가 가득한 기차를 습격한 무법자의 집단이 아닌 자기 몸조차도 가누지 못하는 술 취한 인디언 무리를 보게 될 거요.”

“내가 도와 달라고 찢어지게 비명을 지르지 않는다면요.”

“그 점에 대해서도 대비를 했지.”

“어떻게?”

“클로로포름.”

“우릴 마취시킬 건가요?”

“그럴 필요가 있다면.”

그가 아무렇게나 내뱉은 후, 어슬렁거리며 걸어가 남자들에게 빨리 짐을 싣고 트레일러를 출발시키라고 소리를 쳤다.

그녀를 위협적인 존재가 아니라 귀찮은 방해거리보다 못한 존재로 여기는 듯이 태평스레 등을 돌리는 남자, 미란다는 머리에서 김이 모락모락 피어오르는 것 같았다. 치미는 분을 삭이며 그녀는 스콧을 찾아 둘러보았다. 장작불 옆 한쪽에서 통조림 콩과 햄이 담긴 접시를 들고 음식을 게걸스레 해치우는 아이를 발견해 냈다.

“맛이 좋아요, 엄마.”

“좋다니 다행이구나.”

그녀는 아들 옆에 다리를 꼬고 앉아 있는 어니를 불안하게 쳐다보았다. 그리고 머뭇머뭇 아들 옆의 쓰러진 통나무에 앉았다.

“뭐 좀 드시겠습니까?”

그 인디언이 물어 왔다.

“아뇨, 됐어요. 배고프지 않아요.”

그는 단지 어깨를 으쓱이고는 계속 먹기만 했다.

“무슨 일이 있었는지 아세요, 엄마? 어니 아저씨가 내일 다시 말에 태워 주겠다고 했어요. 이번엔 나 혼자요, 잘 잡고만 있으면요. 아저씨 아들이 방법을 가르쳐 줄 거래요. 난 그 집에도 갈 거예요. 비디오는 없지만 말이 있으니까 괜찮다고 내가 말했어요. 염소도 있구요. 나 염소 무섭지 않아요. 아저씨가 그러는데 염소들은 날 해치지 못한대요. 하지만 가끔은 옷을 씹어먹는대요.”

그녀는 아이에게 소리를 지르고 싶었다. ‘지금 어떤 위험에 처했는지 모르는 거니?’라고. 하지만 겨우 자신을 억제할 수 있었다. 스콧은 어린아이일 뿐이다. 차라리 지금의 상황을 모르는 것이 더 나을 수도 있었다.

호크 오툴은 그녀나 스콧에게 신체적인 고통을 가하거나 죽이겠다고 위협해 오지 않았다. 그는 모턴이 그의 요구를 들어 줄 거라고 확신하는 것 같았다. 그렇지 않을 경우 그녀와 스콧에게 일어날 일을 절대 생각하고 싶지 않았다.

잠시 후, 모든 짐을 실은 트레일러가 움직여 더러운 길로 사라졌고 남자들은 담요를 이용하여 흔적을 없앴다. 근처에 주차

된 트럭의 타이어 자국 외에는 말이나 트레일러의 흔적은 깨끗
하게 지워졌다.

그리고 나서 그들은 값싼 위스키를 몇 번쯤 들이킨 다음 각
자의 옷에 남은 위스키를 뿌려댔다. 그곳에는 금세 싸구려 선술
집 같은 냄새가 배어나기 시작했다. 그들은 취한 듯이 걷기도
하고 말을 횡설수설하는 연습도 했다. 그리고 식사를 끝낸 자리
를 정돈한 다음, 장작불 둘레에 앉아 친근하게 잡담을 나누고
담배도 피우며 잠자리를 준비하였다. 그런 그들의 모습은 바로
오늘 오후 연방 정부의 법을 어기며 스콧과 자신을 납치한 범
죄자들 같아 보이지 않았다.

호크가 다시 스콧과 그녀에게 걸어올 때쯤, 아이는 벌써 그녀
의 팔에 무겁게 늘어져 있었다.

"아이가 지쳤어요."

그녀가 오만하게 말했다. 그와 얼굴을 마주 보기 위해 그의
길고 마른 몸매를 올려다보는 게 정말이지 싫었다.

"우린 어디서 자죠?"

"저 트럭 뒤에서."

그가 일어서는 걸 돕기 위해 그녀의 팔을 잡아 주었다. 그러
나 그녀는 거만하게 그의 도움을 뿌리치고 혼자 일어났다. 그가
스콧을 안아 들었다.

"내가 데려가겠어요."

미란다가 재빨리 말했다.

"내가 데려가겠소."

그는 가볍게 스콧을 안고는 성큼성큼 걸어갔다. 그녀가 그를
따라잡았을 때는 벌써 트럭 뒤의 슬리핑 백 속에 아이를 내려

놓은 상태였다.

"이제 기도하면 되나요?"

스콧이 크게 하품을 하며 물었다.

"오늘밤은 너무 졸린 것 같구나. 그냥 맘속으로 기도하렴."

"좋아요."

아이가 중얼거렸다.

"와우, 엄마. 별이 얼마나 많은지 좀 보세요."

그녀는 눈을 들었다가 벨벳 같은 까만 하늘에 점점이 박혀 있는 화려한 별들을 보고 깜짝 놀랐다. 별들은 아주 거대하고 금방이라도 만져질 듯 가까워 보였다.

"아름답구나, 그렇지?"

"후, 여기에 하나님이 사시는 것 같아요. 안녕히 주무세요, 엄마. 안녕히 주무세요, 호크."

스콧은 옆으로 굴러 가슴까지 무릎을 끌어올리더니 금세 잠으로 빠져들었다. 눈물이 떨어질 것만 같아, 미란다는 얼른 아이의 어깨 위까지 슬리핑 백의 지퍼를 올려 턱 아래 끼워 넣었다. 잠시 잠든 아이 얼굴을 보다 몸을 돌려 호크를 마주 보았다. 그녀의 눈동자는 단호하게 반짝이고 있었다.

"아이를 다치게 하면, 내가 당신을 죽여 버릴 거예요."

"난 아이를 다치게 할 생각이 없소."

"그럼 이건 다 무엇 때문이죠?"

두 팔을 양쪽으로 활짝 벌리며 그녀가 소리를 질렀다.

"어디까지 갈 거냐구요?"

"아이를 해치진 않을 거요."

그가 부드럽게 되풀이했다.

"하지만 다시 집에 돌아가지 못할 수도 있소. 당신 전남편이 우리 일을 성공시키지 못한다면, 스콧은 영원히 우리와 같이 있을 수도 있지."

증오의 신음을 흘리며, 미란다는 손톱을 세우고 그에게 달려들었다. 한순간 그의 얼굴 한쪽을 할퀴었다. 그의 단단한 뺨에 가느다란 핏줄기가 맺혔다. 하지만 그녀의 승리감은 너무도 짧았다. 호크가 그녀의 팔을 잡아 뒤로 높이 움켜쥔 것이다. 양쪽 어깨로 팔이 찢어질 듯한 엄청난 고통이 밀려들었지만 그녀는 결코 비명을 지르지 않았다. 그녀는 이를 세게 악물고는 그를 노려만 보았다. 그 소란에 다른 사람들이 하나씩 하나씩 어둠 속에서 나와 두목의 명령을 기다리며 둘을 에워쌌다.

"괜찮아."

갑작스레 여자를 풀어 주며 호크가 말했다.

"프라이스 부인이 날 좋아하지 않는 것뿐이야."

"정말로?"

어니가 웃음 섞인 목소리로 물었다. 그리고 자기네 언어로 무슨 말인가 덧붙이자 다른 남자들도 모두 요란하게 웃음을 터뜨렸다. 호크는 그녀를 힐끗 내려다보더니, 땅바닥에서 담요 하나를 움켜쥐고는 아무렇게나 그녀에게로 던졌다.

"트럭으로 들어가, 이걸 덮고 자시오."

그녀의 자존심은 아픈 팔뚝과 안장 때문에 아리는 허벅지와 엉덩이만큼이나 쓰라렸다. 그녀는 담요를 들어 어색하게 트럭으로 올라섰다. 그러는 중에, 어니의 또다른 논평 한 마디가 남자들의 웃음을 폭발시켰다. 전보다 더 큰 웃음이었다.

그가 말한 내용이 무엇이든 그녀에 관한 것으로 조잡한 것임에 틀림없었다. 그녀는 스콧의 곁에 누우며 두 눈을 질끈 감아 버렸다. 남자들이 하나둘 장작불 주위의 슬리핑 백으로 들어가는 소리가 들렸다. 밤 동안 어슬렁거리는 야생 동물이나, 사내들로부터 분리된다는 점에 감사해야만 한다고 애써 생각했다. 하지만 이 울퉁불퉁한 금속덩이는 결코 편안한 침대가 아니었다. 그녀는 담요 안에서 몸을 움직여 좀더 편한 곳을 찾으려는 헛된 노력을 해 보았다. 여전히 너무 불편했다. 미란다는 화가 나고 답답해서 담요를 젖혀 버렸다.

"우린 남자들이 쓸 슬리핑 백만 갖고 있거든."

그녀는 트럭 옆에서 그녀를 보고 서 있는 호크를 보자 화들짝 놀랐다. 얼굴의 피는 닦여 있었지만, 손톱 자국이 여전히 그의 뺨에 또렷이 남아 있었다.

"여자들을 위한 건 없는 모양이군요."

"데려올 생각도 안 했던 의외의 인질을 위한 건 없지."

"그 남자가 뭐라고 말한 거죠?"

"누구? 아, 어니?"

그의 시선이 그녀의 가슴께로 내려갔다.

"간단하게 말하면, 당신이 날 아주 많이 좋아하든가 아니면 아주 추운 거라고 하더군."

그날 아침 입었던 짧은 반바지와 웃옷은 작은 언덕에서 뜨거운 여름 오후를 보내기에는 적당했지만, 이런 높은 산 속의 늦여름 저녁 공기에는 적당치 않았다. 그녀의 피부에는 서늘한 기운에 소름이 돋아 있었다. 하지만 어니가 말한 건 그것이 아니었다. 블라우스 안에서 또렷이 도드라진 그녀의 젖꼭지를 말하는 것이었다. 뜨거운 열기가 온몸을 관통하며 일시적으로 몸을 덮혔으나, 여전히 호크의 관심을 붙잡아 두고 있는 젖꼭지를 진정시킬 만한 방법이 생각나지 않았다.

"난 후자가 맞을 거라 믿소."

그는 손을 뻗어 그녀의 민감한 가슴 한쪽을 스쳤다.

"하지만 내 추측이 틀렸다면, 당신에게 뭔가 다른 걸 줄 수도 있는데."

그의 목소리는 아까 그녀의 등에 닿았던 소나무 껍질처럼 거칠게 울렸다. 하지만 그 위의 나뭇가지에서 살랑대던 바람처럼 부드럽기도 했다.

미란다는 그의 에로틱한 손길에 움찔 몸을 움츠렸다.

"또 다른 말은?"

뻣뻣하게 메말라 버린 입술 사이로 그녀가 질문을 던졌다.

호크의 손길은 제자리로 돌아갔지만, 사로잡을 듯한 파란 눈동자는 그대로 그녀에게 고정돼 있었다.

"내가 그 담요를 덮고 자면 훨씬 더 따뜻하게 잘 수 있을 거라고 했소."

그가 상처난 뺨을 만지며 덧붙였다.

"어쩌면 한잠도 못 잘 수도 있다고 하더군."

그녀는 악의에 찬 시선으로 그를 쏘아보고 나서 머리 위까지 담요를 끌어올리고는 눈을 질끈 감았다.

다시 눈을 뜨기까지 얼마의 시간이 흘렀는지는 모른다. 하지만 눈을 떴을 때, 그는 사라지고 없었다. 아무 소리도, 어떤 대기의 움직임도 느끼지 못했는데 그는 사라져 버린 것이다. 떠나기 전에 그가 얼마나 오래 거기 서서 그녀를 보고 있었을지 알 수 없었다.

　귀를 기울여 보았지만, 들리는 소리라곤 장작 타는 딱딱 소리
와 스콧의 부드러우면서도 규칙적인 숨소리뿐이었다. 그 달콤하
며 친근한 소리에서 위안을 얻어 그녀는 기적적으로 잠이 들었
다.

$$3$$

분명 혼자 잠이 들었다. 그런데 다음 순간 깨어 보니 그가 그녀 옆에 있었다. 그는 소리 없이 무겁게 그녀를 내리눌러 완전히 덮어 버렸다. 그는 한 손으로 그녀의 입을 틀어막고, 다른 손은 그녀의 목에 칼끝을 들이밀었다. 그리고 그녀의 귀에 거칠게 속삭였다.

"숨소리 하나라도 내면, 죽여 버리겠어."

그녀는 그 말이 진심일 거라 믿었다.

어둠 속에서도 그의 눈동자가 얼음장같이 차갑고 냉혹한 빛을 띠고 있는 것이 보였다. 알았다는 뜻으로 그녀는 머리를 약간 끄덕여 보였다. 하지만 그는 그녀의 입을 막은 손을 풀지 않았다. 아니 오히려 그의 근육이 더 팽팽해지는 걸 느낄 수 있었다.

　잠시 후 그 이유가 분명해졌다. 거친 길을 헤치고 그곳으로 다가오는 자동차 소리가 들렸던 것이다. 두 개의 헤드라이트 불빛이 주위를 둘러싼 나무들을 가로질러 뻗어 갔다. 차가 멈추어 서자 먼지가 소용돌이쳤고, 이윽고 차문이 활짝 열렸다.

　"두 손 들고 일어서."

　군대식의 날카로운 명령 소리에 미란다는 깜짝 놀랐다. 그녀는 호크를 쳐다보며 눈을 크게 떴다. 그는 낮게 욕설을 중얼거렸다. 그도 그녀와 똑같은 걱정을 하고 있는 것이다. 그 목소리에 스콧이 깰까 걱정이었던 것이다.

　아이가 계속 잠들어 있기만을 그녀는 간절히 기도하였다. 만약 아이가 깨어나 울기 시작한다면 무슨 일이 벌어질지는 불을 보듯 뻔했다. 납치범들과 구출하러 온 자들 사이에 총격전이 벌어져 그 와중에 아이가 총알에 맞을 수도 있었다. 아니면 호크가 자신의 계획이 실패한 것을 알아차리고 될 대로 되라는 식으로 다른 모든 사람들을 자기와 같은 운명으로 끌어들일 수도 있었다.

　그녀는 자신을 누르고 있는 남자를 바라보았다. 이 사내가 잔인하게 아이를 죽일 수 있을까? 그의 단호하고 딱딱하며 타협을 모를 것 같은 입술선을 본 후, 그는 할 수 있을 거라는 소름 끼치는 결론에 도달했다.

　'제발, 스콧. 제발 깨어나면 안 돼.'

　"당신들은 누구지? 도대체 여기서 뭐 하는 건가?"

　호크 쪽 패거리들은 모두 신중히 고른 자들이 분명했다. 술에 취한 멍한 상태에서 방금 깨어난 척 행동하는 폼이 결코 어색하지 않았던 것이다. 호크가 자동차의 접근을 알아챘다면, 분명 다른 남자들도 알았을 텐데도 전혀 당황하지 않았다. 그들은 경찰의 간단한 질문에 대단히 당황한 듯 말도 안 되는 대답들을 더듬거렸다. 결국 경관이 인내심을 잃어버리고 말았다.

"맙소사, 술 취한 인디언 무리로군."

그는 다른 경관에게 말했다.

"여기 있어 봤자 시간 낭비야."

미란다는 호크의 몸 근육 하나하나가 분노로 떨리는 걸 느꼈다. 그녀의 눈에 가까이 닿아 있는 그의 관자놀이의 혈관도 격분한 듯 바들거렸다.

"오늘 말 탄 놈들 본 적 없소? 여섯이나 일곱 명쯤?"

경찰 한 명이 그들에게 질문을 했다.

"그들은 저 방향에서 왔을 거요."

인디언들이 자기네 언어로 몇 마디 웅성대더니 그 중 몇몇이 말 탄 자들은 전혀 본 적이 없다고 알려 주었다.

경찰관이 깊은 한숨을 내뱉었다.

"음, 고맙소. 계속 살펴봐 주겠소? 수상해 보이는 건 무엇이든 알려 주시오."

"누굴 찾고 있는 겁니까?"

일부러 순진하고 비천한 듯 말하고 있지만, 그 목소리가 어니라는 걸 알 수 있었다.

"숙녀 한 분과 아이 한 명이오. 그들은 말 탄 사내들에 의해 오늘 실버라도 유람 기차에서 납치되었소."

"그자들은 어떻게 생겼습니까?"

어니가 물었다.

"우리가 무얼 유심히 살펴야 할까요?"

"그들은 얼굴에 스카프를 두르고 있었소. 하지만 기차 승객들의 말로 미루어 보아 음흉하고 교활한 무리들인 것 같소. 두목이 승객 한 사람의 돈을 훔쳤는데 손에 든 걸 잡아챘다는군. 그들이 아이를 기차에서 끌어내리자 아이를 보호하려고 여자가 열심히 싸웠는데 두목이 여자마저도 낚아채서 도망 가 버렸소. 그 사내를 욕할 수는 없지."

그가 응큼하게 웃으며 말했다.

"그 여자 사진을 돌리고 있는데, 아주 굉장한 미인이더군. 금발 머리에 초록 눈동자."

호크는 미란다를 내려다보았다. 그녀는 그의 시선을 피했다.

작별의 말들이 끝나자 차문이 쾅 닫히고 헤드라이트 불빛은 다시 개척지를 가로질러 사라졌다. 먼지가 일어났다가 다시 묵직한 침묵과 함께 가라앉았다. 결국 자동차의 소리마저 더이상 들리지 않게 되었다.

"호크, 다 갔어요."

호크는 미란다의 입에서 손을 치웠지만 몸을 들지는 않았다. 그는 그녀의 입술을 내려다보았다. 창백하게 질린 듯한 그 입술을 그는 엄지로 어루만졌다. 마치 핏기를 되돌려 주려고 하는 듯이.

"호크?"

"알았다니까."

그가 성마르게 소리를 질렀다.

잠시 장작불의 타다 남은 연기 주위로 긴장된 침묵이 감돌았다. 그리고 점점 다시 제자리를 찾아드는 소리가 들렸다. 그런 다음 더한 침묵이……. 하지만 호크는 여전히 그 자리에 그대로 있었다.

그가 그녀의 목에서 칼을 치웠다. 그 칼날의 날카로움을 보자, 그녀의 눈이 분노로 번득였다.

"그걸로 난 죽을 수도 있었어요."

"당신이 우릴 배반했다면, 그랬을 거요."

"스콧은요? 그애가 깨어나서 울기라도 했다면, 아이도 죽일 생각이었나요?"

"아니, 아이는 아무 죄가 없소."

그의 몸이 위로 들리더니 무릎을 찌르고 들어와 그녀의 허벅지를 열었다.

"하지만 당신이 순결하지 않다는 건 모두가 알고 있지. 당신도 그자 말 들었겠지, 굉장한 미인이라고? 당신 남편이 마침내 화가 나서 차버릴 수 있었을 때까지 얼마나 많은 애인들이 당신을 유혹했을까?"

"비켜요."

그가 가늘게 뜬 눈 사이로 쳐다보았다.

"당신이 좋아할 줄 알았는데."

"그렇지 않아요. 난 당신이 싫어요. 당신은 도둑에다가 납치범에다가……."

"도둑은 아니오."

"기차에서 돈을 빼앗았잖아요."

"그자가 준 거요, 기억나오? 난 빼앗지 않았소."

"하지만 그 돈을 쓸 거잖아요."

"빌어먹을, 맞소. 난 그걸 가진 자가 못 가진 자에게 주는 선물이라고 생각할 거요.”

“오, 됐어요. 자신을 뭐라고 생각하시나요? 20세기의 로빈 훗? 틀렸어요. 당신은 범죄자예요. 그 이상은 아무것도 아니라구요.”

그를 떠밀어 버릴 셈으로 그녀는 그의 어깨에 두 손을 올렸다. 그것이 실수였다. 그녀의 손에 그의 맨살의 부드러운 어깨가 잡혔던 것이다. 셔츠를 입지 않은 맨몸의 매끄럽고 나긋나긋한 피부, 팽창된 젖꼭지 주위의 짙은 색 털을 빼면 아무것도 걸리적거리지 않았다.

그의 가슴으로 손을 내리고 싶은 충동을 간신히 억누르며, 그녀는 애써 그를 밀쳐냈다. 하지만 그는 머리를 내려 그녀의 목과 어깨 사이 움푹한 곳에 얼굴을 묻었다. 그의 손은 그녀의 머리 사이로 들어왔다. 손가락이 그녀의 머리를 움켜잡아 움직이지 못하도록 고정시켰다. 그런 다음 강하고 하얀 이로 귓불을 깨물고 혀로 살짝살짝 쓰다듬었다.

“이러지 말아요.”

그녀가 숨가쁜 소리로 내뱉었다.

“왜, 불안해? 인디언과는 처음이라서 그런가, 프라이스 부인?”

그를 모욕할 말조차 떠오르지 않았다.

“스콧을 위해서가 아니라면, 난…….”

“뭐라고? 장소가 여기라서 그런가, 아니면 곁에서 아들이 잠자고 있다는 점이 마음에 걸리나? 그래서 저항하는 건가?”

“아니에요! 그만두라구요.”

그녀가 낮게 소리 질렀다.

“오, 알겠소. 이건 노예가 되고 싶은 환상의 일종이겠지. 당신은 저항하고 난 그런 당신을 힘으로 굴복시킨다. 게임이 이렇게 되는 건가?”

“제발 그만둬요, 제발요.”

“좋아, 좋아. 당신 친구들에게 내가 억지로 강요했다고 말해
도 좋다구. 그럼 훨씬 더 불꽃 튀는 모험담을 이끌어 낼 수 있
겠지.”

그가 혀로 그녀의 입술을 핥았다. 그녀의 손이 반사적으로 그
의 어깨를 움켜잡았다. 그녀는 등이 휘어지며 그에게로 몸이 달
라붙었다.

“좋았어, 따뜻하군.”

그는 몸 아래쪽을 그녀의 허벅지 오목한 부분에 비벼대며 신
음을 흘렸다.

“당신도 흠뻑 젖어 있겠지.”

그는 혀를 더 깊숙이 관능적으로 그녀의 입 속으로 들여보내
키스했다. 그러면서 그의 하체가 리드미컬하게 그녀의 배를 문
질러댔다.

“호크?”

그의 머리가 확 들리며 난폭하게 욕설이 터져나왔다.

“뭐야?”

“새벽에 깨워 달라고 했잖아.”

어니의 목소리가 어둠 속에서 그들에게 전달되었다. 주위는
벌써 회색의 흐릿한 기운을 띠기 시작했다.

몸을 들어올리며 호크의 눈이 미란다를 훑었다. 헝클어진 머
리, 키스로 빨개진 입술과 기운 없이 늘어져 있는 그녀의 몸을
차가운 눈으로 쳐다보았다.

“프라이스 부인, 뉴스에서 밝힌 것처럼 당신은 행실이 단정치

못하군. 우리가 스콧을 유괴한 게 다행이오. 당신의 몸값을 요구했다가는 한푼도 얻지 못할 테니까."

그는 단추가 풀린 청바지를 성급히 끌어올리며 트럭 한쪽으로 훌쩍 뛰어내려 사라져 버렸다. 미란다의 눈이 후회와 분노의 눈물로 인해 아려 왔다. 그녀는 눈물을 닦아 냈다. 거친 모직 담요 한쪽 끝으로 호크 오툴의 키스맛을 입술에서 닦아 내려고 열심히 문질렀다.

하지만 그다지 성공적이지 못했다.

"일어나시오, 랜디. 다 왔소."

누군가 미란다의 어깨를 거칠게 흔들었다. 그녀는 트럭의 조수석 창에 기댔던 머리를 똑바로 일으켜 세웠다. 불편한 자세로 몇 시간 동안 있었기 때문인지 목이 결려 왔다. 그녀는 뻣뻣함을 풀어 보려고 몇 번이나 머리를 좌우로 돌려 보았다.

그리고는 눈을 깜박이며 운전석에 있는 남자를 쳐다보았다. 갑자기 트럭 안에 그들 둘뿐이라는 사실을 깨달았다. 그녀는 깜짝 놀라 비명을 질렀다.

"스콧!"

문으로 손을 내밀었지만, 그녀가 뛰쳐나가기 전에 호크가 그녀의 손목을 재빨리 낚아챘다.

"진정해. 아이는 어니와 같이 있소, 저기."

뿌옇게 먼지가 낀 앞유리 너머로 그가 손가락을 뻗었다. 스콧은 말 잘 듣는 강아지처럼 어니의 뒤를 따르고 있었다. 그들은 이동 주택으로 이어진 좁은 길을 걷는 중이었다.

"화장실에 가고 싶다고 해서, 먼저 가라고 했소."

호크가 신문을 펼치더니 손가락으로 맨 첫 페이지를 탁탁 쳤다.

"당신이 1면 기사로 나왔소, 랜디."

"날 왜 그렇게 부르는 거죠?"

"신문에서 당신이 그런 이름으로 불렸다고 하더군. 왜 나한테 말하지 않았소?"

"묻지 않았잖아요."

"그건 남편이 부르던 애칭인가?"

"아뇨, 어릴 때부터 쓰던 이름이에요."

"난 또 쉬운 여자라는 평판 때문에 그런 별명이 생긴 줄 알았지."

랜디라는 단어에 난잡한이란 뜻이 있다는 것을 비유해서 한 말이었다. 그녀는 굳이 되받아치는 일로 기력을 낭비하지 않았다. 대신 그녀는 신문의 굵은 글씨들을 훑어보았다. 납치된 전모가 목격자들의 설명에 의해 쓰여져 있었다. 몇몇 승객의 도움으로 철로의 바리케이드를 치운 후, 기차는 역으로 돌아갔다. 기관사는 도착에 앞서 연락을 보냈고, 주 정부와 연방 정부의 경관들과 함께 FBI가 역에서 기차를 맞이했다. 물론 방송과 신문 기자들도 빠지지 않았다.

"당신 전남편이 정류장에서 기다리고 있군 그래. 아주 긴장한 모습이야."

일면에 모턴 프라이스 주의원의 사진이 실려 있었다. 사진 속의 그의 잘생긴 얼굴은 명백한 고통과 비통으로 일그러진 채 이렇게 말한 것으로 인용되어 있었다.

'난 무슨 짓이라도 할 겁니다, 무슨 짓이라도. 내 아들 스콧을

되찾기 위해서요, 물론 랜디도.’

그녀에게서 씁쓸한 웃음이 새어 나왔다.

“여전히 습관을 버리지 못했군.”

“무슨 뜻이지?”

“열심히 자기 선전을 하는 거요. 그리고 언제나처럼 난 뒤늦게 생각나는 존재죠.”

“내가 동정이라도 하길 기대하나?”

그녀는 그에게 단조로운 시선을 보냈다.

“당신한테 기대하는 건 아무것도 없어요, 불한당처럼 행동하는 것 말고는요. 지금까지는 절 실망시킨 적이 없답니다, 오툴 씨.”

“꼭 그럴 생각은 아니었소.”

그가 문을 열고 밖으로 나섰다. 트럭의 다른 쪽으로 나와 랜디가 그의 옆으로 다가가자 그는 손을 한 번 가슴 앞에서 휘둘러 보였다.

“우리 마을에 온 걸 환영하오.”

그녀는 마을을 둘러보았다. 벽돌이나 나무로 세워진 건물이 몇 개 있긴 했지만, 거의 대부분이 간편하게 지어진 이동 주택들이었다. 중앙으로 큰 길 하나가 버려진 듯 나 있었다. 주유소, 식료품 가게와 우체국으로 구성된 건물이 하나 있긴 했지만, 주위에 사람의 모습은 보이지 않았다. 학교인 듯한 또다른 건물 또한 폐쇄되어 있었다. 그 너머로는 드문드문 몇 채의 집이 보였고 나머지는 볼 게 없었다. 그녀의 시선이 정상까지 산기슭을 굽이쳐 올라가는 험난한 길로 이끌렸다.

“광산?”

그녀가 그쪽으로 고갯짓을 했다.

"그렇소."

그는 냉소적인 표정으로 그녀를 내려다보았다.

"당신이 익숙했던 곳과는 다르지, 그렇지 않소?"

그녀는 그의 도발에 넘어가지 않았다.

"당신 마을에 대한 평가는 날 욕실로 데려다 준다면 훨씬 개선될 거예요."

"레타가 쓸 수 있도록 해줄 거요."

"레타?"

랜디가 그의 옆으로 한 걸음 다가섰다.

"어니의 아내요. 그리고 미리 말해 두는데, 전화를 해 보려는 시도에 대해서는 잊어버리는 게 좋소. 그들에게는 전화가 없거든."

랜디가 제일 처음 찾았던 것이 바로 전화 연결대였다. 하지만 하나도 보이지 않았다. 그녀의 마음을 읽어내는 호크의 능력에 그녀는 진저리가 났다.

그들이 그리 깨끗지 않은 마당을 지나 콘크리트 계단을 올라서자, 말뚝에 매인 염소 한 마리가 그들을 쳐다보았다. 호크가 한 번 노크를 하자 이동 주택의 문이 활짝 열렸다. 음식 냄새가 랜디의 배를 자극하며 으르렁거림을 이끌어 냈다. 일단 실내의 밝기에 눈이 적응되자, 그녀는 테이블에 앉아 있는 아들의 모습을 볼 수 있었다. 테이블 매너라곤 대체 어디 가버린 것일까? 아이는 앞에 놓인 접시에서 입으로 음식을 퍼넣는 중이었다.

"엄마, 제로니모 봤어요? 그게 염소 이름이래요. 이쪽은 도니, 내 새로운 친구예요. 일곱 살이래요. 이쪽은 레타 아줌마."

랜디는 살짝 미소를 지어 보였다. 도니는 수줍게 시선을 피했고, 레타는 호크의 뺨에 난 상처를 쳐다본 후 노골적인 호기심을 드러내며 그녀를 쳐다보았다. 랜디는 레타가 어니보다 훨씬 젊을 뿐만 아니라 자신보다도 더 어리다는 점에 충격을 받았다.

"식사 좀 하시겠어요?"

젊은 여자가 물어 왔다.

"해시(다진 고기 요리)뿐이지만……."

"네, 부탁 드려요."

랜디는 부드러운 미소를 지어 보였다. 레타는 불안하게 손을 비틀던 것을 멈추고 미소를 되돌려 주었다.

"프라이스 부인은 아주 배가 고플 거야."

의자 반대쪽으로 긴 다리를 걸쳐 앉으며 호크가 말했다.

"아침 식사로 물소 고기 육포와 튀긴 빵을 기대하고 있을 거야. 우리가 계란 머핀이라도 살까 물어 봤더니, 쌀쌀맞게 거절했다구."

어니가 킥킥대며 웃었다. 레타는 당황한 표정이었다. 하지만 랜디는 무시하며 레타에게 말했다.

"욕실을 좀 써도 될까요?"

"네, 그럼요. 복도 끝에 있어요."

호크가 벌떡 일어섰다.

"내가 안내하겠소."

랜디는 부엌을 통과하여 집 뒤쪽으로 향하는 좁은 복도를 지났다. 호크가 그녀 앞으로 손을 뻗어 욕실 문을 열더니 안으로 머리를 들이밀었다. 그는 욕실의 좁은 공간을 살피는 모습이었다.

“뭘 찾는 거죠?”

“당신이 빠져나갈 만한 창문이 있는지 살피는 거요.”

그녀는 성마른 소리를 내뱉고 그를 돌아 들어서려 했다. 그가 비켜나지 않자, 그녀는 달콤한 목소리로 물었다.

“같이 들어갈래요?”

“그럴 필요는 없을 것 같군. 하지만 이 문 밖에서 지키고 있을 거요.”

그녀는 두 손을 엉덩이에 얹고는 도전적으로 말했다.

“날 수색해 봐야 할지도 모르죠.”

또렷한 눈동자가 그녀의 몸을 훑어 내려갔다가 다시 올라왔다.

“그래야 할지도 모르겠군.”

그는 손등으로 그녀의 어깨를 약간 밀쳐 벽에 등이 닿도록 했다. 그녀가 저지하기도 전에, 그의 손이 블라우스 안으로 들어가 브래지어의 레이스 위를 헤매다가 재빨리 가볍게 가슴을 주물렀다. 그리고는 그녀의 등으로 손이 돌아가 위아래로 움직여댔다. 다시 앞부분으로 돌아온 그의 손은 그녀의 반바지 허리띠를 풀고 손을 펴서 복부로 미끄러들었다. 그 다음 엉덩이에서 손바닥을 활짝 폈다.

“특별한 건 없군.”

두 손을 거둬들이며 그가 침착하게 말했다.

랜디는 너무나 충격을 받아 아무 말도 할 수가 없었다. 그저 숨을 헐떡이며 그를 노려볼 뿐이었다. 얼굴에서는 핏기가 사라졌다. 비록 온몸으로 뜨겁고 거친 핏줄기가 분출해대고 있었지만 겉모습은 충격의 표정이었다.

"나한테 도전하지 마시오."

그가 부드럽게 경고했다.

"그런 의미만 담겨도 안 돼. 언제나 당신 도전을 받아들일 거 니까."

그가 점잖게 그녀를 욕실 안으로 밀고 문을 닫았다.

랜디는 숨을 진정시키기 위해 욕실 문에 기대어 섰다. 몸이 떨리고 있었다. 세면대의 수도 꼭지를 틀어 몇 번이나 달아오른 얼굴에 물을 튕겨댔다. 고개를 들어 거울 속의 모습을 들여다보았다.

슬픈 광경이었다. 머리는 엉망진창으로 나뭇가지와 잎사귀들이 드문드문 꽂혀 있었다. 무성한 숲을 통과해 온 결과였다. 옷은 지저분했고, 화장은 이미 한 지 24시간도 훨씬 지나 있었기 때문에 이제 얼룩덜룩 흔적으로만 남아 있을 뿐이었다.

"황홀하군."

메마르게 중얼거린 다음, 거의 황홀할 뻔했던 순간이 기억나자 인상을 찌푸렸다.

비누를 집어 들고 푸석푸석한 화장기를 맹렬히 닦아 냈다. 손가락으로 이도 닦아 보았다. 엉망으로 헝클어진 머리에서 조심스레 숲의 파편들을 골라냈다. 화장실을 사용하고 가능한 한 최선을 다해 옷을 털어 낸 다음, 그녀는 욕실을 나섰다.

호크는 문 밖에서 기다리고 있지 않았다. 부엌 테이블에 앉아 맥주를 마시며 어니와 낮게 속삭이는 중이었다. 그는 진짜 그녀가 도망 갈까 봐 걱정한 게 아니라, 그녀를 모욕하기 위해서 그녀의 몸을 수색한 것이었다. 문가에 서 있는 그녀를 알아채자, 두 사람의 대화가 갑자기 중단되었다.

“스콧은 어디 있죠?”

“밖에.”

창문을 내다보았다. 스콧이 신중하게 제로니모를 만지려 애쓰는 동안 곁에서 겁내지 말라고 용기를 북돋아 주는 도니의 모습이 보였다. 아들에게 당장 별다른 위험은 없을 것 같았으므로, 그녀는 테이블로 돌아와 레타가 내어 준 의자에 앉았다. 오후도 한참 지난 시간이라 식사 시간으로는 어울리지 않았지만 그녀는 이른 아침 제공되었던 아침 식사를 거절했던데다가, 그들은 점심을 먹기 위해 멈추지 않았기 때문에 레타가 담아 준 음식을 모조리 맛있게 먹어 치웠다. 그 뒤의 진하고 뜨거운 커피 한 잔은 그녀의 원기를 회복시켜 주고 정신을 차리도록 해 주는 것 같았다.

그녀는 커피를 한 모금 마신 다음 호크를 쳐다보며 퉁명스레 물었다.

“우리를 어떻게 할 참이죠?”

“당신 남편, 아니 전남편이 정부에게 광산을 다시 열겠다는 보장을 받아 낼 때까지 인질로 잡고 있는 거지.”

“그 협상은 몇 달이 걸릴 수도 있어요.”

그녀는 화들짝 놀라 소리쳤다.

호크는 어깨를 으쓱할 뿐이었다.

“어쩌면.”

“몇 주 있으면 스콧은 학교에 가야 한다구요.”

“학교는 그애 없이도 시작될 수 있을 거요. 당신 남편의 설득력에 별로 자신이 없으신가?”

“보통의 유괴범처럼 간단하게 돈을 요구하는 게 어때요?”

그의 표정이 딱딱해졌다. 어니는 목기침을 하더니 두 손을 내려다보았고, 레타는 의자에서 안절부절못했다.

"프라이스 부인, 동냥받길 원했다면 우리 모두 편안하게 살 수 있었을 것이오."

호크의 목소리는 싸늘했다.

그녀는 생각 없이 불쑥 그런 말을 내뱉어 버린 자신을 걷어차 버리고만 싶었다. 그녀의 말은 호크의 자존심을 건드렸다. 그의 푸른 눈동자가 인디언 기질과 모순될 수는 있겠지만, 그의 강렬한 자존심은 분명 그렇지 않았다.

그녀는 자신을 진정시키며 숨을 들이마셨다.

"당신이 어떤 계획을 세웠는지 알 수가 없군요, 오툴 씨. 정부와의 협상은 관료적 형식주의와 마주쳐야 한다는 말이라구요. 모턴은 몇 주 동안 정부와 만날 약속조차 받아 내기 힘들 거예요."

호크는 접혀진 신문을 쿵 소리나게 탁자에 내려놓았다.

"우리 계획대로 이게 도움이 될 거요. 당신 남편은 다시 당선되려고 애쓰는 중이지. 이미 뉴스거리가 될 만했다구. 아이가 유괴되었다는 건 모든 사람의 관심을 그에게 몰아 주었소. 대중적인 압력만으로도 애덤스 주지사는 우리 요구에 따를 수밖에 없을 거요."

"분명 아주 세심한 부분까지 생각하신 모양이군요. 스콧과 내가 실버라도 열차에 탄다는 건 어떻게 알아냈죠?"

그녀는 자신의 의외의 질문이 그들의 신경을 건드렸다는 걸 금세 깨달았다. 어니와 레타는 불편한 표정을 지었다. 하지만 호크는 재빨리 정신을 가다듬고 대답했다.

“유괴자는 원래 이런 일을 알아낼 수 있는 거요.”

그의 막힘 없는 대꾸는 그녀에게 아무것도 알려 준 것이 없었다. 하지만 그녀는 그들의 계획을 최대한 알아내야만 했다. 어떻게든 아들과 자신이 살아 도망 갈 수 있는 방법을 찾아야만 했다. 그러기 위해서는 그들의 계획을 아는 것이 중요했다.

“모턴과 어떻게 접촉할 계획인가요?”

“이 편지로 시작할 거요.”

호크는 셔츠 주머니에서 평범하게 타이프 쳐진 종이 한 장을 꺼냈다.

“이게 내일 그의 사무실 우체통에 직접 전달될 거요.”

그녀는 편지를 읽어 보았다. 텔레비전의 탐정물에서 곧바로 튀어나온 듯한 협박문이었다. 잡지에서 글자들을 오려내 쓰여진 내용. 편지는 모턴에게 스콧이 몸값 때문에 붙잡혀 있다는 점과 교환 조건을 가지고 금방 접촉하게 될 거라는 걸 알리고 있었다.

“접촉? 전화로?”

랜디가 물었다.

“그의 사무실 전화.”

“도청될 거예요. 쉽게 추적당할 거라구요.”

“정확히 말하면 여러 통의 전화지. 한 통화에 한 문장만 말해질 거요. 추적하기엔 너무나 짧지. 그리고 몇몇은 서부 지역에서 발신되기도 하고.”

그녀의 눈썹이 휘어졌다.

“또다시 찬사를 보내야겠군요.”

“다른 인디언 부족들이 우리에게 동정을 보이고 있소. 도움을 부탁하자, 쉽게 수락해 주었지.”

“잡힐 경우에는 어떻게 될지 생각해 봤나요?”

“아니, 잡히지 않을 거요.”

“전에도 문제를 일으킨 일이 있었죠, 그렇죠? 생각해 보니까, 당신 이름을 들었던 게 기억나요. 당신에 대해 읽은 적이 있어요. 당신은 수년 동안 문제를 일으켜 왔어요.”

호크는 천천히 의자에서 일어나 그녀와 거의 닿을 정도로 바짝 얼굴을 들이밀었다.

“난 내 부족이 고통받는 한 계속해서 문제를 일으킬 거요.”

“당신 부족? 당신이 뭐길래요, 추장이라도 된다는 건가요?”

“그렇소.”

그 말이 마치 뜨거운 프라이 팬에 떨어진 물처럼 지글거리며 금세 랜디를 침묵시켰다. 그녀는 그의 날카롭고 야윈 모습을 쳐다보며 자신이 건달 녀석을 상대하는 게 아니라는 걸 깨달았다. 호크 오툴은 한 주의 지사, 거룩한 지도자, 기름부음을 받는 자와 동급의 인물이었다.

“그렇다면 당신은 추장으로서 심각한 실수를 하고 말았군요.” 그녀가 말했다.

“론 퓨마 광산의 이름이 언급되자마자, 이 지역 전체는 FBI와 경찰들로 우글거리게 되겠죠.”

“물론.”

그녀가 두 팔을 벌리며 약간 웃었다.

“그들이 도착했을 때는 어떻게 할 작정이세요, 침대 밑에라도 숨을 건가요?”

“우린 여기 있지 않을 거요.”

그 말과 동시에 그는 테이블을 떠나 문으로 성큼성큼 걸어갔다. 너무나 세게 문을 열어 경첩이 거의 떨어져 나갈 지경이었다.

"우린 10분 있으면 출발하오."

그의 뒤로 문이 쾅 닫히자, 랜디는 테이블 위로 두 손을 올리며 어니와 레타에게 애원했다.

"날 도와주셔야 해요. 오툴 씨의 생각이 좋은 의도일 수는 있어요, 그가 하려는 일이 숭고하고 멋질 수도 있고요. 하지만 그는 심각한 범죄를 저질렀어요. 연방 정부의 법을 어겼다구요. 그는 감옥에 가게 될 거고 당신들 모두 그렇게 될 거예요."

그녀는 입술을 축였다.

"하지만 당신들이 날 도망 가도록 도와주면 정당하게 처리되도록 힘쓸 게요. 그게 안 되면, 전화만이라도 걸 수 있도록 도와주세요."

어니가 일어서더니 젊은 아내에게 입을 열었다.

"레타, 준비 다 됐소?"

"네."

"다 쌓은 짐은 문가에 놓아 둬요. 내가 트럭에 실을 테니까."

랜디의 어깨는 실망으로 축 내려앉았다. 그들은 도망칠 수 있도록 도와주지 않은 것뿐 아니라, 대꾸 한 마디 하지 않았다.

4

"어디로 가고 있는 거죠?"

"알고 싶지 않을걸?"

호크의 빈정거림은 바짝 마른 장작에 그어 대는 성냥불처럼 그녀의 성미에 불을 당겼다.

"이봐요, 내 손에 나침반과 지도가 들려 있다 해도 내가 문명 세계로 돌아갈 길을 찾는 건 불가능해요. 이 지형에 대해 놀랄 만한 게 있다면 단 한 가지, 대단히 단조롭다는 점이죠. 난 지금 우리가 달려가는 방향조차도 모르겠다구요."

"바로 그 이유 하나로 당신의 눈을 가리지 않은 거요."

분통 섞인 한숨을 내쉬며, 랜디는 트럭의 열린 창으로 고개를 돌렸다. 머릿결 사이로 시원한 바람이 불고 지나갔다. 가늘고 희미한 달빛이 그녀의 얼굴에 창백한 빛을 던졌다. 멀리 지평선에 흐릿하게 산들의 윤곽이 떠올랐지만, 간신히 식별할 수 있을 정도였다.

론 퓨마 광산 근처의 마을이 왜 그렇게 버려졌는지 그 이유를 알 만했다. 다른 사람들은 이미 은신처로 이동했던 것이다. 유괴에 관련된 사람들과 그 가족만이 마을에 남아 있었다. 호크가 어니의 이동 주택을 성큼 나가 버리고 나서 금세, 사람들을 태운 마차가 출발했었다. 호크의 트럭은 오후 내내 그랬던 것처럼 뒤쪽에서 따라갔지만, 결코 그 마차와의 사이를 멀리 떨어뜨리지 않았다.

"어떻게 추장이 됐지요?"

"나 혼자만이 아니오. 일곱 명의 추장으로 구성된 부족 연합체가 있소."

"아버지에게 자리를 물려받았나요?"

마치 이를 악무는 것처럼, 그의 턱 근육이 뭉쳐졌다.

"아버지는 치료 불가능한 알콜 중독으로 주립 병원에서 돌아가셨지. 지금 내 나이보다 약간 더 들었을 때였소."

랜디는 잠시 말없이 있다가 다시 물었다.

"그분 성이 진짜 오툴이었나요?"

"그렇소. 에이버리 오툴이 아버지의 할아버지의 할아버지의 할아버지였소. 그는 남북 전쟁 후에 그 구역에 정착했고 인디언 여자와 결혼했소."

"그럼 당신 어머니 쪽으로부터 추장 자리를 물려받았군요."

"내 어머니의 할아버지가 추장이셨소."

"당신 어머니는 당신에 대해 아주 자랑스러워하셨겠군요."

"어머니는 내 동생을 낳다가 아이와 함께 돌아가셨소."

그는 랜디의 놀라는 반응을 즐기는 것 같았다.

"의사는 두 주에 한 번 진찰하러 방문할 뿐이었지. 어머니는 의사가 없을 때 진통을 했고, 너무 많은 피를 흘려 돌아가셨소."

랜디는 그를 쳐다보았다. 동정심이 파도치듯 밀려들었다. 그렇게 비극적인 어린 시절을 겪었으니 냉담한 성격이 된 것도 이상할 게 없었다. 하지만 그의 화강암 같은 옆모습을 쳐다보자 그가 어떤 동정도, 친절한 말 한 마디조차도 반기지 않으리라는 걸 알았다.

그녀는 스콧을 내려다보았다. 금세 잠이 들어 버린 아이, 그들 사이의 공간에 쭉 드러누워 머리는 랜디의 무릎에 기대고 무릎은 가슴에 끼워 넣은 자세였다. 그녀는 손가락에 아이의 금발 머리 한 올을 감아 보았다.

"형제나 누이는 없나요?"

그녀가 부드럽게 질문했다.

"없소."

"오툴 부인이 있었던 적은?"

그가 힐끗 그녀를 쳐다보았다.

"없소."

"왜요?"

"내가 정상적인 남성인지 알고 싶다는 질문이라면, 대답은 괜찮다는 거요. 하지만 당신의 성생활이 나보다 더 흥미롭지. 거기에 대해 말하고 싶은 거라면, 당신 얘기를 하는 것이 더 나을 것이오."

"그런 뜻이 아니에요."

“그럼 그렇게 개인적인 질문들을 하는 의도는 뭐요?”

“난 당신처럼 똑똑한 남자가 어째서 여자와 아이를 여행객들이 가득한 기차에서 납치하는 그런 바보 같은 짓을 했는지 이해해 보려는 거예요. 당신 부족 사람들을 도우려는 거라고 했죠. 좋아요, 당신의 동기는 감탄할 만하다구요. 그건 이해할 수 있어요. 당신이 성공하길 빌구요. 하지만 법적으로 타당한 절차를 통해서이길 바라요.”

“그건 효과가 없소.”

“범죄는 효과가 있구요? 당신이 남은 평생을 연방 감옥에 갇혀 지낸다면 누구한테 도움이 된단 말인가요?”

“난 갇히지 않아.”

“충분히 가능성이 있어요.”

그녀가 씁쓸하게 대꾸했다.

“당신이 우릴 놓아 주지 않으면 그렇게 되어야만 해요.”

“그만두지.”

“이봐요, 오툴 씨. 게임은 이미 할 만큼 하지 않았나요? 당신을 돕는 남자들, 어니 같은 사람들은 죄를 지을 사람이 아니에요. 그들은 스콧을 인질이라기보다는 아끼는 조카처럼 대해 주었다구요. 당신도 나름대로 그애한테 친절했구요.”

그녀는 더욱 열정적으로 말을 이었다.

“당신이 스콧과 날 가장 가까운 마을에 풀어 준다면, 난 절대 유괴자들을 모른다고 주장하겠어요. 계속해서 복면을 하고 있었고, 왜 마음이 변해서 우릴 놓아 준 건지는 알 수가 없다고 말하겠어요.”

“관대하시군.”

“제발 생각 좀 해 보세요.”

그의 손가락이 운전대를 더욱 팽팽하게 감아 쥐었다.

“대답은 싫다는 거요.”

“아무것도 말하지 않겠다고 맹세할 게요!”

“스콧은 어쩌고?”

랜디의 입이 무언가 말하려고 벌어졌지만, 아무 말도 나오지 않았다.

“맞았소.”

다시 그녀의 마음을 정확히 읽어 내며 호크가 입을 열었다.

“물론 그러지 않겠지만, 내가 당신을 믿어 준다 해도, 스콧이 호크라는 이름에 대해 한 마디라도 하는 날에는, 연방 정부의 떨거지들이 순식간에 모두 내 주위로 몰려들 거요.”

“당신에게 전과만 없다면 그러지 않을 거예요.”

“내 기록은 깨끗하오. 한 번도 기소된 적이 없지.”

“이번엔 가능성이 커요.”

“가능성 따위는 치지 않아. 그런 것까지 치자면, 난 여태껏 참으며 괴로워하지 않을 거고 당신은 인디언과의 섹스가 어떤지 알게 되었겠지.”

그녀가 날카로운 숨을 들이켰다. 그녀가 말을 못하고 있는 틈을 이용해, 그가 얼른 덧붙였다.

“지난 밤에 내가 가장 원한 게 뭐였는지 모르겠소……. 당신의 초라한 모습을 보는 거였는지, 뜨거워진 모습을 보는 거였는지.”

“당신은 구역질이 나요.”

거칠고 메마른 웃음이 그에게서 터져나왔다.

"나한테 백합처럼 청초한 척 내숭 떨지 말라구. 불륜을 이유
로 이혼당했을 때 이미 당신의 더러움은 만천하에 공개된 거
요."

"이혼장에는 '양립할 수 없음'이라고 쓰여 있죠."

"공식적으로는 그렇겠지. 하지만 당신의 불륜에 대해 한 번
이상 암시된 바 있거든."

"읽은 내용을 모두 믿으시나요, 오툴 씨?"

"읽는 건 거의 믿지 않지."

"그렇다면 제 이혼은 어째서 예외가 되죠?"

그의 시선이 그녀를 훑어보았다. 바람에 날린 머리와 화장기
없는 맨얼굴, 막 잠자리에서 일어난 듯이 보이는 흐트러진 옷매
무새…….

"난 당신이 얼마나 쉽게 넘어가는지 알고 있소. 어젯밤 일 기
억나오?"

"난 넘어가지 않았어요."

"아니, 넘어갔어. 기꺼이 인정하지 않으려는 것뿐이지."

화가 나 뺨이 붉어진 채 랜디는 또다시 창문으로 고개를 돌
려 버렸다. 자신이 당황하는 모습을 보여 그의 말이 맞다는 걸
알게 하고 싶지는 않았다. 그 순간, 그녀가 그의 키스를 즐겼다
는 사실을 떠올리는 게 미치도록 싫었다.

자신의 변덕스런 반응에 대해 랜디는 너무나 오랫동안 남자
의 입술을 느껴 보지 못했기 때문이라는 핑계를 대 보았다. 마
음은 그를 거부하면서도, 그녀의 몸은 그러지 못했다. 그의 남
성적인 매력에 자석처럼 끌려갔었다. 그의 피부 내음을 음미하
며 머리카락의 느낌을 즐겼다. 자신에게 닿았던 그의 단단한 압

70

력은 그녀의 하체에 번쩍이는 불길을 당겨 놓았다. 그 느낌을 떠올려 보는 지금조차도 또다시 불이 붙는 것만 같았다.

자신의 반응이 너무 미미해서 눈치채이지 않기만을 바랄 뿐이었다. 하지만 그는 알고 있었다. 그녀의 반응을 눈치채고 있다는 듯한 눈길로 그녀에게 시선을 던졌던 것이다. 그는 그녀의 순간적인 굴복을 고소한 듯 바라보았다. 그것이 그의 에고를 충족시킬 뿐만 아니라, 그녀의 깨져 버린 결혼에 관한 근거 없는 비난들을 확신시켜 준다는 듯한 눈길.

아니라고, 절대 아니라고 비명을 지르고 싶었지만, 그녀는 그러지 않았다. 그녀는 이혼 당시 받았던 주위의 비난에도 담담하게 대응했다. 히스테릭해질 필요가 없었다. 앞으로도 절대 그러지 않을 것이다.

유쾌하지 못한 기억들에 눈을 닫아 버리고 그녀는 의자 뒤에 머리를 기댔다. 마음속의 혼란에도 불구하고 어느새 잠이 들었던 모양이었다. 다음에 다시 인식할 수 있었던 것은, 트럭이 정지된 채 문이 활짝 열려 있다는 것이었다.

"나오시오."

호크가 말했다.

그녀는 동시에 세 가지를 알아챘다. 기온이 충분히 느낄 수 있을 만큼 추워졌으며, 산소는 희박해졌고, 스콧이 팔을 호크의 목에 감은 채로 그의 가슴에 안겨 잠들어 있다는 것이었다. 호크는 한 손으로 스콧의 엉덩이를 받치고 다른 한 손은 그녀 쪽 문을 열어 잡고 있었다.

그녀는 트럭에서 나와 땅을 밟았다. 어딘가 근처에서 흐르는 물소리가 들렸다. 주위의 산기슭에는 네모난 불빛들이 점점이

박혀 있었는데, 잠시 후 그녀는 그것이 많은 건물들의 창문이라
는 것을 깨달았다. 인색하게 빛을 던지고 있는 희미한 달빛 속
에서 몇몇 희미한 윤곽만을 알아볼 수 있었다.

"모두 자리잡았나?"

말없이 어둠 속에서 모습을 드러낸 어니에게 호크가 물었다.

"그래, 레타는 도니를 재우러 갔어. 너에게 잘 자라는 인사를
전해 달라더군. 프라이스 부인을 위한 숙소는 저 위쪽이야."

그가 비탈져 굽이굽이 올라가는 좁은 길을 가리켜 보였다.

호크는 퉁명스레 고개를 끄덕였다.

"내일 아침 일찍 보세. 내 숙소에서 만나자구."

어니는 방향을 틀어 반대쪽으로 걸어갔다. 호크는 어니가 가
리킨 좁은 길로 들어섰다. 그는 거친 통나무들로 지어진 작은
오두막 앞에서 멈추어 작은 현관 계단을 올라 발끝으로 문을
밀쳤다. 그는 뒤따라온 랜디에게 말했다.

"초롱에 불을 붙이시오."

"초롱이라구요?"

그녀의 목소리는 소심하기 그지없었다.

도시에 물든 여자의 바보 같음을 욕해 주며, 그는 스콧을 그
녀에게 넘기고는 성냥을 켜서 등유 초롱 심지에 불을 붙였다.
불길이 심지에 옮겨지자 유리 덮개를 내렸다. 그것이 방 하나뿐
인 숙소에 빛을 비추어 두 개의 좁은 간이 침대와 두 개의 의
자 그리고 네모난 탁자 하나밖에 없는 좁은 방을 드러내었다.

"그렇게 겁내는 표정 지을 것 없소. 이 정도면 호사스러운 거
요."

랜디는 경멸적으로 등을 돌려 침대 하나에 스콧을 내려놓았

다. 신발을 벗기고 손으로 짠 울 담요를 덮어 주자 아이가 졸린 소리로 무어라 중얼거렸다. 그녀는 침대 옆에 쭈그리고 앉아 아들의 뺨에 입을 맞추었다.

다시 호크의 얼굴을 마주 보았을 때, 그는 천천히 그녀를 내리훑고 있었다. 피로감이 그의 눈에 분명히 보일 것이다. 그 앞에서 강한 모습을 보이고 싶었지만 불행히도, 그녀의 자만심어린 자세에는 피로감이 내려앉았고, 표정도 어쩔 수 없이 황량해지고 말았다.

"오두막 밖에 밤새 경비가 서 있을 거요."

"내가 어디로 도망 가겠어요?"

그녀는 좌절감으로 소리 질렀다.

"정확히 맞는 말이오."

그녀는 몸을 간신히 끌어올려 일어서서는 그를 오만하게 쳐다보았다.

"이제 혼자 있게 좀 해주시겠어요, 오툴 씨?"

"떨고 있군."

"추워서 그래요."

"침대를 따뜻이 덥힐 만한 젊고 건장한 사내를 들여보내 줄까?"

거의 턱이 가슴에 닿을 때까지 그녀의 머리가 툭 떨어졌다. 그와 싸우기에는 너무 피곤하고 또 너무 기운이 없었다.

"날 혼자 있게 해줘요. 난 여기 내 아들과 같이 당신 손 안에 있어요. 도대체 나에게 더 원하는 게 뭔가요?"

그녀는 고개를 들고 솔직한 애원을 담아 그를 바라보았다.

그의 뺨 근육이 뒤틀리고 있었다.

"절망적인 남자에게 여자가 물을 수 있는 어리석은 질문이군. 난 잃을 게 거의 없소. 당신을 친절하게 대하든 그러지 않든 사실 문제도 아니야, 그렇지 않소? 어느 쪽이든 난 교수형일 테니까."

그는 둘 사이의 거리를 좁히지 않으려고 무진 애를 쓰는 것 같았다.

"난 당신 같은 여자를 경멸해. 이쁘장한 금발 머리, 순수한 앵글로족, 그 이유만으로 모든 우월감을 소유한 족속. 하지만 당신을 볼 때마다 당신을 원해. 우리 중 누가 더 편견에 사로잡혔는지 알 수 없군."

그 말과 함께, 그는 나가 버렸다. 그 자리에 서서 떨고 있는 그녀를 그대로 남겨 둔 채.

태양이 가까운 산 꼭대기에 오르는 중이었다. 자기 오두막 창문 옆에 선 호크는 그 해돋이를 지켜보고 있었다. 벌써 세 잔째 커피였다. 양철잔에 가득 따랐던 커피를 다 비운 다음 창문 아래 기대어져 있는 볼품없는 탁자에 내려놓았다.

그는 한잠도 자지 못했다.

몇 년 전부터 잠을 많이 자지 않도록 자신을 훈련시켜 놓은 그였다. 기껏해야 하루에 네다섯 시간. 그 시간을 극대화하기 위해 보통은 누우면 바로 잠이 들었었다. 하지만 어젯밤 그는 텅 빈 어둠을 응시하며 깨어 있었다.

지금까지 모든 일이 괜찮았다. 불평할 만한 일은 하나도 없었다. 납치는 계획대로 술술 진행되었다…… 프라이스 부인이 포함된 것만 빼면. 그런데 왜 이렇게 하나도 기쁘지 않는 건지 이유를 알 수 없었다. 사실, 그는 전혀 기분이 좋지 않았다.

누군가 그의 옆에 거의 다가왔을 때까지도 그는 전혀 접근을 눈치채지 못했다. 호크는 반사적으로 몸을 돌려 싸울 태세를 취했다.

어니가 놀라서 몇 걸음 뒤로 물러서며 두 손을 들어올렸다.

"어떻게 된 거야? 내가 들어오는 소리 못 들었어?"

바보가 돼버린 느낌으로 호크는 어깨를 으쓱이고는 어니에게 커피 한 잔을 건넸다. 나이든 남자가 그 잔을 받아 들었다.

"지금까지는 일이 쉽게 풀렸어. 오히려 잘못되지는 않을까 걱정스러워."

뜨거운 커피가 식기를 기다리며 어니가 한 마디 했다.

"아무것도, 아무것도 잘못되지 않아."

호크는 자기 느낌보다 더한 자신감을 담아 말했다.

"편지는 오늘 아침 전달될 거야. 한 시간 후 모턴 프라이스는 우리 전화를 받을 거고, 우리 조건이 명확해질 때까지 다른 전화들이 계속 이어질 거야."

"그가 언제 애덤스 지사와 접촉할지 모르겠군."

"빠른 시간이 될 거야. 신문들이 우리에게 알려 주겠지."

어니가 킥킥거렸다.

"신문이 도주중인 범죄인들에게 정보를 제공하는군."

그 말이 호크에게 어제 여자가 한 말을 상기시켰다. 그는 셔츠를 걸쳐 입었다.

"범죄자가 된 느낌인가?"

진지하게 물은 질문은 아니었는데, 어니는 진지하게 받아들였다.

“지금은 아니냐.”

그는 젊은 친구에게 깊이 패인 눈을 들어올렸다.

“하지만 아이에게 무슨 일이라도 생기면 그럴 거야, 여자에게도 마찬가지고.”

의도적으로 호크는 어니의 말에 늦게 반응했다. 그는 셔츠 자락을 허리춤에 끼워 넣으며 어니에게 차갑고 굳은 시선을 보냈다.

“여자에게 무슨 일이 생길 수 있겠나?”

“네가 말해 주어야겠지.”

호크는 셔츠를 다 끼워 넣고 나서 부드럽게 낡은 리바이스 청바지의 지퍼를 올렸다.

“내 명령을 따르기만 하면, 그 여자는 별탈없이 돌아갈 거야.”

어니는 침대가에 앉아 양말과 부츠를 신는 호크를 지켜보았다.

“레타 말로는 던 재뉴어리가 너에게 관심이 있다고 하더군.”

“던 재뉴어리? 그애는 어린아이라구.”

“열여덟이지.”

“그러니까 어린아이이지.”

“레타는 나와 결혼했을 때 열여섯이었어.”

“그게 뭘 증명한다는 거야? 자네가 나보다 더 남성적이라는 거? 그 점은 축하하지.”

호크의 의도적인 농담에 어니는 미소 한 번 짓지 않았다. 그의 과묵한 얼굴은 변하지 않고 그대로였다. 호크는 일어서서 탄탄한 팔뚝으로 소매를 걷어올리기 시작했다.

“아론 턴보우는 던을 사랑해. 그가 대학으로 돌아갔기 때문에 그녀는 불안하고 변덕스런 기분이 드는 것뿐이야. 크리스마스에 그가 돌아오면 둘이 약혼할 것 같던데."

"네가 즐길 수 있는 기간이 넉달이라는 얘기지."

호크의 몸이 마치 총에 맞은 사람처럼 홱 돌아갔다. 그의 시선은 얼어붙은 호수처럼 차고 고요했다.

"난 아론에게 그런 짓 하지 않아."

"할 수 있어."

"하지만 그러지 않을 거야."

몇 분 동안 두 사람 사이에 무거운 긴장감이 감돌았다. 마침내 호크의 입술이 미소에 가깝게 풀어지면서, 테이블 위의 칼을 들어 벨트에 부착된 칼집 안으로 집어 넣고는 의자에 앉았다.

"레타만으로는 자네 성욕이 만족스럽지 못한 모양이지?"

"만족스러운 거 이상이지."

어니는 호색스럽게 낄낄댔다.

"그럼 왜 내 일까지 쓸데없이 참견하는 거야?"

"왜냐하면 그 여자를 보는 너의 눈을 보았으니까."

"누구?"

어니가 굳이 이름을 대지 않아도 대답은 충분히 명백했다. 그는 대답 대신 말했다.

"네 침대에는 여자가 필요해, 하루 빨리. 너는 지금 안달이 나 있다구. 그게 너를 부주의하게 만들고 있어."

"부주의?"

"몇 분 전에 난 너를 죽일 수도 있었어. 다른 일에 신경을 빼앗길 여유가 없다구, 특히나 지금은 더."

"나한테 여자가 필요하면, 내가 알아서 갖을 거야."

호크가 성마르게 대꾸했다.

"하지만 그 여자는 안 돼, 호크. 그 여자 같은 앵글로는 백만 세기가 걸려도 절대 너를 이해하지 못할 거야."

"나한테 그런 말 할 필요 없어."

"앵글로 여자를 갖는 결과에 대해 일깨워 줄 필요도 없겠지."

"그래. 하지만 어쨌든 자네가 나한테 일깨워 주고 있다는 걸 알겠군."

호크의 불길한 표정에 어니는 한숨을 쉬었다.

"우리 부족의 운명은 너의 올바른 판단에 달려 있어."

그가 조용히 말했다.

호크가 벌떡 일어서자 거의 어니보다 머리 하나는 더 컸다. 그의 네모진 턱은 단단하게 앞으로 불쑥 튀어나왔고, 목소리는 눈동자만큼이나 소름이 끼쳤다.

"내 부족 사람들의 행복을 위태롭게 하는 짓은 절대 하지 않을 거야. 그리고 앵글로와 같이 살기 위해 그들을 버릴 생각은 추호도 없어."

그들은 서로를 노려보았다. 시선을 먼저 돌린 쪽은 어니였다.

"도니와 낚시하러 가기로 약속했어."

호크는 문을 열고 나가는 그를 지켜보았다. 두 눈썹 사이의 고랑이 더욱 깊게 패였다.

미란다 프라이스가 아이처럼 두 손을 뺨에 대고 잠들어 있는 침대 옆에 선 한 시간 후에도 그 고랑은 여전히 깊기만 했다. 그녀의 머리는 베개 위에 섹시하게 퍼져 있었다. 약간 벌어진 입술은 이슬에 젖은 듯 촉촉하고 부드러워 보였다. 그 광경이 그의 바지를 불편할 정도로 죄어 왔다. 그는 자신과 자신의 돼

먹지 못한 몸뚱이를 저주했다. 그리고 그 여자를 더욱 저주했다.

"일어나시오."

너무나 퉁명스러운 목소리에 랜디는 무엇이든 빈약한 보호라도 받으려는 듯 가슴까지 담요를 움켜쥐고 튕겨 일어났다. 그리고 몇 번쯤 눈을 깜박여 초점을 맞췄다. 창문 사이로 스며드는 햇살을 뒤로 하고 선 호크의 실루엣이 큼직한 까만 윤곽을 그리고 있었다.

"여기서 뭐 하는 거죠?"

그녀는 다른 침대를 살폈다. 구겨진 이불이 바닥에 내팽개져 있었고 침대는 비어 있었다.

"스콧은 어디 있어요?"

"어니와 그의 아들 도니와 같이 낚시하러 갔소."

그녀는 담요를 홱 걷어내며 일어섰다.

"그애는 낚시에 대해 아무것도 몰라요. 어젯밤 들은 바로는 물살이 꽤나 빠를 것 같던데, 그런 빠른 물살에서는 수영도 할 수 없을 거예요."

문으로 돌진하는 그녀의 팔뚝을 호크가 잡아챘다.

"어니가 지켜보고 있소."

"내가 직접 지켜보겠어요."

"당신은 그애를 마마보이로 만들어."

그녀는 팔을 비틀어 빼냈다.

"그애한테는 아직 엄마의 보호가 필요해요."

"남자와 같이 있는 게 필요하지."

"내 아들의 양육에 대해 당신이 감히 나에게 충고하는 건가요?”

“당신 아들은 말 타는 것도 무서워했소.”

“그애는 얼굴을 가린 총 든 남자에게 끌려가고 있었다구요. 그애 나이, 아니 어떤 나이의 아이가 두려워하지 않겠어요?”

“도니는 스콧이 염소를 지독하게 무서워한다고 말하더군.”

“그럴 만도 하죠. 그애는 짐승들과 같이 있을 기회가 별로 없었으니까요.”

“그럼 그건 누구 잘못이지?”

“난 동물원에 데리고 갔다구요. 사자나 호랑이와 같이 놀 기회는 없었지만요.”

“애완 동물은?”

“우린 아파트에 살아요. 애완 동물은 기를 수 없어요.”

“스콧을 아빠에게서 떼어놓기 전에 당신은 여러 가지를 생각했어야 했소.”

“애아빠는 한 번도…….”

그녀가 불연듯 말을 멈췄다.

호크의 시선이 그녀의 얼굴에 꽂혔다.

“뭐요? 그애 아빠가 뭘 한 번도 하지 않았다는 거요?”

“당신이 상관할 바 아니에요.”

그녀는 소름이 돋은 팔을 문질러댔다. 하지만 그가 연약함으로 오해하지 않도록 짐짓 친절한 듯 말했다.

“그애는 민감한 아이예요.”

“그애는 겁쟁이요. 당신이 그렇게 만들었어.”

“당신이라면 어떻게 만들었을까요? 당신 같은 야만인?”

호크가 그녀의 팔뚝을 홱 잡아당겼다. 그녀는 숨도 쉬지 못할 정도로, 머리가 바닥에 닿을 정도로 뒤로 젖혀졌다. 한 마디 한 마디 할 때마다 그의 숨결이 그녀의 얼굴에 뜨겁게 닿았다.

"아직 내 야만성을 보지 못했군, 프라이스 부인. 절대 보지 않기를 바라는 게 좋을 거요."

그녀의 경악에 찬 눈동자를 파낼 듯 쳐다보다가 갑자기 놓아버렸다. 그녀는 균형을 잃고 바닥으로 쓰러졌다.

"아침 식사가 기다리고 있소. 같이 갑시다."

"아무것도 먹고 싶지 않아요. 내가 하고 싶은 건 목욕하고 옷을 갈아입는 거예요. 스콧에게도 좀더 따뜻한 게 필요해요. 이틀 전에 옷을 입을 때는 유괴되어 산으로 끌려오리라고는 생각도 못했거든요."

"갈아입을 옷을 준비시키겠소. 스콧은 벌써 따뜻하게 갈아입었소. 목욕은 이쪽에서 해야 하오."

그가 오두막 문을 열었다. 랜디는 그의 뒤를 따라 밖으로 나갔다.

눈앞의 풍경은 정말 환상적이었다. 어젯밤 도착했을 때는 어둠에 싸여 보이지 않던 것이 지금 그녀 앞에 장엄하게 펼쳐져 숨을 들이쉬게 했다. 하늘은 더이상 푸를 수 없는 생생한 파란색이었다. 우람하고 쭉쭉 뻗은 소나무와 전나무 거인들이 사방을 진한 초록색으로 에워싸고 있었고 햇빛에 빛나고 있는 자갈투성이의 거친 땅마저 그 풍경에 매우 잘 어울렸다.

"여기가 어디죠?"

"날 바보로 아시오, 프라이스 부인?"

그녀는 짜증스레 대구했다.

"여기가 인디언 지역의 일부냐는 뜻이었어요."

“그렇소. 일종의 휴양지라고 할까.”

“그럴 만하군요. 아름다운 곳이에요.”

“고맙소.”

그들은 시내 바로 옆으로 다가갔다. 다른 풍경들과 마찬가지로 길들여지지 않은 자연 그대로의 물줄기가 산기슭을 빠른 기세로 타고 내려오고 있었다. 공기 중에 매달린 안개 같은 물방울들이 햇빛을 받아 수많은 무지개를 창조해 냈다. 물밑으로는 거울처럼 반짝반짝하게 닦여진 동글동글한 돌들이 줄지어 놓여 있었다. 물살이 너무 빨랐으므로, 어른도 그 안에서 균형을 유지하기 힘들 것 같았다.

그녀는 호크의 날렵한 엉덩이와 어슬렁대는 걸음을 뒤따라갔다. 그는 시내에서 약간 떨어진 곳에 멈춰 서더니 손짓을 했다.

“바로 여기요.”

그 투명하게 소용돌이치는 물을 바라보자 그녀는 입이 딱 벌어졌다. 그녀는 재미있다는 듯한 표정으로 얼굴을 들이올렸다.

“진담은 아니겠죠. 여기서 목욕을 하라구요? 이 물은 얼음처럼 차가울 거예요.”

“당신 아들은 개의치 않는 것 같던데. 아니 오히려 즐기는 것 같았소.”

“당신…… 당신 스콧을 이 얼음장 같은 물에 넣었단 말이에요?”

“어치처럼 벌거벗겨서 던져 넣었지. 물에 익숙해져 이가 딱딱거리지 않게 되니까 괜찮았소. 나오라고 끌어낼 수 없을 정도였지.”

“말도 안 돼요, 오툴 씨. 스콧은 이런 일에 익숙하지 않다구요. 병에 걸릴 수도 있어요.”

“목욕을 거절하는 걸로 받아들여도 되겠소?”

“바로 맞혔어요.”

그녀는 발꿈치를 돌려 오두막으로 돌아가려 했다.

“먹는 물로 씻을 거예요.”

“좋으실 대로.”

그는 그녀가 혼자 좁은 길을 돌아가도록 내버려 두었다. 그녀
는 오두막에 닿자마자, 뒤로 문을 쾅 닫아 버렸다. 그들 모자를
위해 가져다 준 먹는 물을 데울 방법은 전혀 없었다. 오두막에
벽난로가 있긴 했지만, 땔감이 하나도 없었다. 하지만 적어도
그 물이 시냇물보다는 더 따뜻했다. 그녀는 가능한 한 최선을
다해 그 물로 씻었다. 반쯤 씻었을 때 누군가가 문을 두드렸다.

“누구세요?”

“레타예요.”

담요로 몸을 감싸면서 랜디가 대꾸했다.

“들어오세요.”

레타가 진지하지만 수줍은 미소를 띤 모습으로 안으로 들어
섰다.

“호크가 이 옷을 가져다 주라고 했어요.”

레타에게 미소를 되돌리지 않는 건 불가능했다. 넓은 얼굴에
짤막한 코와 커다란 입술의 그녀는 예쁘진 않았지만, 반짝이는
검은 눈동자와 상냥한 태도가 그녀의 결함을 충분히 메꿔 주었
다.

“고마워요, 레타.”

그녀가 길고 단순한 형태의 치마 주머니에서 무언가를 꺼냈

다.

"이걸 사용하시면 좋을 거예요."

그녀가 비누 한 조각을 살짝 건넸다.

"고마워요. 정말 감사해요."

그녀는 비누 내음을 킁킁거리며 맡았다. 그녀가 보통 사용하던 향수 비누와는 달리 강하고 남성적인 냄새였지만, 그것만으로도 감사했다.

"머리빗도 가져 왔어요."

빗을 건네며 레타가 서둘러 덧붙였다.

랜디는 두 손에 든 물건들을 쳐다보았다. 그 평범한 물건들이 지금은 대단히 귀중하게 느껴졌다.

"정말 친절하군요, 레타. 고마워요."

랜디의 찬사를 흠뻑 받으며, 레타가 떠나려고 몸을 돌렸다. 그제서야 랜디는 탁자에 놓인 옷가지를 쳐다보았다. 그것은 회색과 갈색의 체크 무늬 플란넬 셔츠와 무어라 딱히 말할 수 없는 우중충한 색깔의 긴 치마였다. 군대의 위장용 옷이라 해도 이보다는 더 매력적일 것이다.

"오툴 씨가 이 옷을 선택했나요?"

레타는 머리를 끄덕이고는 얼른 문 밖으로 나섰다. 랜디가 그 볼품없는 옷을 집어 던질까 봐 두려워하기라도 하는 듯했다.

간단하게 목욕을 마친 랜디는 셔츠와 치마 사이에 끼워져 있던 속옷을 찾아냈다. 팬티는 그런 대로 괜찮았지만, 브래지어는 몇 사이즈쯤 너무 컸다. 입고 있던 속옷은 빨아 버려 아직 젖은 상태였으므로 브래지어는 하지 않는 수밖에 없었다. 그렇다고 해도 별 상관은 없었다. 셔츠도 볼품없기는 치마와 마찬가지였다. 그 옷들이 깃대를 넣은 싸개마냥 그녀의 날씬한 몸매를 감싸 버렸다. 이것은 그녀의 의지를 꺾으려는 호크의 교활한 방법 중 하나일 것이다.

거울은 없었지만, 그녀는 자신의 모습을 조금이라도 더 나아 보이게 하려고 애썼다. 셔츠의 긴 자락은 허리춤에 묶고, 소매를 팔꿈치까지 말아 올린 다음 목깃을 세웠다. 치마에 관해서는 할 수 있는 방법이 많지 않았다. 하지만 만약을 위해 머리빗을 주머니에 넣었다. 일단 옷을 정리하고 나자, 그녀는 운동화 끈을 이용하여 머리를 하나로 묶었다.

그들이 그녀에게 무얼 기대하는지는 모르지만, 하루 종일 오두막 안에 앉아 있지는 않을 셈이었다. 날씨가 아주 좋았다. 멋진 날이었다. 산 속에 자신의 의지와는 상관없이 얼마나 오래 붙잡혀 있을지 알 수 없지만, 가능한 한 즐기는 편이 나았다. 게다가 스콧을 보고 싶어 견딜 수가 없었다. 아이를 이런 야생의 자연 속에서 자유롭게 돌아 다니도록 내버려 두는 것이 마음에 들지 않았다. 그애는 위험을 깨닫지도 못할 것이다.

그녀는 현관 밖으로 나서서 주위에 넓게 펼쳐진 광경을 바라보았다. 아까 호크와 같이 오두막을 나설 때는 사람이 거의 보이지 않았는데 지금은 아주 많이 눈에 띄었다. 백 명이나 그 이상 될 것 같았다. 그녀는 또한 산기슭에 위치한 수많은 집들을 보고 놀랐다. 마치 자연스럽게 퍼져 있는 바위처럼 오두막들이 거의 눈에 띄지 않을 정도로 배경 속에 묻혀 있었다.

흐르는 물살 소리 너머 스콧의 목소리가 들리자 그녀는 그 방향으로 걸어갔다. 어니, 도니와 같이 물가에 있는 아이가 보이자 그녀는 문득 멈춰 섰다. 스콧은 무릎을 꿇고 평평한 돌을 작업대삼아 호크에게 받은 칼로 물고기를 손질하는 중이었다.

"스콧!"

아이가 눈을 덮고 있던 앞머리 사이로 그녀를 올려다보더니 빠진 이를 드러내며 함박 웃음을 지었다.

"엄마, 좀 와 보세요. 내가 물고기를 잡았어요! 세 마리나요, 다 내가 잡은 거예요. 낚시 바늘에서 떼어 내고 내가 다 했다구요."

자신의 성과에 너무나 흥분해 있는 아이를 차마 혼낼 수가 없었다. 그녀는 조심스레 자갈들을 밟으며 다가갔다.

"굉장하구나, 하지만……."

"어니 아저씨가 낚시 바늘에 미끼 다는 법을 가르쳐 줬어요. 물에서 꺼내 물고기가 문 바늘을 빼내는 것도요. 도니는 벌써 죄다 알고 있었어요. 하지만 도니는 두 마리밖에 못 잡았고 난 세 마리나 잡았다구요."

"춥지 않니? 너 물 속에 들어갔었니? 이 바위들은 너무 미끈거린단다. 조심해야 해, 스콧."

아이는 듣고 있지 않았다.

"먼저 머리를 떼어 내야 해요. 그 다음에 배를 가르는 거예요. 이건 물고기 내장이에요. 흐물거리는 것 좀 보세요, 엄마. 요리해서 먹으려면 내장을 모두 칼로 빼내야 한다구요."

또다시 아이는 재미있게 물고기를 공략해댔다. 랜디는 구역질이 나려 했다. 집중해 있을 때면 늘 그렇듯이 아이의 왼쪽 입술 구석으로 혀가 삐죽 튀어나와 있었다.

"하지만 칼을 사용할 때는 아주 조심해야 해요. 손가락을 자를 수가 있어요. 잘못하면 저녁 식사에 손가락을 요리할 수도 있다고 호크가 말했어요.”

“잘 배우고 있군.”

랜디는 획 돌아섰다. 그녀 뒤로 호크가 다가오고 있었다. 그가 그녀 뒤에 서자 그녀는 자신의 말을 강조하기 위해 손가락으로 그의 가슴을 찌르며 말했다.

“우리가 여기서 나갈 수 있도록 필요한 일은 모조리 하시길 바라요. 모턴에게 전화하세요. 당신의 요구를 받아들이도록 모든 일을 다 하라구요. 애덤스 지사와도 직접 통화하시구요. 싸우러 가라구요. 당신이 무슨 방법을 쓰든 상관 안 해요. 그냥 우리가 집으로 돌아갈 수만 있으면 돼요, 아시겠어요?”

“이곳이 싫어요, 엄마?”

그녀는 다시 스콧을 쳐다보았다. 그녀를 바라보고 있는 아이의 지저분한 얼굴이 걱정으로 가득 차 있었다. 그 눈 속의 반짝이던 빛도 흐릿해졌다. 아이는 더이상 미소짓지도 생기 있어 보이지도 않았다.

“난 좋아요. 멋지다구요.”

“멋진 게 아니야, 스콧. 이건…… 이건…….”

그녀는 핏물이 흩뿌려진 바위를 내려다보았다.

“이건 구역질이 나. 넌 당장 오두막으로 돌아가서 얼굴과 손을 닦아라. 깨끗이 비누칠해서.”

스콧의 아랫입술이 떨리기 시작했다. 아이는 어쩔 줄 몰라 하며 머리를 숙였고 어깨도 푹 꺼졌다. 랜디는 스콧을 이렇게 심하게 야단쳐 본 적이 거의 없었다. 특히나 다른 사람들 앞에서는 한 번도 혼내지 않았다. 하지만 그 사람들이 어떤 위협을 가할 수 있는지 전혀 알지 못한 채, 자신을 유괴한 인간들과 이렇게 재미있는 시간을 보내는 스콧을 보니 자제력이 송두리째 사라지는 것이었다.

호크가 스콧과 그녀 사이로 끼어들어 아이의 어깨에 손을 얹었다.

"고기는 아주 잘 낚았다, 스콧."

스콧은 고개를 들더니 기운 없이 호크를 올려다보았다.

"진짜로요?"

"아주 잘 해냈으니까 이제 다른 할 일을 얘기해 주마. 어니와 도니와 같이 가거라. 너도 알겠지만, 우린 가축들을 모두 끌고 왔단다. 네가 말들을 좀 빗겨 주었으면 좋겠구나."

랜디가 반대의 말을 하려 하자, 호크는 홱 돌아서며 난폭한 눈길로 그녀의 말을 막아 버렸다.

"어니?"

"가자, 도니, 스콧."

어니의 부름에 스콧이 미뭇거렸다.

"엄마, 나 가도 돼요?"

호크는 입술을 거의 움직이지 않고 낮은 소리로 말했지만 그녀에게는 똑똑히 들렸다.

"아이와 당신을 떼어놓겠어. 당신은 아이가 어디 있는지, 무얼 하는지도 모르게 될걸."

그녀는 힘겹게 침을 삼키고는 주먹을 불끈 쥔 채 두 눈을 감았다. 그녀에 대한 흉측하고 근거도 없는 소문을 처음 들었을 때와 마찬가지로, 그녀는 어쩔 수 없는 빠져나오지 못할 궁지에 몰려 버렸다. 그녀는 꺾여야 할 때를 알았고, 지금이 그럴 때였다.

“같이 가거라, 애야.”

그리고 쉰 목소리로 덧붙였다.

“대신 아주아주 조심해야 한다.”

“그럴 게요.”

스콧은 열성적으로 대답했다.

“가자, 도니. 이제 말은 하나도 무섭지 않아.”

그들 셋은 언덕을 내려가며 행복한 수다를 떨어대고 있었다. 그녀는 그 모습을 잠시 바라보다가 몸을 돌려 호크의 눈을 똑바로 들여다보았다.

“비열한 인간.”

단 한 번의 재빠른 동작으로, 그가 칼집에서 칼을 꺼내 그녀의 코앞에 갖다 댔다.

“당신은 생선이나 씻으시지.”

5

랜디는 너무나 믿을 수가 없어 헛웃음이 나왔다.

"직접 씻으시죠. 아니 더 좋은 게 있네, 지옥에나 꺼져 버려."

그녀가 얼굴에서 칼을 잡아 치웠다.

"예전에 당신이 했던 말대로, 난 여자가 아니거든요."

"생선을 씻든지 먹지 말든지."

"그럼 먹지 않겠어요."

"그럼 스콧도 먹지 못할 거야."

그녀는 그의 허세에 과감히 도전했다.

"아이의 식사까지 막지는 못할 걸요, 오툴 씨."

호크가 한참 동안 그녀를 노려보았다. 랜디는 차츰 대단한 승리를 이룩했다는 자신감이 들기 시작했다. 그때 그에게서 낮고 냉담한 목소리가 흘러나왔다.

"생선을 씻어. 그렇지 않으면 아이를 떼어 놓겠다는 위협이 효과를 발휘할 테니까."

그는 바보가 아니었다. 그가 그녀의 갈비뼈 사이에 칼날을 찔렀다 해도, 이렇게 심장까지 곧장 찌르지는 못했을 것이었다. 그녀의 가장 연약한 부분을 알고, 엄마로서의 가장 커다란 두려움을 공격한 것이다. 스콧이 어디 있는지 알지 못한다면, 더구나 이런 야생의 세계에서 그를 자신의 눈앞에서 떼어놓는다면 그것은 그녀에겐 바로 지옥을 의미했다.

앞에 선 사내를 잡아먹을 듯이 노려보면서, 랜디는 칼을 받아 들었다. 잠시 매끈한 아이보리색 손잡이와 얼룩 하나 없이 반짝이는 쇠 칼날 끝을 쓸어 보았다.

"그걸로 찌를 생각일랑 마시오. 내가 땅에 쓰러지기도 전에 저들이 당신을 죽일 테니."

그녀가 고개를 들자, 그는 건물들이 서 있는 쪽으로 고갯짓을 했다. 몇몇의 사람들이 함께 애기하는 그들을 지켜보고 있었다. 그냥 무심히 쳐다보고 있는 것 같았지만, 주의 깊고 신중한 시선이었다. 호크의 말은 사실이었다. 그녀가 칼을 휘두른다 해도 아무 승산이 없었다. 그를 죽일 생각은 없었지만, 상처라도 입힐 가능성을 생각했던 건 사실이었는데.

또다시 패배감에 젖어, 그녀는 스콧의 물고기가 놓인 돌 옆에 쭈그리고 앉았다.

"어떻게 하는지 몰라요."

"배우시오."

그녀는 우울하게 그 죽은 생선을 노려보았다. 냄새만으로도 구역질이 나려 했다. 맨손으로 생선을 만지는 게 끔찍해서, 칼 끝으로 살짝 찔러 보았다.

"어떻게 하죠?"

그녀가 무기력하게 물었다.

"스콧에게 들었잖소. 먼저 머리를 따 내시오."

간신히 꼬리를 여전히 파닥거리고 있는 생선을 잡을 용기를 끌어모을 수 있었다. 그녀는 생선의 목 부분에 칼날을 댔다. 우두둑 둔한 절단음이 났다. 낮은 비명을 지르며, 그녀는 생선을 떨어뜨리고 바들바들 몸을 떨었다.

욕설을 중얼대며, 호크가 그녀의 셔츠 자락을 잡아 세운 다음 칼을 빼앗아 칼집에 꽂아 넣었다. 그리고 인디언 한 명을 소리쳐 불렀다. 십대의 소년이 재빨리 달려왔다. 호크가 자기네들 말로 무어라 말하자, 소년은 랜디를 보며 웃었다. 호크가 애정 어린 손길로 그의 등을 두들겼다.

"이 일을 더 시키지 않을 셈인가요?"

그가 잡아 끌자 그녀가 물었다.

"그렇소."

"이젠 더이상 그럴 필요가 없으니까요, 그렇죠? 당신은 원하던 것을 얻어냈어요. 당신은 나에게 수치심을 주고 싶었던 것뿐이에요. 이런 볼품없는 옷을 입힌 것처럼요, 그렇죠?"

"당신에게 생선 손질하는 일을 맡기지 않는 건 생선을 낭비하기 싫기 때문이오. 당신은 엉망으로 만들 뿐이니까."

그녀의 무지함과 지독한 옷가지를 매력적으로 만들려는 쓸데없는 노력을 조롱하듯 그가 슬쩍 곁눈질을 했다.

"생선을 요리해 본 적은 있소?"

방어해야 되는 입장은 매우 짜증스러웠다.

"난 슈퍼마켓에서 생선을 사요. 손질할 필요가 있는 경우는 전혀 없었다구요."

"잡아 본 적도 없겠지?"

그녀는 고개를 끄덕여 수긍을 했다. 그녀의 얼굴에 생각에 잠긴 듯한 표정이 떠올랐다.

"아버지는 별로 외출을 좋아하지 않으셨어요."

"않으셨다고? 돌아가셨나?"

"그래요."

"어쩌다가?"

"그게 당신과 무슨 상관이 있죠?"

"아무 상관 없지. 하지만 당신에게는 있는 것 같은데."

그녀는 잠시 완고하게 침묵을 지키다가, 이윽고 말하기 시작했다.

"그분은 죽도록 일만 하셨어요. 어느 날 사무실에서 심장 발작으로 돌아가셨죠. 책상 위에서요."

"당신 어머니는?"

"어머니는 재혼해서 동부 해안에 살아요."

그녀는 슬프게 고개를 저었다.

"엄마는 아빠와 똑같은 유형의 남자와 결혼했어요. 정말 이해할 수가 없어요."

"어떤 유형의 남자?"

"요구할 줄만 아는 이기적인 남자, 일 중독자, 무슨 일인가 생겨 아빠가 떠날 수 없다는 이유로 취소된 가족 여행이 몇 번이었는지 셀 수도 없어요."

"안됐군. 휴가 여행도 없고, 해변 대신 뒤뜰의 수영장 옆에서 시들어야 했었군."

랜디는 걸음을 멈추고 그를 올려다보았다.

"당신이 감히 나와 내 인생을 비난하는 건가요? 대체 당신이 뭘 안다는 거죠?"

그의 얼굴이 그녀에게 가까이 내려왔다.

"전혀 모르지. 내가 자란 곳에는 뒤뜰의 수영장 같은 건 없었으니까."

그녀는 이의를 제기할 수도 있었다. 아버지의 관심을 받을 수만 있다면 수영장과 맞바꿀 거라고 말할 수도 있었다. 아빠는 언제나 그녀와 엄마에게 너무 바쁜 분이셨다. 너무 일에만 몰두한다고 불평할 때마다, 아빠는 그들을 위해 일한다는 말로 변명하곤 했다. 그래서 랜디는 감사할 줄 모르는 자신에 대한 죄책감이 생겨났던 것이다.

하지만 자라면서 디 깊이 있게 일 수 있었다. 아버지가 그녀에게 물질적인 것들을 제공하긴 했지만, 그럼에도 불구하고 그녀는 속아 왔던 것이다. 그분은 그녀와 어머니의 사치를 위해 일한 것이 아니었다. 전혀 그들을 위해 일하지 않았다. 아버지는 자신 안의 강박적인 욕구를 만족시키기 위해서 일했던 것이었다.

하지만 자신의 개인적인 부분을 호크 오툴에게 애기한다는 것은 말도 안 된다. 생각하고 싶은 대로 생각하라지. 그녀는 상관없었다.

그런데 그에게 좋은 평가를 받지 못하는 것은 그녀뿐인 모양이었다. 길을 통과해 가면서, 호크는 잠깐잠깐 멈춰 갓난아기에게 감탄을 하고, 안장 때문에 일어난 싸움을 화해시키고, 트레일러에서 발전기를 끌어내리는 일도 도왔다.

그들은 나무에 기대어 위스키 병을 홀짝이는 젊은 남자에게로 다가갔다. 호크를 보자 거의 뛰어오르듯 벌떡 일어난 사내는 서둘러 병 뚜껑을 닫아 땅으로 던져 버렸다.

"조니."

호크가 간결하게 인사를 건넸다.

"안녕, 호크."

"이쪽은 프라이스 부인이네."

"알고 있습니다."

"우리가 왜 여기 왔는지, 이 일이 우리에게 얼마나 중요한지도 알고 있겠지?"

"네."

"광산 폐쇄는 우리 할 일이 전부 없어졌다는 의미가 아니야. 이 시간을 오래 미루어 두었던 트럭 모두를 정비하는 일을 하는 데 유용하게 쓰자구. 자네가 트럭들을 철저하게 정비하리라 믿고 있네. 알겠나?"

조니는 검은 눈동자를 반짝이며 침을 꿀꺽 삼켰다.

"네."

호크는 위스키 병을 내려다보았지만, 그것에 대해서 아무 말도 하지 않았다. 아니 말할 필요가 없었다. 그의 눈동자가 충분히 의미를 전달하고도 남았으니까.

"자넨 우리에게 가장 최고의 기술자야. 자네를 믿어. 날 실망시키지 말라구."

젊은 사내가 고개를 끄덕거렸다.

"당장 시작하겠습니다."

호크는 간단히 고개를 끄덕여 준 다음 발길을 돌렸다.

"그 사람이 다시 병을 집어 들지 않을 거라는 걸 어떻게 장담하죠?"

젊은 사내에게 들리지 않을 정도로 거리가 멀어지자 랜디가 물었다.

"장담 안 하오. 그러지 않길 바라는 거지. 일단 마시기 시작하면, 그는 끝내기가 아주 어렵소."

"그런 술버릇을 갖기엔 너무 젊은 것 아닌가요?"

"그는 대단한 실수를 했고, 그 대가를 치르는 중이오."

"어떤 실수인데요?"

"앵글로와 결혼했거든."

그가 엄격한 시선을 보냈다.

"그 여자는 이 구역에서 사는 걸 싫어했소. 조니는 절대 돌아올 수 없다는 걸 알기 때문에 이곳을 떠나지 않았지. 그리던 이느 날 그 여자는 짐을 꾸려 사라져 버렸소. 그때 이후로 그는 술을 마시고 있는 거요. 애초에 그 여자를 사랑하게 된 것, 그 다음엔 그녀를 가졌다가 지킬 수 없었다는 것 때문에 그 녀석의 자존심은 심하게 망가졌지."

랜디는 그의 비아냥을 무시하고 화제를 돌렸다.

"그에게 책임감을 부여함으로써 자신감을 되살리려는 거군요."

"그런 종류지."

태평스레 어깨를 으쓱이며 호크가 대답했다.

"게다가 그 녀석은 훌륭한 기술자고 우리 트럭에는 철저한

검사가 필요하오.”

“당신은 아기 예찬자에다 문제 해결사에다 부족의 심리학자이기도 하군요. 그 외에는 어떤 역을 맡고 있죠, 오툴 씨?”

그는 오두막의 현관에 올라서서는 문을 활짝 열어젖혔다.

“난 무법자 두목이지.”

그때까지 랜디는 그들이 도착한 곳이 어딘지 알아채지 못했다. 그녀는 맨 윗계단에서 머뭇거렸다.

“무슨 뜻이죠?”

“들어가시지.”

그녀는 주저하며 오두막으로 들어섰다. 밖의 밝은 햇살에 비하여 실내는 아주 어두웠으므로, 그녀의 눈이 적응하기엔 잠시 시간이 걸렸다. 납치할 때 보았던 몇 명의 남자들이 흔들거리는 나무 테이블 둘레에 모여 있었고, 그 위에는 그녀가 납치된 후 처음 보는 전화기가 놓여 있었다. 그녀의 심장이 반갑게 춤을 추었지만, 남자들의 가라앉은 표정이 금세 그걸 진정시켰다.

“어니는 어딨죠?”

사내들 중 한 명이 호크에게 물었다.

“아이를 지키고 있어. 자기 없이 그냥 진행하라더군.”

“모든 게 계획대로라면, 지금은 전화를 걸 시간입니다.”

호크가 분명히 동의를 표했다. 그는 그 방의 단 하나뿐인 의자에 앉아 전화를 끌어당겼다. 그는 랜디를 보며 짧게 명령했다.

“이리 오시오.”

“왜요?”

까맣게 곡선을 그린 눈썹 아래의 눈동자가 위험스레 번득였다.

"이리 오시오."

그녀는 그의 맞은편 테이블 앞에 설 때까지 앞으로 슬슬 나아갔다.

"대화는 간단해야 하오. 30초, 45초는 넘을 수 없소. 수화기를 건네 받으면, 프라이스에게 당신이라는 걸 분명히 하시오. 당신은 안전하며, 학대받지는 않았지만 우리가 거래를 할 거라고 말하시오. 그 외의 말은 하지 말고. 만약 이 말들을 따르지 않으면, 후회하게 될 거요."

그는 다시 칼을 빼서 테이블의 손 미치는 곳에 놓았다.

"우리의 명예와 생계가 경각에 달려 있소. 그 두 가지를 보호하기 위해, 그리고 후손을 위해 우린 우리 것을 되찾을 거요. 그리고 그것을 위해 기꺼이 죽음도 불사할 것이오. 내 말 알아 듣겠소?"

"완벽히요. 하지만 내가 그 진화기에 대고 한 마디라도 할 거라고 생각했다면, 다시 한 번 고려해 보셔야겠어요."

그녀의 대담한 말에 다른 사내들에게서 웅성거림이 터져나왔다. 그녀가 호크에게 그런 식으로 무례하게 말대답하는 것에 모두 놀라는 것 같았다. 호크만이 아무런 말 없이 가스 불꽃처럼 파란 눈동자로 그녀를 노려볼 뿐이었다.

잠시 후, 그는 어깨를 한 번 으쓱이더니 입술 양쪽 끝을 내렸다.

"좋아."

문에서 제일 가까이에 서 있던 남자에게 그가 명령했다.

"아이를 데려와. 아이에게 말하라고 해야겠어."

“안 돼요!”

랜디의 비명 소리가 문으로 한 걸음 내딛으려는 그 남자의 발걸음을 정지시켰다. 그녀는 완고한 시선으로 호크를 노려보았다. 돌덩이 같은 그의 얼굴은 단호함으로 가득 차 있었다. 그의 마음은 누그러지지 않을 것이다.

그녀는 스콧이 아빠와 통화하도록 하지 않을 것이다. 호크도 그걸 알고 있다. 이건 의지력 싸움이었다.

지금쯤 모턴은 거의 미치기 직전일 것이다. 그의 상태는 스콧에게 고스란히 전달되겠지. 또한 책상 위에 놓인 끔찍한 칼도 고려해야 한다. 아무리 미묘한 위협이라 해도, 스콧은 그걸 알아챌 만큼 충분히 민감했다. 그리고 아이에게 야영 온 것 같았던 이 시간이 그녀 때문에 악몽으로 변할 것이다. 호크가 예상하는 대로, 그녀는 그런 일이 일어나는 것을 전적으로 막을 것이다.

“이번엔 당신이 이겼어요.”

그녀가 어찌할 수 없이 중얼거렸다.

“내가 모턴과 얘기하겠어요.”

호크는 아무 말도 하지 않았다. 그는 싸움이 시작되기도 전에 이길 걸 알고 있었다.

그가 수화기를 집어, 전화 번호를 눌렀다…… 통화중.

랜디를 포함해 방안의 모든 사람들이 참았던 숨을 토해냈다. 그녀는 축축하게 젖은 손바닥을 치마에 문질러 닦았다.

“그게 무슨 뜻이죠? 그들이 전화 받기 전에 누군가 선수 치는 거 아닌가요?”

“그러기엔 그들이 너무 영리하지. 우린 우리가 언제 전화할지 알지만, 정부는 모른다는 것을 기억하시오. 누군가 프라이스와 통화하는 중이겠지."

그는 다시 전화를 걸었다. 신호음이 울리기 시작했다. 세 번의 벨이 울리고 나서야 저쪽에서 수화기를 들었다. 그것은 FBI가 추적 장치를 작동시키는 시간일 거라고 랜디는 생각했다. 그들이나 그녀에게 아무 도움도 안 된다는 것도 모른 채 그들은 충실히 추적 장치를 작동시키고 있었다.

모턴이 떨리는 목소리로 응답하는 순간, 호크는 자신을 납치범이라고 밝혔다.

"내가 프라이스 부인과 당신 아들 스콧을 보호하고 있소."

그가 수화기를 그녀에게 넘겼다. 그녀는 손이 땀 때문에 지독히도 축축하여, 그걸 잡아 귀에 대기도 전에 떨어뜨릴 뻔했다. 호크의 시선이 그녀와 자석처럼 얽혔다.

"모턴?"

"맙소사, 랜디. 딩신이오? 아주아주 걱정했소. 스콧은 어떻소?"

"아이는 괜찮아요."

"만약 당신들이 다치기라도 했다면……."

"그렇지 않아요."

호크가 집게 손가락으로 목을 가르는 시늉을 했다.

"우린 잘 대우받고 있어요."

호크가 의자에서 일어나 수화기를 잡았다.

"하지만 이 사람들 말대로 하세요. 거래를 하겠대요."

호크가 수화기를 낚아챘다. 전화를 끊기 전, 방안의 모든 사람들이 큰 소리로 미친 듯이 질문해대는 모턴의 목소리를 들었다.

"얼마 안 가 그는 또다른 전화를 받게 될 거고, 그 전화에서
우리 요구를 말할 것이다."

호크가 방안 전체에 말한 다음 랜디에게 시선을 돌렸다.

"잘 했소, 프라이스 부인."

그녀는 전화선을 들어올려 칼로 끊어 버리는 그의 모습을 말
없이 비참한 기분으로 지켜보았다.

"더이상 필요 없어."

연락 방법이 회복 불가능하게 끊어져 버린 지금, 랜디는 자신
이 어떤 행동을 하거나 위치를 알려 줄 수 있었을 많은 가능성
에 대해 생각했다. 어떤 종류의 암시라도 그녀의 생명을 위태롭
게 할 수 있겠지만, 최소한 시도할 수는 있었다. 자신에게 겁쟁
이라고 비난을 퍼부었다. 자신에게 무슨 일이 생기면, 스콧도
위태로워진다는 것만이 유일한 변명이 되었다. 아이의 생명을
걸고 도박을 할 수는 없었다.

호크가 사내 중 하나에게 그녀를 오두막에 데려가 가두라고
명령했다.

절망감이 분노로 표출되며 그녀는 소리를 질렀다.

"하루 종일 말인가요?"

"내가 괜찮다고 판단할 때까지."

"하루 종일 그 안에서 뭘 하죠?"

"안달이나 하겠지, 아마도."

그녀의 모든 신경이 바짝 곤두섰다.

"스콧과 같이 있고 싶어요."

"스콧은 다른 일을 하고 있소. 당신처럼 도망 가겠다고 협박

하지 않았으니, 그애를 안에 가둘 필요성은 느끼지 않소."

그가 문 쪽으로 고갯짓을 하자, 명령받은 사내가 그녀의 팔꿈치를 움켜쥐었다. 우악스럽지는 않았지만 랜디는 거칠게 뿌리쳤다.

"내 스스로 가겠어요."

달콤한 미소를 지어 보였지만, 호크를 쳐다보는 그녀의 눈빛은 베어질 듯 날이 선 칼빛이었다.

"당신이 잡혔을 때, 그들이 영원히 가둬 둔다면 좋겠군요."

"그런 일은 없을 거요."

오두막으로 돌아가면서, 그렇게 자신만만한 그의 태도가 무척이나 랜디의 신경에 거슬렸다.

"…… 그리고 엄마, 그건 진짜 큰 말이었어요, 당나귀가 아니구요. 내가 혼자 힘으로 탔다구요. 처음에는 어니 아저씨가 밧줄을 잡아 주었는데, 그 다음에는 말 엉덩이를 탁 때리고…….
그렇게 말했어요, 엉덩이라구요. 그러자 말이 출발을 했어요."

아이는 말의 엉덩이를 치듯 한 손으로 다른 손 손등을 살짝내리쳤다.

"하지만 난 울타리 안에만 있어야 했어요. 내일쯤이면 울타리에서 나갈 수 있을지도 모른다고 했지만, 두고 봐야 알 수 있다고 호크가 그랬어요."

"내일이면 우린 여기 없을지도 몰라, 스콧. 아빠가 와서 집으로 데려갈 수도 있어. 그러면 좋겠지?"

생각에 잠긴 아이의 작은 얼굴이 복잡하게 일그러졌다.

"네, 그러면 좋을 것 같아요. 하지만 아직은 떠날 준비가 된 것 같지 않은 걸요. 여긴 아주 재미있어요.”

“두렵지 않니?”

“뭐가요?”

뭐가? 그녀는 자신에게 물어 보았다. 도시에 있을 때보다 더 길고 짙게 느껴지는 저녁 그림자가? 산봉우리 아래로 태양이 지기 한참 전부터 자줏빛으로 물드는 황혼이? 낯선 광경과 소리와 냄새들이?

“호크 말이야.”

마침내 그녀가 말했다.

스콧은 분명 당황한 듯 그녀를 쳐다보았다.

“호크요? 왜 호크를 두려워해야 하죠?”

“그는 나쁜 짓을 저질렀어, 스콧. 우리를 강제로 기차에서 끌고 온 건 심각한 범죄를 저지른 거야. 너도 납치라는 게 뭔지는 알고 있겠지?”

“하지만 호크는 친절한 걸요.”

“그 사람이 얼마나 친절해 보이든지간에 낯선 사람과 차에 타면 안 된다고 했던 말 기억나니?”

“이상하게 아이들을 만지는 징그러운 사람들 말이죠?”

아이는 열심히 고개를 흔들었다.

“호크는 그런 이상한 식으로 날 만지지 않았어요. 그가 엄마를 이상하게 만졌나요?”

그녀는 목기침을 하고 나서야 간신히 입을 열 수 있었다.

“아냐, 하지만 사람들은 그밖의 여러 가지 나쁜 일을 할 수 있단다.”

“호크가 우리에게 나쁜 짓을 할 건가요?”

아이의 연한 금빛 눈썹이 걱정스레 모아졌다.

너무 늦었어. 그녀는 자신의 경고가 좋은 것보다 나쁜 영향이 더 많다는 걸 알았다. 스콧을 놀라게 하고 싶지 않았지만, 아이에게 호크를 우상처럼 만들고 싶지도 않았다. 그녀는 애써 미소를 지으며, 아이의 머리카락을 쓰다듬었다.

"특별한 나쁜 짓은 하지 않을 거야. 다만 그 사람이 법을 어겼다는 점은 기억해 둬라."

"알았어요."

아이는 쉽게 동의를 표했다. 그녀의 훈계는 오리 머리에 묻었다가 굴러 떨어지는 물방울처럼 진부한 이야기 이상이 되지 못했다.

"오늘 호크는 물 고인 웅덩이에서 창으로 물고기 낚는 법을 가르쳐 줬어요. 칼로 막대기를 뾰족하게 만드는 법도 가르쳐 줬고요. 호크가 말했어요, 무기를 갖고 있는 건 좋지만, 거기에는 채…… 채김이 따르는 거라고요."

"책임감."

"네, 맞아요. 그리고 먹을 것을 얻기 위해서, 아니면 자신을 방어하기 위해서, 아니면……."

아이는 기억해 내려 무진 애를 썼다.

"아, 그래. 사랑하는 사람을 보호하기 위해서만 무기를 사용해야 한다고 했어요."

랜디는 호크가 누군가를 사랑한 적이 있었으리라곤 믿어지지 않았다. 부모라면 가능했을까? 자기 이전의 추장이었던 외할아버지나, 부족 사람들? 물론 그렇겠지. 하지만 남녀간의 사랑은? 그처럼 냉혹한 남자가 한 여자를 진심으로 사랑한다는 것은 상상할 수 없는 일이었다.

그런 생각에 빠진 채, 그녀는 멍하니 말했다.

"칼은 항상 조심해야 해."

"그럴 게요. 호크가 주의를 많이 줬다구요."

"호크하고 많은 걸 얘기한 모양이구나. 또 무슨 애길 했니?"

"아, 오늘 숲속에서 목욕을 했는데요, 내 것이 아저씨 거만큼 크지 않을 것 같다고 그랬더니 언젠가는 커질 거라고 했어요. 아저씨 건 아주 커요, 엄마. 아빠보다 훨씬 더 크다구요. 안녕, 호크."

스콧의 정신없는 수다에 멍해져 있던 랜디는 뱅그르르 몸을 돌렸다. 지금까지 대화의 주제였던 인물이 좁은 문가를 가득 채우고 있었다. 스콧이 그에게 달려갔다.

"방금 엄마에게 아저씨……."

"주의를 준 애기를 했어요."

그녀가 재빨리 끼어들었다. 그를 마주 보고 선 채, 그가 스콧의 마지막 말을 듣지 못했기만을 바랐다.

"칼을 갖고 놀기엔 스콧이 너무 어린 것 같아요."

"갖고 놀기엔 너무 어리지. 하지만 모든 남자아이는, 아무리 도시에서 태어난 앵글로라고 해도, 사냥 기술을 배워야만 하지. 당신들을 저녁 식사에 데려가려고 왔소. 준비됐니, 스콧?"

시선은 랜디에게 고정시킨 채, 그가 아이에게 팔을 뻗었다. 아이는 신나게 그 손을 잡았다. 그들은 랜디를 뒤에 따라오도록 남겨 두고서 함께 문을 나서 버렸다.

스콧은 음식이 즐비하게 놓여져 있는 구역의 한가운데에 도달할 때까지 호크와의 대화에 매달렸다. 그날의 중심 요리는 하루 종일 거대한 냄비에서 끓고 있었던 칠리였다. 가족마다 제각기 곁들여 먹는 음식을 분배받았다.

사람들이 불 주위에 작은 무리를 이루어 모였다. 접시에 음식을 가득 담은 후, 호크가 랜디와 스콧을 미리 깔아 놓았던 한쪽 담요로 안내했다. 그는 발목을 꼰 우아한 자세로 자리를 잡았다. 스콧이 그의 자세를 흉내내려다가 거의 칠리 그릇을 엎을 뻔했다. 아이가 그의 무릎에 앉는 것이 아닌 한 최대한으로 가까이 자리를 잡을 때까지 호크는 아이의 접시를 들어 주었고, 아이가 자리를 잡고 나자 랜디는 담요의 가장 끝 부분에 앉았다. 호크에게서 가장 멀리 떨어진 곳이었다.

음식은 놀랄 만큼 맛이 좋았다. 그게 아니라면 그녀가 아주 많이 배가 고팠던 것이리라. 어쨌든 따뜻한 음식을 배부르게 먹은 것이 저녁 공기의 싸늘함을 걷어내는 데 도움이 되었다.

"모두가 날 보고 있어요."

식사를 마칠 때쯤 랜디가 호크에게 입을 열었다. 대부분의 사람들은 식사를 마치고도 여전히 불가에 둘러앉아 있었다. 여자들은 함께 수다를 떨며 웃었고, 남자들 몇은 기타를 튕기며 노래를 뽑아 냈다.

"당신 머리."

그의 목소리에 담긴 허스키한 떨림에 그녀의 시선이 호크에게로 향했다.

"불길 때문에 마치……."

그는 문장을 끝마치지 않았다. 그게 당황스러웠고, 이상할 정도로 주의 깊은 그의 시선 때문에도 또한 당혹스러웠다. 랜디는 구름 위를 붕붕 떠다니는 느낌이었다. 떨어지면 다시는 자신을 되찾을 수 없을 것만 같은 느낌이었다. 어떻게 해서든지 그가 끝맺지 않은 그 나머지 말을 듣고 싶었지만, 그보다 더 그로 인해 초래될 친밀감이 두려워졌다.

"좀 춥군요. 이젠 오두막으로 돌아가고 싶어요."

그는 안 된다고 고개를 저었다.

"부탁해요."

"당신이 돌아가면, 경비원을 하나 딸려 보내야 하오."

그는 둘러앉은 사람들을 손짓으로 가리켰다.

"저들도 휴식이 필요하오."

"저 사람들에게 무엇이 필요하든 상관없어요. 난 돌아가고 싶다구요."

그녀가 쌀쌀맞게 받아쳤다.

그녀의 적대적인 시선을 받으며, 호크가 한 손을 들었다. 순식간에 젊은 여자 하나가 그의 옆에 나타나 미소지으며 그의 명령을 기다렸다. 그가 간단하게 말을 전하자, 그녀는 어둠 속으로 사라졌다가 팔에 담요를 걸치고서 다시 나타났다. 그걸 호크에게 내밀자, 그가 또다른 짤막한 명령을 했다.

젊은 여자는 랜디를 향해 돌아섰다. 더이상 미소는 없었고, 반항적이며 적의에 찬 표정만이 남아 있었다. 그녀가 담요를 랜디에게 던진 다음 성큼성큼 걸어가 버렸다.

랜디는 담요를 펴 몸에 감았다.

"저 여자가 왜 저러죠?"

"아무것도 아니오."

사람들이 모인 곳으로 걸어가 그들이 보이는 바로 맞은편에 앉은 그 젊은 여자를 그는 완고하게 인상을 찌푸린 채 지켜보

았다. 그 먼 거리에서도, 여인의 적개심은 분명히 알 수 있을
정도였다.

"저 여자는 하루 종일 날 죽일 것처럼 쳐다보고 있었어요. 내
가 무슨 잘못을 했나요?"

"그냥 흥분해 있을 뿐이오."

랜디는 그 말을 믿지 않았다. 그녀는 질투하고 있는 것이다.
그 여자를 보자마자 그 사실을 알 수 있었고 젊은 인디언 여자
도 전혀 숨김없이 드러내고 있었다.

"내가 당신 담요에 앉은 게 무슨 의미라도 있는 건가요?"

"가족들은 보통 같이 식사를 하지."

"옛날부터의 관습인가요?"

"내가 최근에 만든 관습이오."

"특별한 이유라도 있는 건가요?"

"가족 공동체를 느낀다는 건 아이들에게 중요하오. 아버지,
어머니, 아이들. 그게 공동체 의식과 질서를 세워 주게 되지."

"그럼 스콧과 내가 왜 당신과 같이 먹죠?"

"지금 당신들은 내 책임하에 있는 거요."

"간접적으로 당신 가족이라는 거군요."

"그렇게 생각할 수도 있겠군."

"저 여자는 분명히 그렇게 생각하는 걸요. 누군지 물을 필요
도 없어요. 나에게는 불쾌한 표정으로, 당신에게는 암소 같은
시선을 보내는 저 흥분한 여자를 말하는 거라구요. 저 여자 이
름이 뭐죠?"

"던 재뉴어리."

장작불의 흔들림 사이로, 랜디는 그 소녀를 쳐다보았다. 던은

전통적인 미국 인디언의 외모를 갖고 있었다. 높은 광대뼈와 호크를 볼 때마다 뜨거운 불처럼 타오르는 길다란 눈. 그 눈동자는 갈망과 정열로 넘쳐흘렀다. 그녀의 관능적인 입술과 성숙하게 다듬어진 몸매는 어떤 남자의 머리라도 돌아가게 할 것이며 사내의 본능을 자극할 것이다.

"저 여자는 날 질투하는 거예요, 그렇죠?"

랜디가 직감적으로 말했다.

"자기가 당신 옆에 앉아 같은 담요를 쓰고 싶은 거예요. 저여자 아버지에게 멋진 말이라도 한 마리 갖다 주는 게 어때요? 요구만 하면 당신 것이 될 수 있을 것 같은데요, 틀림없이."

그의 입술 한쪽 끝이 위로 치켜졌다. 그의 근엄한 얼굴에 미소에 가까운 표정이 떠올랐다.

"어렸을 때 존 웨인 영화에서 그런 걸 본 적이 있지."

그녀가 성마른 몸짓을 했다.

"내 말뜻 알잖아요."

"그래, 당신 말뜻은 알아."

그의 미소는 평소의 긴장된 표정으로 흐릿해졌다.

"내가 하룻밤이라도 던을 원했다면, 아무것도 지불할 필요는 없어."

"아."

인상적이라는 듯 그녀가 감탄사를 길게 늘였다.

"추장에게는 그런 성적인 혜택이 따르는 모양이죠?"

"아니, 호크 오툴이기 때문에 따라오는 거요."

항복한 듯, 랜디는 안전한 침묵을 선택했다. 대부분의 여자들이 호크를 매력적으로 느끼리라는 건 의심의 여지가 없었다. 그

는 매력적인 남자였다. 그의 냉담함은 여자의 모성 본능을 자극
했다. 고독하고 수심에 잠긴 타입을 좋아하는 여자라면, 그를
잘생겼다고 할 것이다. 분명 마르고 탄탄한 몸매는 여인의 흥미
를 끌었다.

그의 남성에 대한 스콧의 순진한 묘사가 떠올라 그녀의 정신
을 혼란스럽게 했고, 어느샌가 그의 무릎으로 남몰래 눈길이 가
는 것이었다. 그녀의 뺨이 발개졌다.

"왜 그러지?"

두 다리를 쭉 뻗고는 한쪽 팔로 땅을 짚으며 몸을 일으킨 그
가 물었다.

"아니, 그냥……."

그녀의 눈이 자신도 모르게 그의 허벅지 사이의 부푼 곳으로
내려갔다. 그녀는 서둘러 고개를 들고는 무언가 할 말을 찾았
다.

"당신은 가끔 아이들과 부족의 미래에 대해 말하더군요. 그러
면서 자기 아이의 아버지 노릇은 하지 않는 이유를 모르겠네
요."

"당신이 어떻게 알지?"

6

"아!"

그녀가 낮게 소리를 질렀다.

"난 그저…… 오툴 부인이 한 번도 없었다는 말을 들었기 때문에."

더듬거리는 게 재미있는 듯, 그가 짧게 코웃음을 쳤다.

"사생아도 또한 없지."

일부러 놀리고 있다는 생각에 그녀는 분노에 찬 시선으로 그를 노려보았다.

"그럼 왜 날 바보로 만든 거예요?"

"왜냐하면 당신은 대단히 바보스럽거든."

랜디의 성질이 발끈 달아오르며 뭔가 싸울 거리를 찾았다.

"그렇게 가정적인 사람이라면, 자기 아이를 갖는 게 어때요? 오툴의 작은 아이들이 부족의 힘을 강하게 만들지 않겠어요?"

"어쩌면 그럴 수도 있겠지."

"그럼 그렇게 하세요."

"난 할 일이 충분히 많아. 왜 여기서 더 책임감을 느껴야 하지?"

"적당한 아내가 있다면 당신을 위해 아이들을 보살필 거예요."

"누구 추천할 사람이라도 있소?"

"그 여자는 어때요?"

"누구? 던?"

랜디는 사람들 사이에서 그들 바로 맞은편에 앉아 있는 소녀를 지적했다.

"그녀는 아직 처녀요."

"틀림없겠죠."

랜디는 낄낄거리며 숨죽여 웃었다.

"그 여자가 한 말을 믿는 건가요, 아니면 당신이 직접 알아내신 건가요?"

그녀의 경박함이 마음에 들지 않은 듯 그는 험상궂게 호통을 쳤다.

"난 그녀에 비해 너무 나이가 많소."

"던은 그걸 신경쓰지 않는 것 같은데요."

"내 딸이라 해도 될 나이요. 어쨌든, 그녀는 다른 남자에게 속해 있소."

"속해 있다구요?"

"부족의 청년 중에 아론 턴보우가 어렸을 때부터 그녀를 사랑해 왔소."

"그래서 그게 당신한테 중요한가요?"

장작불의 타오르는 불길은 그의 성난 눈 속의 불길에 비하면 아무것도 아니었다.

"그렇소, 나에게 아주 중요한 문제요."

랜디는 그가 던지는 경멸적인 시선을 받아 마땅하다고 내심 인정하며 시선을 돌렸다. 이 남자나 던이라는 소녀를 모욕할 어떤 근거도 그녀에겐 없었다. 자신이 성질이 고약하고 의심 많은 사람이 된 것 같다는 것이 유일한 핑계가 될 것이다.

아버지, 그 다음엔 모턴 프라이스. 이런 남자들과 살면서 그녀는 모든 남자들은 원할 때 원하는 것을 갖는 이기적인 인간들이라고 규정지었다. 그런데 전혀 다른 반응을 보이는 이 남자는 어떤 부류일까? 호크 오툴이 자신의 고결함을 보여 주려고 거짓말하는 것이 아니라면 그는 그녀가 한 번도 만나 보지 못한 희귀종일 것이다.

이 남자가 호모일 가능성에 대해서는 생각지 않았다. 하지만 관능적인 던의 노골적인 유혹을 어떤 남자가 거절하겠는가? 세상에 그렇게 남을 생각해 주는 사람은 없다. 랜디에게는 호크가 거짓말을 한다고 생각하는 편이 더 쉬웠다. 비록 그 이유는 알 수 없지만.

대화가 중단되었다. 그녀는 침묵이 마음에 들었고, 그도 만족스러워하는 것 같았다. 담요의 온기 안에서, 랜디는 상쾌한 산의 공기를 폐 속 깊이 들이마셨다. 마음속 모든 더러움을 깨끗이 씻어 주는 것만 같은 상쾌함이 가득 밀려들었다.

기타 소리와 함께 부드럽게 불려지는 단조로운 노래 가락이 듣는 이의 마음을 끌어당겼다. 그 반복적인 리듬은 매혹적이고 유혹적이었다. 대화 소리들이 좀더 조용해지고, 몇몇은 침묵으로 잦아들었다. 나무 둥지 근처에서 숨바꼭질을 하던 아이들이 마침내 기운이 빠졌나 보다. 그 틈에서 놀던 스콧이 담요로 돌아와 호크와 랜디 사이에 끼어들었다. 아들을 담요로 감아 주며, 랜디는 아이의 머리를 가슴에 안고 차가운 두 손을 잡았다. 아이의 헝클어진 머리칼을 부드럽게 쓰다듬으며, 머리 위에 입을 맞추었다.

"졸립니?"

"아뇨."

말과는 반대로 참을 수 없는 듯 하품하는 아이를 보며 그녀는 미소지었다.

부모들이 자기네 아이들을 모으기 시작하면서 하나둘 불빛 너머 어둠 속으로 사라져 갔다. 아내의 귀에 대고 무언가 속삭이는 어니와 수줍게 속눈썹을 내리까는 레타의 모습이 보였다. 어니가 자신들의 오두막 쪽으로 도니를 몰아댔고, 부부는 팔짱을 낀 채 함께 아이 뒤를 따랐다.

호크도 그들을 보고 있었다.

"발정난 늙은이 같으니."

"왜 자기보다 훨씬 젊은 여자와 결혼했을까요?"

그의 입술 한쪽 끝이 미소로 휘어졌다.

"욕망이란 것과 관계가 있겠지만, 전적으로 그렇지는 않소. 어니의 첫째 부인은 도니가 태어나자마자 죽었소. 첫째 부인한테 세 아이를 얻었는데, 이제는 다 장성했지. 그 당시 레타는

보호가 필요한 고아였소. 어니는 외로웠고 아내가 필요했던 거
요."

그가 웅변적으로 어깨를 으쓱했다.

"그게 아주 잘 되었지."

어니는 아내의 어깨에 팔을 두르고 낮게 고개를 숙인 채 아
내와 속삭이고 있었다. 인디언들은 보통 금욕적이고 냉정한 것
으로 묘사되곤 하는데, 젊은 아내에 대해 보이는 어니의 솔직한
애정은 가히 놀라웠다. 그녀의 그런 말을 듣고서 호크가 대꾸했
다.

"남자다움은 자기의 여자를 얼마나 하잘 것 없이 다루느냐가
아니라, 얼마나 잘 다루느냐로 측정되는 거요."

"정말 그렇게 생각하세요?"

그가 전통에 얽매이지 않은 사고의 소유자라는 게 랜디에게
는 놀랍게 다가왔다.

"난 내 여자가 없소, 그러니 내가 어떻게 생각하느냐는 사실
중요하지 않소. 그저 여자들이 자신을 낮은 존재로 느끼지 않는
다면 공동체를 위해 더 좋다는 거요."

"하지만 인디언 사회는 지독한 성차별 사회 아닌가요?"

"모두가 그렇다고?"

머리를 약간 기울여 그녀가 인정했다.

"우리라고 개선되지 말란 법 있소?"

"당신 말이 맞아요. 난 그저 당신이 전통을 고집하지 않는다
는 점이 놀라울 뿐이에요."

그는 애매한 동작을 보였다.

"어떤 전통은 고수해야만 하오. 하지만 요리하고 청소하고 아

이 기르는 것 빼고는, 소속원들 절반이 쓸모 없다고 느끼는 게 사회에 뭐가 좋겠소?"

그는 정말 모순투성이 남자였다. 마음은 복잡하기 그지없는 데다가 그의 생각은 산길보다도 더 꼬불꼬불 꼬인 것 같았다. 랜디는 오늘밤 그것들을 뚫고 나갈 기력이 없었다. 너무 피곤했다. 그녀의 시선이 다시 어니와 레타에게로 쏠렸다. 그녀는 어둠이 완전히 삼켜 버릴 때까지 그들을 쳐다보았다.

"두 사람은 서로 아주 많이 사랑하는 것 같아요."

"여자는 남자를 육체적으로 만족시키고, 반대로도 마찬가지인 것 같소."

"난 육체적인 수준 이상의 사랑을 말하는 거예요."

"그런 건 없소."

랜디는 신중한 시선으로 호크를 바라보았다. 그는 그의 개인적인 관계, 특히나 여자들과의 관계에 대한 그녀의 관찰을 확신시켜 주었다.

"사랑을 믿지 않나요?"

"당신은?"

그녀는 모턴의 배신과 이혼을 거치면서 그로 인해 경험해야 했던 지옥을 되새겨 보았다. 그리고는 정직하게 대답했다.

"이상적으로는 그래요, 난 사랑을 믿어요. 하지만 현실적으로는 그렇지 않죠."

스콧의 차갑고 매끄러운 뺨을 어루만져 보았다. 아이는 입술 사이로 약한 숨을 내뿜으며 그녀의 가슴에서 잠들어 있었다.

"하지만 부모와 자식간의 사랑은 믿어요."

호크는 코웃음을 쳤다.

"아이는 먹을 것을 주기 때문에 엄마를 사랑하는 거요. 처음에는 젖으로, 그 다음에는 손으로. 더이상 먹일 능력이 없게 되면, 엄마를 사랑하지 않지."

"스콧은 날 사랑해요."

랜디는 강하게 주장했다.

"자기를 보호해 주기 때문에 당신에게 의지하는 거요."

"더이상 내가 필요 없어지는 날에는, 날 사랑하지 않을 거란 말인가요?"

"아이의 욕구는 변하지. 남자아이에게 우유가 필요하듯이, 성인 남자에게는 섹스가 필요해."

그는 잠든 아이 쪽으로 고갯짓을 했다.

"그걸 줄 여자를 찾게 될 거요. 그리고 그녀를 사랑한다는 말로 그걸 받는 자신의 양심을 위로하는 거지."

랜디는 그저 놀란 눈으로 쳐다볼 뿐이었다.

"당신의 그 뒤틀린 철학에 의하면, 여자아이는 엄마의 젖이 필요하지 않게 되면 무얼 요구하는데요?"

"보호, 애정, 친절. 남편은 여자의 안주하고픈 본능을 만족시키지. 그게 사랑으로 통하는 거요. 여자는 자신의 몸을 사용하도록 해주는 대신 안전과 아이들을 교환으로 받지. 둘다 운이 좋다면, 그들은 각자 교환이라는 걸 알 거요."

"정말 감정이란 자체가 없는 사람이군요, 호크 오툴 당신은."

실망스럽다는 듯 머리를 저으며 그녀가 말했다.

"매우 말이에요."

"갑시다."

그가 갑자기 벌떡 일어서며 거의 동시에 그녀의 팔뚝을 잡아

일으켜 세웠다. 그녀는 아이를 담요에 감싸 가슴에 안고 있었기 때문에 그 갑작스러운 행동에 균형을 잃고 넘어질 뻔했다. 그는 그녀가 아이를 잘 추스리고 균형을 잡을 때까지 잡고 있다가 손을 풀었다.

스콧의 몸이 호크와의 사이에 장벽처럼 놓여진 것이 다행이었다. 오늘밤은 이상하리만큼 관능적인 느낌이 들었다. 맛 좋은 음식, 주문을 걸 듯 낮게 읊조리던 음악, 상쾌한 공기, 따뜻한 담요, 모든 것이 그녀의 감각을 들뜨게 했다. 또한 그들의 대화, 특히나 성에 관한 대화가 그녀의 감각을 동요시켜 안절부절못하게 간지럽혔다.

오두막을 향해 어둠 속을 걸으면서 그녀는 옆에 선 커다란 남자를 혼란스러우리만치 강하게 인식하고 있었다. 이따금씩 우연인 듯 엉덩이가 부딪히고, 그의 팔꿈치가 가슴 옆을 스치기도 했다.

그들이 오두막에 거의 도착했을 때 문득 한 그림자가 다른 사람들로부터 분리되어 그들 앞에 우뚝 섰다. 호크의 손이 허리춤의 칼집으로 재빨리 옮겨 가더니 칼을 빼들었다.

그림자는 앞으로 나서 모습을 드러냈다. 던 재뉴어리였다. 하지만 호크는 별로 반갑지 않은 모양이었다. 그가 거친 목소리로 무슨 말인가 던지자, 그녀가 따지듯이 대꾸를 했다. 그가 성마른 손짓과 함께 무슨 말인가를 덧붙여 강조하자, 소녀는 증오스런 눈길을 랜디에게 던진 다음 몸을 휙 돌려 어둠 속으로 사라지는 것이었다.

랜디는 계단을 올라 오두막으로 들어갔다. 거친 마룻바닥을 가로질러 스콧의 침대까지 나아가서 아이를 눕히고는 담요를 덮어 주었다. 전에는 낮에 입던 옷을 그대로 입은 채 잠들어 본 적이 없는 아이였지만, 지금은 이것이 계속해서 삼일째였다.

이불을 잘 다독거려 준 후, 그녀는 열린 문가로 돌아갔다. 호크가 밤 풍경을 응시하며 돌처럼 고요히 서 있었다.

"그 여자는 갔나요?"

랜디가 물었다.

"그렇소."

"여기서 뭘 하고 있었던 거죠?"

"기다렸지."

"무얼요?"

"당신이 들어가는 걸 보려고."

"그 여자가 내 안전과 행복에 신경쓰지는 않았을 텐데요. 아마도 당신이 나와 같이 잘 거라고 생각한 모양이죠."

랜디가 비꼬며 말했다.

"그녀가 맞을 수도 있지."

농담인지 아닌지 알 수 없어, 그녀의 시선이 홱 올라갔다. 아니었다. 그녀를 내려다보는 그의 날카로운 얼굴은 팽팽하게 긴장되어 있었다. 그는 우아한 몸놀림으로 그녀를 잡아 문틀에 고정시켰다.

"날 먼저 죽여야 할 거예요."

랜디는 숨가쁘게 말이 튀어나왔다.

"아니, 그렇지 않을걸."

그는 그녀의 입술에 가볍고 자극적인 키스를 시작했다.

"당신은 아이의 안전을 위해 자신의 몸을 제공할 거요, 프라이스 부인."

"스콧을 해치지 않을 거잖아요."

"하지만 확신이 없겠지."

그녀는 힘겹게 침을 삼키고서 머리를 돌려 보려 애썼다.

"강제로 해야 할 거예요."

그는 몸을 앞으로 기울여 그녀를 지긋이 눌렀다.

"그렇게 생각지는 않아. 오늘밤 당신을 지켜봤지. 극도로 자극적인 우리 문화의 일면을 봤겠지? 지금, 당신의 피는 나처럼 뜨겁게 용솟음치고 있어."

"아니에요."

흐느끼는 듯한 그녀의 항의는 그의 키스에 의해 막혀 버렸다. 벌어진 그의 입술은 그녀의 입술이 열릴 때까지 부벼댔다. 민첩한 혀가 재빠르고 성급하게 그녀의 입술을 주장한 다음, 천천히 감미로운 접촉으로 애무하였다.

가쁜 숨을 몰아 쉬며, 그의 입술이 떨어지고 그녀의 목덜미에서 다시 열렸다. 그녀의 연약하고 흰 피부에 그의 이가 닿았다.

"당신은 밤하늘밖에 아무것도 보이지 않는 땅에 앉는 걸 좋아하지. 담요 한 장을 몸에 감고 온기를 찾지."

그녀의 목을 키스해 내려가며 그의 코가 셔츠의 벌려진 사이를 밀어젖혔다. 가슴의 부드럽고 매끈한 곡선 위에 그의 정열적인 키스가 내려앉았다.

"당신은 고대 이교도의 매혹적인 리듬이 담긴 우리 음악을 좋아해. 그 리듬을 느끼지, 여기로."

그의 손이 올라와 그녀의 가슴을 덮었다. 약간 거친 듯한 손길로 애무하고 나서, 더 부드럽고 가볍게 손바닥 밑에서 딱딱해진 젖꼭지를 짓뭉갰다.

그녀는 마음속으로 아니야, 아니야, 아니라고 비명처럼 외쳐 대고 있었다. 하지만 그의 입술이 그녀의 입술을 주장하며 되돌아왔을 때, 그녀는 굶주린 듯 반응했다. 그녀의 혀가 그를 찾아 헤맸다. 손을 올려 그의 두껍고 짙은 머리카락을 한 움큼 움켜쥐었다. 그는 그녀의 작은 등에 한 손으로 압력을 가하며 자신의 바지 앞부분에 그녀의 허벅지 사이를 들어올렸다.

그가 신음했다.

"내가 왜 당신을 원하는 거지?"

그는 자신이 소리내어 말한 걸 아는 걸까, 랜디는 의심스러웠다. 그건 그녀가 자신에게 묻고 싶은 말이기도 했다. 왜 그녀의 몸이 그에게 반응하는지 말이다. 당연히 극도의 불쾌감 말고는 느끼지 말아야 하는 이러한 상황에서 욕망이 두려움을 밀어냈던 것일까? 그를 밀치는 대신 왜 더 가까이 잡아당기고 싶은 걸까?

"당신 안에 들어가고 싶어."

그의 말이 흘러나왔을 때, 그녀는 혐오가 아닌 흥분으로 몸을 떨었다.

"빌어먹을, 당신은 내 적이야. 난 당신을 증오해. 그런데도 원한다구."

목을 울리는 에로틱한 신음을 터뜨리며, 그는 자신에게 더 꼭 들어맞도록 그녀의 자세를 조정했다.

다음 순간, 그는 그녀를 밀쳐냈다. 그리고는 마치 그녀의 향기를 지우려는 듯 손등으로 자신의 입술을 닦아 냈다.

"나 이전에 얼마나 많은 남자가 있었지?"

그가 으르렁거렸다.

"그 허벅지 사이의 달콤한 망각을 위해 얼마나 많은 남자들이 자존심과 고결함을 희생시켰냐고?"

마치 불결한 것이라도 대하는 듯 그는 얼른 뒤로 물러섰다.

"난 그렇게 약하지 않소, 프라이스 부인."

그는 몸을 돌려 현관 계단을 돌진해 내려갔다. 랜디는 비틀거리며 오두막으로 들어섰다. 문을 쾅 닫고 거기에 등을 기댔다. 두 손으로 얼굴을 가린 채 메마르게 흐느꼈다. 그녀의 가슴은 아직껏 정열의 잔재로 들먹이고 있었고 그와 동시에 그런 자신이 역겨워 견딜 수가 없었다. 그에 대한 분노와 함께 그 말도 안 되는 비난에 몸을 떨었다.

그는 진실을 알지도 못하면서 어떻게 그녀를 비난할 수 있단 말인가? 그리고 그녀를 비난하면서 어떻게 감히 그렇게 키스할 수 있단 말인가?

무엇보다도 자신이 보인 반응에 화가 났다.

랜디는 손을 내리고 오두막의 어둠을 노려보았다. 작은 창문 새로 들어오는 약한 달빛만이 유일한 빛이었다. 한 가지는 확실했다. 모턴이 인디언들의 요구에 반응할 때까지 기다릴 수 없다는 것. 기선을 잡는 것이 중요하다. 스콧을 위해서, 그녀 자신을 위해서, 호크 오툴로부터 도망쳐야만 한다.

그녀는 도망 갈 계획을 세웠다. 하지만 너무나 위험 천만해서 거의 실현 가능성이 있을 것 같지 않았다. 모든 면에서 볼 때 우연의 도움이 필요했고, 너무나 많은 부분이 행운에 의존하고 있었다. 하지만 그것이 그녀로서 최선이었다. 도망 가야겠다는 성급한 심정으로, 그녀는 모든 예상되는 위험과는 상관없이 계획을 감행하기로 했다.

몇 시간이나 마루를 왔다갔다한 후 떠오르는 생각이 있었다. 갑자기 호크가 조니라고 불렀던 청년이 기억났다. 나중에서야 생각난 것이지만 호크는 그에게 창고를 맡긴다고 말했었다.

오늘밤 한창 사람들이 느긋하게 장작불 가에서 휴식을 취하고 있을 때 위스키 병을 가슴에 안고 어둠 속으로 살금살금 걸어가는 그를 보았었다. 그녀가 아는 한, 호크는 눈치채지 못한 것 같았다. 다른 사람들과 같이 즐기는 대신, 조니는 술병을 들고서 어둠 속으로 사라졌던 것이다.

젊은 청년이 알콜에 의존한다는 것은 비극이었다. 그걸 이용하는 것이 마음에 걸렸지만, 그것만이 그녀가 생각해 낼 수 있는 가능성이었다. 조니가 자신의 임무를 게을리 하고 그날 탔던 트럭 중 적어도 하나에 열쇠를 꽂아 두었을 가능성은 충분히 있었다.

남몰래 창고에 들어갈 수 있다면, 열쇠가 꽂혀 있는 트럭을 발견할 수만 있다면, 그 트럭이 수리중만 아니라면, 그걸 출발시킬 수만 있다면, 누군가 그녀가 사라진 걸 알아채기 전에 도망쳐 나갈 수 있을 것이다.

또다른 생각들도 떠올랐다. 예를 들어, 비록 이곳이 지형이 험악한 북서부 어느 지역이리라 짐작은 하지만, 그녀는 지금 자신이 있는 곳을 알지 못했다. 트럭에 얼마만큼 기름이 남아 있을지도 모른다. 핸드백은 실버라도 열차에 남겨 두었기 때문에 돈도 한푼 없었다.

그러나 그런 모든 장애도 닥치면 다 처리될 수 있을 것 같았다. 먼저, 가장 시급한 문제는 이 구역에서 도망치는 것이다.

계획을 실행에 옮기는 시간은 해뜨기 바로 직전으로 택했다. 언젠가, 새벽 해뜨기 전에 정상적인 사람들은 가장 깊은 잠에 빠진다는 글을 읽지 않았던가? 호크 오툴은 정상적인 사람이 아니다. 하지만 그런 나쁜 가능성은 생각하지 않으려고 노력했다. 게다가 어둠을 이용하고 싶어도 무슨 일을 하고, 어디로 갈 것인지 볼 정도의 빛은 있어야 했다. 인공적인 불빛은 사용할 수 없으니, 자연적으로 가능한 걸 이용할 것이다. 태양이 뜨기 바로 직전의 희뿌연 빛 말이다.

가장 커다란 어려움 중 하나가 스콧을 깨우는 일이었다. 그녀가 흔들어 깨우자 아이는 신음하며 더 깊이 이불 속으로 파고들었다. 아이를 놀라게 하고 싶지는 않았지만, 시간이 지날수록 더욱 위험했다.

"스콧, 제발 애야, 일어나."

그녀는 끈질기게 달래었고 마침내 아이는 낑낑대며 울긴 했지만 일어나 앉았다.

"쉬, 쉬이."

아이의 등을 토닥이며 주의를 주었다.

"너무 이르다는 건 알지만, 당장 엄마를 위해 일어나야 한단다. 아주 중요한 일이야."

아이는 또 한 번 항의의 말을 중얼대며 주먹으로 눈을 비볐다. 엄마가 단호하다는 걸 느낀 게 틀림없다. 애써 침착을 유지하며, 그녀는 아이를 질책하지 않는 게 더 낫다고 생각했다. 그래 봤자 아이가 울며 떼쓰는 결과만 나올 뿐이다. 그녀는 아이의 모험 정신을 북돋아 주기로 했다.

"호크와 같이 게임을 할 거란다."

그녀가 속삭였다.

아이는 칭얼대던 걸 멈췄다. 웅크렸던 자세를 바로 하며 엄마에게 초점을 맞추려 눈을 깜박였다.

"게임이요?"

하나님, 거짓말하는 절 용서하세요. 그녀는 진실이 가슴 아픈 것인 경우라 하더라도, 한 번도 아들에게 거짓말을 한 적이 없었다. 아이가 집으로 돌아가는 게 기뻐 자신을 용서해 주길 바랄 뿐이었다.

"그래. 하지만 조용하게 해야 되는 게임이야. 조금이라도 소리내면 안 돼. 인디언들이 무슨 소리든 들을 수 있다는 거 알지?"

"그들이 숲속에 있을 때, 동굴 안에 있는 동물들의 소리와 땅밑을 기어다니는 벌레 소리 같은 것을 들을 수 있는 것처럼요?"

"맞았어. 그러니까 어느 때보다도 조용히 해야만 해. 그렇지 않으면 호크가 우릴 발견해서 게임이 끝나 버릴 거야."

"숨바꼭질하는 건가요? 호크가 우릴 찾으러 와요?"

"틀림없이 찾으러 올 거야."

그것은 거짓말이 아니었다.

그녀는 도니에게 빌어 왔던 재킷을 아이에게 입히고 운동화 끈을 묶어 주었다. 창문을 통해 경비하는 자가 있는지 살펴보았다. 마침내 담요를 말아 감고는 근처 나무에 기대어 있는 커다란 물체를 찾아냈다. 잠들어 버린 게 분명했다. 지금까지는 하나님께서 그녀의 기도에 응답하고 계신 모양이다.

"자, 들어 봐라, 스콧."

자세를 낮춰 아이와 눈높이를 맞추며 그녀가 말했다.

"우린 먼저 경비원을 지나가야 해. 내가 안고 갈 거란다. 하지만 넌 지나갈 때까지 한 마디도 하면 안 돼. 속삭이는 것도 안 돼, 알겠니?"

아이는 커다랗게 뜬 눈으로 그녀를 바라보고만 있었다.

"스콧, 알아듣겠어?"

"속삭이지도 말라고 했잖아요."

그녀는 미소지으며 아이를 힘껏 안아 주었다.

"착하구나."

두 팔로 아이를 안고, 그녀는 천천히 앞문을 열었다. 경첩 소리가 시끄럽게 삐그덕거렸다. 몸을 굳히고 잠시 기다렸지만, 다행히 들킨 듯한 흔적은 없었다. 현관으로 걸어나갔다. 나무 아래 기대어 있는 물체는 움직이지 않았다.

계단을 미끄러지듯 내려갔다. 길로 나아가 균형을 잃거나 돌을 건드리지 않으려고 신중을 기했다. 오두막에서 1킬로미터 이상 떨어질 때까지는 안심이 되지 않았다. 일단 어느 정도 떨어져 나오자 그때부터 가능한 한 어둠 속으로 골라 반은 뛰기 시작했다. 개 한 마리가 두 번 날카롭게 짖었지만, 창고에 도착할 때까지 그녀는 멈추지 않았다.

창고 안 내부는 캄캄했다. 스콧을 안았던 팔을 풀고서 그녀는 아이를 지저분한 바닥에 내려놓았다.

"문 옆에 있어. 엄마는 쓸 만한 트럭이 있는지 찾아볼게."

"여기 있는 거 싫어요. 어둡고 나쁜 냄새가 난다구요. 난 졸려요, 엄마. 춥기도 하고."

"알아, 알아."

그녀는 아이의 뺨을 부드럽게 쓸어 주었다.

"넌 아주 용감한 아이야. 네가 문에서 지켜 주지 않으면 엄마는 어떻게 해야 할지 알 수가 없단다."

"그게 내가 맡은 역할이에요? 지켜보는 게?"

"그래."

아이는 잠시 생각해 보고 나서 마지못해 대답했다.

"좋아요, 하지만 난 다른 곳에서 노는 게 더 좋아요. 이런 게임은 빨리 끝내면 좋겠어요."

"금방 끝날 거야. 엄마가 약속할게."

문 바로 안쪽에 스콧을 남겨 놓고 절대 자리를 떠나지 말라고 당부한 후, 그녀는 열쇠가 꽂힌 트럭을 찾았다. 두 번째 트럭에서 행운이 따랐다. 어둠 속에서 만져 본 바로는, 운반용으로 사용되는 트럭이었다. 트레일러 양쪽에 높은 합판 두 짝이 부착된 것이었다.

다른 것을 찾아보면, 더 작고 기동성 있는 트럭을 발견할 수 있을지도 모른다. 하지만 시간이 별로 없으며 밖의 하늘이 시시각각 밝아지고 있다는 점 때문에 그냥 사용하기로 결정했다.

그녀는 스콧을 데리고 와 트럭 운전석으로 올라가도록 했다. 아이는 머뭇거렸다.

"이 트럭 안에 있으면 호크가 우릴 찾을 수 있을까요?"

"그게 그가 맡은 역할이란다. 우리 역할은 그의 눈에 띄지 않고 이곳을 나가는 거야."

하지만 그보다 먼저, 그녀는 시동을 걸어 마을의 모든 사람을 깨울 수도 있는 위험을 무릅써야만 했다. 술을 들이붓기 전에 제발 조니가 이 트럭을 수리했도록 도와주소서. 기도를 올리며 땀이 밴 손바닥을 치마에 문지르고, 그녀는 열쇠로 손을 뻗어

한 번 비틀었다.

로켓을 발사하는 것보다 더 큰 소음이 나는 듯했다. 엔진이 항의하듯 윙윙 소리를 냈다. 클러치를 누르고 액셀러레이터를 밟아 가며, 랜디는 서둘렀다.

"가자구, 제발. 가자구."

그러다 너무나 갑작스럽게 한순간 시동이 돌아가자, 그녀는 멍하니 핸들을 쳐다보았다. 그리고 스콧을 쳐다보며 말했다.

"시동이 걸렸어."

"그럴려고 했던 거 아니었나요, 엄마?"

"그래, 그냥…… 됐어, 아무도 깨우지 않고 떠날 수 있는지 보자."

"도니더러 같이 놀자고 해도 돼요?"

"아니."

"제발요."

"이번엔 안 돼, 스콧."

그녀의 거친 어조에 아이의 입이 퉁퉁 부어 올랐다. 너무 날카롭게 대한 게 후회스러웠지만, 지금은 달래 줄 시간이 없었다. 완강히 버티는 듯이 뻑뻑한 기어를 1단으로 잡아당기고 기름이 좀 올라오는 듯하자 점차로 클러치를 놓았다. 트럭이 움직이기 시작했다.

창고 문을 통과하면서 그녀는 무장한 인디언들이 벽처럼 앞을 가로막고 있을 거라고 거의 예상했다. 하지만 어디에도 사람의 움직임은 없었다. 그녀는 아랫입술을 악물고는 트럭 방향을 돌리려 노력했다. 어쨌든 의도대로 해낼 수 있었다. 기어를 1단으로 유지하며 길 쪽을 향해 나아갔다.

트럭이 호크의 오두막을 지날 때는 그를 조롱하고픈 충동을 겨우 억눌러 참아야 했다. 육체적인 힘을 모조리 소모시키는 이 커다란 물체를 운전하면서, 그녀의 눈은 창앞으로 보이는 지형을 계속해서 훑어보았다. 아침 공기처럼 싸늘한 식은땀이 옆으로 흘러내리는 걸 느꼈다. 무의식적으로 운전대를 더욱 꼭 잡았다. 그녀의 모든 근육은 불안으로 팽팽히 뭉쳐져 있었다.

저기야! 그녀의 눈에 밖으로 짐승들이 나가지 못하도록 한 방지책(울 안으로 도랑을 파서 그 위에 철봉을 놓은 것)이 있는 입구가 들어왔다. 문은 열려 있었다. 그녀는 과감히 기어를 2단으로 올리며 액셀러레이터를 밟았다. 트럭이 방지책 위로 오르자마자, 3단 기어로 전환시켰다. 엔진이 이상한 소리를 냈지만, 그녀는 더욱 힘을 가하며 앞으로 내몰았다.

"호크가 찾기 시작하기 전에 얼마나 멀리 가는 거예요, 엄마?"

"엄마도 잘 모르겠구나, 애야."

그녀는 소맷단으로 땀이 맺혀 있는 이마를 닦아 냈다. 길은 워낙 험해 위험할 정도였다. 트럭이 계속해서 파여져 있는 구덩이에 닿아 튕겨올랐다. 하지만 랜디는 가슴에서 무거운 돌이 내려진 것 같은 안도감을 느꼈다.

"스콧, 스콧, 우리가 해냈어!"

그녀는 행복한 목소리로 외쳐댔다.

"우리가 게임에서 이긴 거예요?"

"그런 것 같구나. 그래, 분명히 그런 것 같아."

"잘 됐어요. 그럼 이제 돌아가나요?"

웃음을 터뜨리며 그녀는 아이의 머리를 헝클어뜨렸다.

“당장은 아니지.”

“하지만 난 배가 고파요. 아침을 먹어야 한다구요.”

“많이 기다려야 할 거다. 게임은 아직 완전히 끝난 게 아니니까.”

그녀는 몇 킬로미터 더 계속해서 운전해 갔다. 길은 영원히 지속되는 것 같았다. ‘결국 어딘가로 향하겠지’라고 그녀는 속으로 확신했다. 떠오르는 태양을 보면 지금 동쪽으로 향하는 중이었다. 확실히 알 수 없었지만 그게 나을 것이다. 지금으로서는 중앙 고속도로에 닿는 것이 목표였다. 그 다음에 집으로 가게 되겠지.

산 뒤쪽에 가려져 있던 태양이 폭발이라도 하듯 산 꼭대기로 튀어오르자, 순간적으로 눈앞이 보이지 않았다. 그 빛을 막아보려고 그녀는 왼손을 들어올렸다. 하지만 다시 시야가 회복되었을 때, 자신의 눈이 뭔가 잘못된 건만 같았다.

“호크다!”

스콧이 무릎을 벌떡 일으키며 소리 질렀다. 아이는 앞부분에 몸을 기댄 채로 깡충깡충 뛰어댔다.

“호크가 우릴 찾아냈어요. 정말 똑똑하죠, 엄마. 굉장한 추적자예요. 호크가 찾아낼 줄 난 알고 있었다구요. 안녕, 호크. 우리 여기 있어요!”

랜디는 핸들을 휙 잡아 돌렸다. 트럭이 굽어지며 길 한가운데 버티고 서 있는, 말에 걸터앉은 그 남자가 거의 보이지 않게 되었다. 그 남자나 말 모두 차와 충돌할 뻔했다는 사실에는 전혀 관심이 없는 듯했다. 어느 하나 움직이지 않았던 것이다.

씩씩거리며 정지하는 트럭 주위로 먼지 구름이 일어났다. 그

녀가 말리기도 전에, 스콧은 문을 박차고 나가 이미 말에서 내
린 호크에게 달려갔다. 랜디는 핸들 위에 두 손을 올리고 그 위
로 머리를 내렸다. 뼈 속 하나하나, 말초 신경 끝까지 실패했다
는 느낌이 전해졌다.

"나오시오."

머리를 들었다. 열린 창문을 통해 호크가 거칠게 내뱉은 말이
었다. 그 말을 했으면서도, 그는 문을 열어젖히고 그녀의 팔꿈
치 뼈가 아플 정도로 움켜쥐고는 땅으로 끌어내렸다. 언제나 충
실한 어니를 포함해, 몇 명의 말 탄 사내들이 그들에게 다가왔
다. 스콧은 발견되기 전에 여기까지 왔다며 기쁨에 재잘대며 거
의 춤을 추다시피 하고 있었다.

"엄마가 인디언들은 모든 소리를 들을 수 있기 때문에 아주
조용히 해야 한다고 그랬어요. 그리고 난 엄마가 트럭을 찾으러
갔을 때 문을 지켰다구요. 그 다음엔 아무도 깨우지 않고 운전
해 나왔어요. 하지만 난 아저씨가 우릴 찾아낼 줄 알았다니까
요."

아이가 호크에게 돌진하여 그의 무릎에 매달렸다.

"이 게임 재미있었어요, 호크?"

그의 얼음장 같은 시선이 랜디의 창백한 얼굴에서 아이에게
로 내려갔다.

"그래, 재미있었어. 하지만 난 이것보다 더 재미있는 걸 알고
있지. 돌아가는 길은 말을 타고 가는 게 어떻겠니?"

그는 어니의 안장 머리에 매어진 당나귀 한 마리를 가리켰다.

스콧의 눈이 휘둥그래지며 입은 떡 벌어졌다.

"그게 정말이세요?"

아이의 존경어린 속삭임에 호크가 고개를 끄덕였다.

"어니가 고삐를 잡아 주겠지만 안장에는 계속 니 혼자 앉을 수 있다."

랜디가 의견을 말하기도 전에, 호크는 스콧을 작은 안장으로 들어올렸다. 아이는 손가락 관절이 하얘질 정도로 안장 머리를 움켜잡았다. 약간은 자신 없어 보이는 미소를 지었지만 아이의 눈동자는 밝게 빛나고 있었다.

호크가 어니에게 간단하게 고갯짓을 하자, 그는 다른 사내들과 함께 말머리를 돌려 돌아가기 시작했다. 길을 막아섰던 사내들은 언덕을 올라 이내 눈앞에서 사라졌다.

호크는 뒤굽을 축으로 다시 방향을 돌려 랜디를 마주 대했다. 신발 뒤꿈치 자국이 땅에 선명하게 움푹한 자국을 만들었다.

"대단한 실수를 저질렀군, 프라이스 부인."

그녀는 겁내지 않을 작정이었다. 그녀의 턱이 뾰족하게 들렸다.

"아들의 유괴범에게 도망 가려 한 것 말인가요?"

"나의 고약한 부분을 건드린 것이."

"그건 그리 어렵지 않았어요. 당신한테 좋은 면이라곤 없으니까요."

"경고하겠는데, 날 함부로 대하지 마시오."

"난 당신이 두렵지 않아요, 호크 오툴."

그의 시선이 천천히 그녀의 몸으로 훑어 내려갔다. 다시 시선을 올리면서 그녀의 시선과 다시 마주칠 때까지 아무 말도 하지 않다가, 낮게 중얼거렸다.

"그럼, 이제부터 그래야 할 거요."

또다시 그는 절제된 동작으로 한 번만에 말 등으로 올랐다. 그때까지는 그가 안장을 하지 않았다는 걸 깨닫지 못했었다. 그의 허벅지가 말 옆구리를 바싹 죄었다. 그녀는 트럭으로 올라섰다.

"뭐 하는 거요?"

"트럭을 몰아 가려구요."

"그건 조니가 할 일이오."

그녀는 트럭에서 다시 내리며 두 손을 엉덩이에 댄 채 그를 마주 보았다.

"그럼 난 또 당신과 같이 타야 하나요?"

그가 말 목덜미로 낮게 몸을 기울였다.

"아니, 당신은 걸어오시오."

7

“걸으라고요?”

“맞소, 출발.”

그가 무릎을 굽히자 말이 앞으로 움직이기 시작했다.

“거기까지는 몇 킬로미터나 되는데요.”

활시위를 당기듯, 그녀가 집게 손가락으로 길을 가리키며 말했다. 호크는 거리를 가늠하는 듯 힐끗 곁눈질을 했다.

“여기서 4킬로미터쯤 될 거요.”

랜디는 팔을 거둬 들여 팔짱을 끼었다.

“난 그럴 생각 없어요. 강제로 끌고 가지 않는 한, 한 발짝도 움직이게 하지 못할 걸요. 조니가 트럭을 찾으러 올 때까지 기다렸다가 그와 같이 타고 가겠어요.”

“날 과소 평가 말라고 여러 번 말했었지.”

그의 매끄러운 목소리가 불길하게 내리깔렸다.

“당신은 이미 한 번 조니의 불행을 이용했소. 그래, 어젯밤 창고를 나서는 그를 당신이 유심히 본다는 거 알았지. 당신이 이렇게 무모한 짓을 할 거라고 짐작했소. 그런데 또다시 조니 같은 불쌍한 어린애를 이용할 셈인가? 무슨 생각을 하고 있지? 죽기 전까지 마실 수 있는 위스키를 대주겠다고 약속해서 꾀어내기라도 할 텐가? 아니지, 아냐. 자유와 교환 조건으로 성적인 호의를 베푸는 게 오히려 더 당신답겠지.”

“비열한 인간, 어떻게 감히 그런 말을 하는 거죠?”

“그럼 당신은 어떻게 감히 나와 내 부족 사람들을 바보 취급하는 거요? 진짜로 몰래 내 앞을 지나갈 수 있다고 생각했나?”

“당신? 나무 밑에서 잠자던 사람이 당신이었어요?”

“그래, 하지만 난 잠자지 않았소. 웃지 않으려고 최선을 다하고 있었지.”

“당신이 그럴 줄은 몰랐어요.”

정곡을 찔렀는지 그의 턱이 긴장되었다.

“당신이 떠난 다음에 실컷 웃었지. 그렇게 즐거운 아침을 제공하지 않았다면, 당신을 벌레들의 미끼로 여기 남겨 두었을 거요. 어쩌면 그렇게 해야 할지도 모르지. 더 나은 대접을 받을 가치도 없으니까. 어떤 엄마가 아이한테 그런 거짓말을 하겠소?”

“범죄자, 미친 놈에게서 아들을 떼어내기에 필사적인 엄마죠.”

그녀가 소리 높여 되받아쳤다.

그는 턱을 치켜들었다.

"갑시다."

랜디는 금방이라도 터질 듯한 표정으로 서 있었다. 스콧만 아니었다면 돌이 될 때까지라도 거기 서 있었을 것이었다. 아이가 시야에서 사라진다면 그녀는 미쳐 버릴 것이다. 아이와 같이 있는 한은 어떻게든 해 볼 수 있지만 헤어지게 되면, 상황은 얼마나 더 위태로울까. 그 생각밖에 할 수가 없었다.

그녀는 먼지를 일으키며 빙글 돌아 걸어가기 시작했다. 해뜨기 전과 마찬가지로 고르지 않은 땅에 대해 신경도 쓰지 않았다. 테니스 신발 밑으로 돌들이 구르며, 그녀의 균형을 잃게 하고 발목을 삐게 하려는 듯 위협해 왔다. 걸음을 좀 늦추었지만, 뒤에서 들리는 말발굽 소리를 하나하나 또렷이 인식했다. 호크의 눈이 그녀의 몸에 구멍을 내는 것만 같았다. 그의 시선을 느낄 수 있었다. 그렇게 세밀한 관찰을 받으니 차라리 땅밑으로 꺼져 버리고 싶은 심정이었다. 하지만 자존심이 그녀를 앞으로 내몰았다.

발을 자극해대는 물집들을 무시해 버렸고, 허리춤에 모여드는 땀과 목에 닿는 머리카락의 무겁고 깔깔한 느낌도 무시했다. 한 걸음 한 걸음 걸을 때마다 그녀의 숨결은 점점 거칠어졌다. 운동에는 어느 정도 익숙한 그녀였지만, 이런 상황에서는 아니었다. 더군다나 희박한 공기가 그 위력을 발휘하기 시작했다.

그녀의 입술은 발목에서 구르는 먼지처럼 메말라 버렸다. 배도 너무 많이 고파 쓰려 왔다. 분노에 휩싸여 내딛는 빠른 걸음이 금세 그녀의 남은 에너지를 앗아 갔다. 점점 머리가 어질어질해졌다. 지평선이 똑바로 눈에 들어오지 않으며 기울기 시작했다.

비늘 달린 파충류를 밟을 뻔하다가 알아차린 그녀는 그 뱀 비슷한 짐승의 혀 푸는 모습에 뒤로 펄쩍 뛰며 날카로운 비명을 질렀다. 허세를 부리던 커다란 도마뱀이 허둥지둥 돌 뒤로 달아났다. 호크의 말이 콧김을 뿜었다. 놀란 말이 발을 구르며 거의 랜디를 짓밟을 뻔했다. 그녀가 또 한 번 공포의 비명을 내지르자, 말이 뒤로 물러섰다. 그녀는 땅바닥에 쓰러져 말굽이 내리뭉개기 전에 간신히 몸을 굴릴 수 있었다.

"가만히 있으라구, 제기랄."

호크가 명령을 했다.

"비명도 그만 지르시오."

무릎과 손과 부드러운 목소리를 사용해, 그가 동물을 진정시켰다. 그런 다음 말에서 내려 이를 덜덜 떨며 움츠려 있는 랜디에게로 다가왔다.

그는 몸을 굽혀 그녀의 느슨한 셔츠 자락을 한 움큼 그러쥔 다음 일으켜 세웠다.

"다리를 올리시오."

그녀는 너무나 겁에 질려 그의 말에 복종하는 것밖에 다른 생각을 할 여지가 없었다. 오른발을 말 등에 올림과 동시에 두 손으로 두꺼운 말갈기를 붙잡았다. 치마가 밑으로 뭉치면서 허벅지가 태양 아래 그대로 드러났다. 그녀는 치맛자락을 무릎까지만이라도 끌어내리려고 애를 썼다.

"그냥 놔둬."

"하지만……."

"그냥 놔두라고 했잖소!"

좌절감에 그녀의 가슴이 들먹거렸다.

"나에게 완전한 수치심을 줄 때까지는 만족이 안 되겠죠, 그렇죠?"

"아니, 그리고 창피당하는 데는 내가 전문인 줄 아는데."

"호크, 제발."

"그만."

그녀가 조용해지자, 그는 입술을 그녀의 귀에 대고 악의적으로 속삭였다.

"즐겁게 타라구. 오랫동안 이게 당신의 마지막 평화로운 순간이 될 테니까."

그녀의 맨 허벅지에 한 손을 내려놓고, 그는 무릎 사이로 말을 죄어 앞으로 전진시켰다.

"그 하얀 앵글로 허벅지에 인디언의 검은 손이 닿으니 기분이 나쁘신가?"

"느물거리는 짐승이 긁어대는 것보다는 아니겠죠."

웃음 비슷한 표정이 그의 완고한 입술에 서렸다.

"누굴 말하시는 건가? 물론 난 아니겠지. 이미 많은 짐승들이 당신을 긁어댔는걸."

랜디의 입술이 굳게 닫혔다. 그에게 모욕을 되돌려 주지는 않을 것이었다. 그래 봤자 시간과 정력 낭비였다. 마음대로 생각하라지. 다른 사람들도 그랬다. 많은 사람들이 그랬었다. 그녀는 그들의 비웃음에서도 살아남았다. 상처가 없었던 건 아니지만, 그래도 살아남았다. 그러니 오툴의 모욕에도 아주 잘 살아남을 수 있을 것이다.

말이 터벅터벅 걸어갔다. 영원히 도착하지 못하는 게 아닐까

걱정되기 시작할 무렵, 나무 연기와 요리하는 냄새가 콧속으로
스며 들어왔다. 뱃속에서 절묘하게 꼬르륵 소리가 났다.

　한 손은 그녀의 허벅지에 그대로 놓은 채, 호크는 다른 손을
치마 허리춤에 넣어 배 위를 덮었다.

　"배고픈가?"

　"아뇨."

　"당신은 창녀일 뿐만 아니라, 거짓말쟁이군."

　"난 창녀가 아니에요!"

　"어젯밤 나와 기꺼이 창녀 놀이를 하려 했잖소."

　"그런 놀이를 좋아한 적 없어요."

　"없다고?"

　그의 손이 아래로 내려갔다. 마르자마자 얼른 원래의 것으로
갈아입었던 팬티 앞의 레이스를 그의 손가락이 스쳤다. 그의 손
길에 대한 그녀의 반응은 난폭할 정도로 민감했다. 그녀의 내부
깊이까지 그 느낌이 전해졌고, 그녀는 커다랗게 숨을 들이쉬었
다. 이미 맨다리로 말에 걸터앉음으로 인해 따뜻하고 예민해졌
던 허벅지가 반사적으로 팽팽해졌다. 그녀의 손가락이 말의 무
성한 갈기 속으로 깊이 파묻혔다.

　레이스 위를 더듬는 호크의 지속적인 움직임에, 자신도 모르
게 신음이 새어 나왔다.

　"그러지 말아요, 제발."

　그가 손을 빼냈다. 만약 고개를 돌려 그의 얼굴을 봤더라면,
아주 다른 표정이 있다는 걸 알아챘을 것이다. 그의 피부는 극
도로 팽창된 것만 같았다. 입술은 얇게 가늘어졌고 눈동자는 열
에 들뜬 사람처럼 빛이 났다.

"그만두는 이유는 누군가 이런 내 모습을 볼까 봐, 그리고 내 경멸을 욕망으로 오해할까 봐 때문이오."

부족 사람들은 대장의 분위기를 잘 알았는지 일찌감치 사라져 있었다. 사방을 둘러보아도, 스콧이나 어니의 모습이 눈에 띄지 않았다. 호크가 말을 오두막으로 이끌어 능숙하게 뛰어내렸다.

"내 오두막으로 데려갈 줄 알았는데요."

"당신 착각이야."

그는 손을 올려, 또다시 그녀의 셔츠 앞자락을 움켜쥐고는 말에서 끌어내렸다. 그녀가 자갈길에서 비틀거렸다.

"꼭 이렇게 거칠게 다뤄야 하나요?"

"분명히 그래."

"그럴 필요 없다는 걸 말씀 드리고 싶군요."

"당신이 도망 가려고 시도하지 않았다면 그렇겠지. 도망 갈 생각이 있었다면, 확실히 성공했어야 했다구."

그의 비난하는 듯한 냉소적인 어조가 그녀의 자아를 아프게 찔렀다. 그가 그녀를 밀쳐 그녀는 오두막 안으로 밀려들어갔다. 방 한가운데 테이블에 걸려 넘어질 뻔한 걸 겨우 균형을 잡고는 그에게로 몸을 돌려 싸울 태세를 취했다. 하지만 호크가 칼을 빼들고 다가오자 그녀의 용기는 금세 사그라들었다.

"오, 맙소사."

그녀가 비명을 질렀다.

"날 죽이면, 스콧이 시체를 보지 못하도록 해요. 그것만 약속해 줘요, 호크, 호크!"

애원을 담아 두 손을 올렸다.

“그리고 내 아들은 해치지 마세요. 그애는 아이에 불과해요.”

눈물이 솟아나왔다.

“절대 내 아이를 해치면 안 돼요, 부탁이에요.”

그녀는 그의 가슴으로 돌진해 주먹으로 두들겨대기 시작했다. 그의 칼이 뒤쪽 테이블로 쨍그랑 소리와 함께 떨어졌다. 호크는 두 손으로 애를 쓴 후에 간신히 그녀의 손목을 꽉 붙잡았다. 그녀의 두 손을 등뒤로 돌리고 그녀가 싸우기는커녕 꼼짝도 할 수 없게 묶어 놓았다.

“날 대체 어떻게 생각하는 거요?”

그가 한 마디 한 마디 이를 악물며 성난 어조로 말했다.

“난 아이를 해치지 않아. 당신을 해칠 생각도 없고. 거래 내용엔 그런 게 없었다구. 그자는……”

랜디의 머리가 획 들려졌다. 그녀는 그의 말을 놓치지 않았다. 찌르는 듯한 그녀의 눈동자가 그의 눈에 가서 꽂혔다.

“그자?”

호크의 성난 모습이 아주 순식간에 잔잔해졌다. 그는 모든 감정을 자제하며 얼굴에 꿰뚫을 수 없는 가면을 쓰고, 눈동자에도 아무 빛을 담지 않았다.

“그자?”

랜디가 소리쳐 다시 물었다.

“누구 말이죠?”

“신경쓰지 마.”

“모턴?”

그녀가 낮게 숨을 삼켰다.

“이 일에 내 남편이 끼어 있나요? 오, 맙소사! 모턴이 자기 아들의 유괴를 꾸민 거예요?”

호크가 갑자기 그녀의 손목을 놓아 버렸다. 그는 다시 칼을 집어 들고 가죽 끈을 반으로 끊었다. 랜디는 자신의 짐작이 맞았다는 흔적을 찾아내려 그의 행동 하나하나를 응시했다.

만약 모턴을 잘 알지 못했더라면 그런 생각은 말도 안 되는 터무니없는 것이었을 것이다. 하지만 그녀는 그를 움직이게 하는 원동력이 무언지 알고 있었다. 유괴로 인해, 그의 이름은 주 전체를 넘어 그 이상까지 제1면 머릿기사로 떠오를 것이다. 그는 그런 걸 좋아했다. 대중의 아낌없는 시선을 받을 것이고 그렇게만 된다면 다른 건 아무것도 생각지 않고, 심지어는 자기 아들의 안전조차도 생각지 않은 채 이용해 먹을 인간이었다.

“대답하라구, 빌어먹을. 진실을 말해 봐요.”

그녀가 호크의 소매를 움켜쥐었다.

“내 말이 맞죠? 이런 일을 하도록 꾀어낸 게 모턴이죠?”

호크는 다시 그녀의 등으로 손을 돌려 기죽 끈으로 두 손을 묶기 시작했다. 그녀는 몸부림치지도 않았다. 그래야겠다는 생각도 떠오르지 않았다. 모턴이 이런 비열한 계획을 사주했을 거라는 가능성은 다른 모든 생각들을 마음에서 지워 버렸다. 그녀는 전화를 받을 때 그 감동적인 연기력에 대해 떠올랐다. 스콧이 안전한지 알려 달라고 애원하며, 그 떨리는 목소리에 마음과 영혼을 모두 쏟아부었지 않은가. 그런 그의 걱정은 가짜, 모두 쇼에 지나지 않았던 것이다.

그녀는 호크의 얼굴을 들여다보았다. 하지만 그의 얼굴에는 아무것도 나타나지 않았다. 그는 그녀의 손목을 묶은 다음, 나머지 끈을 집어 들고는 그녀를 침대로 이끌었다. 나무틀로 짜여진, 그녀와 스콧이 잤던 침대보다 훨씬 더 튼튼하고 커다란 침대 발치에 그녀의 발을 묶고 단단히 매듭을 지었다.

그는 한 걸음 뒤로 물러나 끈을 한 번 잡아당겨 보고는 한치도 움직이지 않자, 만족스레 고개를 끄덕이고 문으로 향했다.

"기다려요! 대답할 때까지는 절대 떠나지 못해요."

호크가 천천히 몸을 돌려 그 파란 눈동자로 랜디를 쏘아보았다.

"모턴 프라이스가 당신과 이 계획을 짰나요?"

"그렇소."

가슴이 한없이 꺼져 들어가는 것 같았다. 숨을 쉴 수가 없었다. 사실을 알아 버린 지금, 그게 아니라고 부인하고 싶어지는 마음을 어떻게 하란 말인가.

"왜?"

그녀는 믿을 수 없어 하며 중얼거렸다.

"왜?"

"가끔씩 물이 제공될 거요."

그게 그의 대답이었다.

"아침 식사를 거르기로 한 건 당신이니, 저녁 식사까지 기다릴 수 있겠지."

그제서야 랜디는 자신이 완전히 묶여 무력한 상태라는 걸 깨달았다. 그녀가 모턴이 관련되어 있다는 걸 안 것이 위험을 더 증가시킨 걸까?

"이런 식으로 묶어 둘 수는 없어요. 날 풀어 줘요."

"기회는 없소, 프라이스 부인. 우린 다른 방식으로 해 보려 노력했지만, 당신이 내 선의를 이용했소."

"선의라구! 당신은 날 인질로 잡고 있다구요."

그녀가 소리 질렀다.

"상황이 반대였다면, 당신도 도망 가려고 시도하지 않았을까요?"

"그랬겠지. 하지만 난 성공했을 거요."

아픈 곳을 찔린 그녀가 또다른 공격을 시도했다.

"침대에 묶여 있는 걸 스콧에게 보이고 싶지 않아요, 오툴 씨. 아이가 겁먹을 거예요."

"바로 그 이유 때문에 아이는 당신을 만나지 않게 될 거요."

그녀의 얼굴에서 핏기가 사라졌다.

"그게 무슨 뜻이죠?"

두려움으로 목소리가 쉬어 있었다.

"아이는 어니, 레타, 도니와 같이 지내게 될 거요, 지금부터."

그녀는 격렬하게 고개를 흔들었다. 눈에 눈물이 가득했다.

"안 돼요, 제발. 나에게 그런 짓을 하지 말아요."

그의 얼굴 근육은 조금도 움직이지 않았다.

"제발, 내가 아니라 스콧에 대해서 생각해 봐요. 그앤 날 그리워할 거예요. 날 보고 싶어할 거라구요. 나에 대해서 물을 거예요."

"그런 경우엔, 아이를 여기 데려오지. 아이가 왔을 동안만 당신은 풀려날 거요. 아이와 같이 있는 동안, 당신은 내가 허락한 이상의 그 어떤 말도, 어떤 행동도 하면 안 돼."

"그렇게 자신하지 마세요."

"오, 난 자신 있소."

그가 조용하게 대꾸했다.

"당신은 날 이미 스콧에게서 떼어 냈어요. 또 어떤 걸로 날 더 처벌할 수 있겠어요?"

"당신이 알아낸 것처럼, 프라이스가 이 일을 꾸몄소. 그러나 우리 중 누구도 당신의 존재는 계획에 넣지 않았지. 그러니 여기 끼게 된 건 전적으로 당신의 어리석음을 탓해야 할 뿐이오."

"그래서요?"

"스콧의 안전은 프라이스 의원에게 중요한 것이니까 당연한 거요."

그의 눈이 그녀 위로 경멸스레 지나갔다.

"하지만 그의 불충실한 아내는 절대 그렇지 않거든."

"그는 절대 거래한 대로 행동하지 않을 거예요."

그녀는 양철 접시 위의 음식을 멍하니 집어 들었다. 그가 자신의 말을 인정하지 않자, 짜증이 나서 포크를 탕 하니 내려놓았다. 그 커다란 소리에 그가 고개를 들었다.

"내 말 들었어요?"

"프라이스가 자기 거래대로 행동하지 않을 거라고 했지."

"그런데 그걸 알아도 신경쓰이지 않는단 건가요?"

호크는 포크를 옆으로 내려놓고 접시를 밀어냈다. 그리고는 머그 잔을 두 손으로 잡아 탁자 위로 팔꿈치를 올린 후 한 모금 홀짝 들이마셨다.

"그런 일은 없을 거라는 걸 알지. 당신이 한 말에 불과해. 그걸 믿을 필요는 없는 거요."

"믿고 싶지 않은 거겠죠."

그의 눈이 가늘어졌다.

"맞았소. 프라이스가 거래를 지키지 않으면, 내가 당신을 데리고 있을 아무 이유도 없기 때문이지. 난 어쩔 수 없이…… 그 문제를 제거해야겠지."

"그럼 스콧은요?"

그녀가 숨차게 물었다.

"아이는 금세 당신을 잊을 거요. 우리에게 아주 잘 적응하겠지. 아이들은 적응력이 강하거든. 일년 안에, 그애는 앵글로보다 인디언에 가까워질 거요."

그녀의 충격을 받아 산산조각난 듯한 모습 따위는 그에게 아무 효과도 없는 모양이었다. 그는 아무렇지도 않게 손을 한 번 흔들었다.

"물론, 그애는 먹여 살려야 할 또다른 입인 동시에, 옷을 입히고 교육시킬, 부족에게 또 하나의 책임이 되겠지. 난 프라이스가 약속을 잘 지키는 쪽이 더 좋소."

그의 무미 건조한 어조는 고래고래 소리 지르거나 사납게 날뛰는 것보다 훨씬 더 공포스러웠다. 그녀는 목에서 긴장과 공포의 감정을 애써 지운 다음에야 입을 열 수 있었다.

"모턴이 뭘 약속했죠, 오툴 추장님?"

"정부 관리에게 얘기해 주기로. 그는 론 퓨마 광산을 다시 열도록 우리의 어려운 상황을 호소할 거요."

"그 정도는 알아요. 교환 조건은 뭐죠?"

"이 가짜 유괴극으로 자신의 선전을 유발하는 것."

"나에겐 가짜가 아니에요."

그녀가 테이블 위로 주먹을 내밀어 가죽 끈에 의해 생긴 빨간 자국이 보이도록 손목을 뒤집었다. 그가 그녀의 한 손을 잡아 유심히 살폈다. 그리고는 엄지로 가볍게 그 상처난 피부를 쓰다듬었다. 랜디는 얼른 두 손을 빼내며 벌떡 일어섰다.

"앉으시오."

그 부드러움에도 불구하고, 그의 말은 강한 위협을 담고 있었다.

"다 먹었어요."

"난 아직 안 끝났소. 앉으시오."

"내가 다시 도망 갈까 봐 겁나시나요?"

그녀의 조롱에 그는 커피 잔을 한쪽으로 놓고 그녀를 정면으로 쏘아봤다. 그 옅은 파란 색 눈동자에서 위협적인 힘이 폭발하는 듯했다.

"아니, 당신의 어리석음 때문에 내가 하지 말아야 할 일을 하게 만들까 봐 겁이 나오."

"문제를 제거하는 것 말이죠?"

그녀는 재빨리 의자에서 벗어났다. 하지만 눈 깜짝 하기도 전에 그도 일어나 손을 채찍처럼 뻗어 와 그녀의 목 뒤로 굽어들었다.

"앉으시오."

어깨에 압력을 느끼는 순간 무릎이 꺾이고 말았다. 일단 그녀가 의자에 다시 앉자, 그는 자기 자리로 돌아가 테이블 너머로 그녀를 노려보았다.

"당신 남편은 우리 두 사람에게 다 이익이 될 만한 일을 알았던 거요."

"전남편이에요."

호크가 어깨를 으쓱했다.

"난 몇 달 전 그가 인디언의 주장을 옹호한다는 신문 기사를 읽고 찾아갔었소."

"그건 방법상 유리하고 유행에 맞기 때문이지, 진짜로 당신들을 동정해서는 아니에요. 그의 확신은 모조리 자기만을 위한 것이죠. 당신 판단이 틀렸어요."

"내가 그에게 우리의 문제를 말했소. 광산은 우리 부족의 소유라고."

그의 얼굴이 어두워지며, 잠시 그의 시선은 다른 시간, 다른 장소를 쳐다보는 듯했다. 그리고 다시 명료해지며 랜디에게 초점을 맞추었다.

"투자자들이 우리의 권리를 무시했을 때도 충분히 나빴소. 그런데 다시 열게 되리라는 어떤 희망도 없이, 광산이 폐쇄되었다는 걸 알았을 때 우리의 분노가 어땠는지 상상이나 할 수 있겠소?"

"그들이 왜 폐쇄한 건가요? 손해가 났나요?"

"손해라고? 말도 안 돼. 아니오, 돈을 벌어들이고 있었소. 그게 오히려 문제였지."

그녀는 머리를 저었다.

"이해가 안 되네요."

"새로운 소유자들은 세금 공제를 위해 광산을 이용하려 했던 거요. 그 이상은 아니었지. 그들은 그곳에 우리의 생계가 달려 있다는 것에는 신경조차 쓰지 않았지, 이기적인 개자식들."

그가 낮게 내뱉었다.

"지난 수년간 그들은 장부를 조작해 왔소. 하지만 몇 군데에서 조사를 받는 중이었지. 처음에는 우리의 생산량을 억제하더

군. 그 다음에는 먼 안목으로 보아 완전히 문을 닫아 버리는 게
가장 이롭다고 결정한 거요.”

그는 테이블을 떠나 구석에 있는 쇠난로로 다가갔다. 그리고
는 난로의 투입구를 열어 몇 개의 장작을 던져 넣었다. 어젯밤
부터 기온이 현저히 떨어졌다. 하지만 인디언들에게 닥친 불공
정한 행위에 대해 말할 때의 호크의 눈처럼 차가운 것을 랜디
는 본 적이 없었다.

“인디언 담당 부서는 어때요?”

“거기서 조사는 했지만, 소유자들이 사인한 계약서와 증서를
갖고 있으니 아무 하자가 없다더군. 도덕적으로는 아니더라도,
법적으로 그들이 광산 소유자니까 원하는 건 뭐든 할 수가 있
는 거요.”

“그럼 의회에는 호소해 봤나요?”

그는 고개를 끄덕였다.

“내가 프라이스를 찾아갔을 때, 그는 귀기울여 듣고 동정을
보여 주었소. 면전에서 수많은 문들이 닫힌 후라, 그 동정만으
로도 대단한 거였지. 그는 조사해 보고 나서 할 수 있는 일을
해 보겠다고 했소.”

호크의 목소리가 씁쓸하게 변했다.

“노력이 충분치는 않았지만, 그는 하여튼 더 조사해 보고 나
에게 알려 주겠다고 약속했소.”

그는 테이블로 돌아와 의자에 털썩 앉았다.

“약속을 잊은 게 아닌지 걱정되기 시작했지. 그런데 몇 주 전
에 이 아이디어를 갖고 그가 나에게 접근했던 거요.”

“계략이에요.”

"그는 효과가 있을 거라고 설득했소."

"당신을 이용한 거예요."

"우린 둘다 원하는 것을 갖게 될 거요."

"그는 그렇겠죠. 하지만 당신은 결국 전과자로 남게 될 거예요."

"절대 재판까지 가지는 않을 거요. 그가 보장했소."

"그는 어떤 종류의 권력도 휘두르지 못해요."

"우리를 위해 애덤스 지사를 설득해 중지해 주겠다고 말했소."

"당신은 연방군과 대치하게 될 거예요. 그때 모턴이 당신을 위해 얼굴조차 내밀지 않으리라는 건 내가 장담해요. 그는 당신의 모든 말을 부인하겠죠. 그건 당신 혼잣말이 되고 말 거예요. 누가 떳떳치 못한 인디언의 말을 믿을까요? 주 대표 의원에게 이상한 말을 하는 범죄자를요. 당신 얘기는 괴상하게만 들릴 거예요. 가장 극단적인 상상력의 산물이라고 매도될 뿐이에요."

"당신은 어느 편이지, 프라이스 부인?"

"내 편이요. 당신 둘 사이에서 선택을 하라고 한다면, 누가 더 나쁜지, 누가 조종자인지, 누가 속아넘어간 사람인지 알 수가 없군요."

호크가 벌떡 일어나는 바람에 그의 의자가 바닥으로 콰당 넘어갔다.

"난 속지 않았소. 프라이스는 성공할 거요. 그자는 우리가 스콧을 데리고 있는 건 알지만 어디 있는지는 몰라. 그도 자기 아들은 사랑할 거요. 아이를 되찾고 싶다면, 약속대로 해야 하지."

랜디도 지지 않고 그를 올려다보지 않기 위해 벌떡 일어섰다.

"당신의 첫번째 실수는 모턴이 스콧을 사랑한다고 믿은 거예요. 정말 웃기지도 않는 얘기죠."

그녀가 성마른 손길로 머리채를 쓸어 넘겼다.

"그 남자가 아이를 사랑했다면, 이런 식으로 이용했을 것 같아요? 아이를 저당잡히겠냐구요? 아이의 목숨을 위험에 내몰아 가면서 말이에요. 당신이라면 이런 일에 당신 자식을 내몰 것 같은가요?"

호크의 입술이 가늘어졌다. 랜디는 계속해서 주장했다.

"모턴 프라이스는 자신 이외에는 누구도 사랑하지 않아요. 그걸 아셔야 해요, 오툴 씨. 그자가 당신에게 접근했다면, 이 커다란 실수가 그의 생각이었다면, 그 다음에 또 어떤 짓을 할지 두고 보세요. 그는 자기가 원하는 것만 차지하고 나머지 짐은 당신에게 남겨 놓을 거예요. 책임질 사람은 모턴이 아니라 당신이 될 거예요."

그녀는 말을 이었다.

"그는 이번 선거에서 떨어질까 봐 겁을 내고 있죠. 자기가 패배할까 봐 두려워해요. 그렇게 되는 게 당연하지만요. 이 사건은 유권자들의 관심과 동정을 끌기 위한 필사적인 술책이에요. 외동아들의 운명을 알지 못해 고통받는 아버지에게 누가 반대할 수 있겠어요? 주의 불공평한 후견인 법 때문에 부정한 엄마와 같이 살게 된 아들이잖아요. 그는 나의 불충실함에 대해 사람들에게 떠들어댈 거예요. 애초에 스콧이 납치당한 것도 내 부주의함과 무관심 때문이라고 아주 교활하게 비난할 게 틀림없어요."

그녀는 잠시 말을 멈추고 깊은 숨을 들이마셨다.

"그에게 시간 제한을 두었나요?"

"2주. 우리도 아이가 개학 시기를 놓치길 원치 않소."

"2주 동안 그의 이름이 헤드라인이 되겠군요."

그녀가 헛웃음을 지었다.

"모턴의 전문 분야예요. 그는 매일 밤 뉴스에 톱기사가 될 거예요."

그녀는 이마를 문질렀다. 벌써 아까부터 두통으로 아파 오기 시작했었다. 다시 호크를 쳐다보았다. 랜디는 테이블 위에 손바닥을 짚고 그에게로 몸을 기울였다.

"모르겠어요? 그는 론 퓨마를 폐쇄한 남자들보다 더 악독하게 당신을 집어삼켰다구요. 자기의 목표를 위해 당신과 당신 부족 사람들을 이용하고 있어요."

초조하게 입술을 적시며 그녀는 애원했다.

"우릴 놓아 줘요, 호크. 우릴 보내 주고 정부에 그 이야기를 하면, 당신 목적을 달성하고 신뢰감을 주는데 훨씬 성공적일 거예요. 내가 변호해 줄 게요. 모턴이 부추겨서 당신을 속인 거라고 증언할 게요. 당신의 혐의가 모두 풀리고 나면, 그때 광산을 재개하는 문제에 대해 생각해 보자구요. 어때요?"

"거래를 하지. 만약 당신이 오늘밤 날 넉다운시킨다면 말야. 옷을 벗고 누우라구."

그녀는 멍하니, 믿을 수가 없어 그를 쳐다보았다.

"뭐라구요?"

호크가 미소지었다. 그 미소는 비웃음에 더 가까웠다.

"자기 얼굴을 봐야겠어, 프라이스 부인. 며칠 전에 잡아 놓은 물고기를 삼킨 것 같은 표정이군. 진정하라구, 난 단지 당신이

그 고상한 목적을 설득시키기 위해 어디까지 기꺼이 응할지 알
고 싶었던 것뿐이오."

"오, 당신은 끔찍한 인간이야."

그녀는 진저리를 쳤다.

"그리고 바보이기도 해요. 그건 금세 확실해질 거예요. 모턴
이 당신 일을 얼마나 솔직하게 탄원했는지 신문이 알려 주겠죠.
당신은 자신이 얼마나 순진했는지 알게 될 거예요."

랜디는 그의 면전에서 그를 비웃는 실수를 범했다. 그것이 그
의 성질을 건드렸고, 그는 두 걸음만에 테이블을 돌아 그녀를
붙잡았다.

"운을 시험하지 말라구, 아가씨. 당신 남편은 당신이 돌아오
는 걸 원치 않아. 그러니까 당신은 내 맘대로 할 수 있는 내 거
라구."

위로 들린 얼굴에 닿는 그의 숨결이 뜨겁고 무거웠다. 그는
두 손으로 그녀의 머리를 잡았다. 두개골이 깨질 것만 같았다.

"프라이스가 의무를 다하길 기도하고 또 소망하는 게 좋을
거요."

"당신 협박은 허세에 불과해요, 호크 오툴. 당신이 날 죽일
거라곤 생각지 않아요."

"물론이요."

그가 매끈하게 대답했다.

"하지만 당신만 돌려 보내고 아이는 데리고 있을 거요. 그리
고 아이와 같이 사라질 거요. 내가 아이를 몇 달 데리고 있으면
당신은 아이를 알아보지도 못할걸. 더이상 울며 매달리는 마마
보이도, 겁 많은 도시 아이도 아닐 테니까. 그애는 뱀보다 더

교활한 싸움꾼에 골치덩이, 사회의 하층 인간이 되어 있을 거요, 나처럼. 그리고 나와 똑같이 당신의 모든 것을 증오하게 될 거요."

"날 왜 증오하는 거죠? 내가 인디언이 아니라서? 여기서 편견을 갖고 있는 사람이 도대체 누구죠?"

"백인이라서 증오하는 게 아니오. 대부분의 백인들처럼 당신도 우리를 무시하기 때문이지. 당신은 편리하게도 의식 밖으로 우리를 내놓았소. 이제 우리가 당신들의 관심을 받아야 할 때요. 금발의 앵글로 엄마에게서 금발의 앵글로 소년을 떼어놓고 그애를 우리 중 하나로 만들어야 해."

몸 속에서 와들와들 전율이 흘렀지만, 그녀는 턱을 높이 들고 반항적인 시선을 쏘아냈다.

"당신은 사라져 버릴 수 없어요. 그들이 찾아낼 테니까요."

"어쩌면, 결국에는. 하지만 시간이 있소, 몇 년이 될 수도 있지. 스콧을 망나니로 변화시키기엔 충분히 긴 시간이 되겠지."

자신의 목숨을 위협하는 건 하나도 겁나지 않았다. 당황스럽지도 않았다. 하지만 이건 겁이 났다. 용기가 사라지며, 그녀는 그의 셔츠 앞자락을 부여잡고 말았다.

"부탁이에요, 스콧을 내게서 데려가면 안 돼요. 그애는……그애는 내 아들이라구요. 그애는 내가 가진 모든 것이에요."

그의 손이 그녀의 어깨와 팔뚝을 지나 엉덩이로 미끄러졌다. 그리고는 엉덩이를 감아 모욕적으로 자신에게 밀착시켰다.

"남편 친구들과 같이 침대로 들어갈 때 그런 생각을 했어야지."

랜디는 그의 가슴을 난폭하게 밀어젖히고 그에게서 떨어져

나왔다.

"난 그런 짓 안 했어요!"

"그런 소문이던걸."

"그것뿐이에요, 소문일 뿐이라구요."

"당신의 부정에 대한 소문이 모두 거짓이라는 건가?"

"그래요!"

그 대답이 긴장된 대기중에 울려퍼졌다. 그때였다.

"엄마?"

8

　스콧의 머뭇거리는 목소리에, 랜디는 얼른 몸을 돌려 아이를 찾았다. 아이는 문가에 그림자처럼 서 있었다. 그의 뒤에 어니가 보였다. 그 인디언이 호크를 이상한 듯 쳐다보고 있었다. 하지만 스콧은 걱정이 가득한 얼굴로 엄마를 쳐다보고 있었다.

　"안녕, 애야."

　애써 밝은 미소를 지으면서도, 그녀는 스콧이 두 사람이 소리 지르던 마지막 몇 마디를 듣지 않았기를 바랐다. 만약 들었다 해도, 아이가 이해하지 못했기를 바랐다.

　그녀는 무릎을 꿇고 두 팔을 벌렸다. 스콧이 달려와 그녀에게 꼭 안겼다. 아이의 탄탄한 몸과 차가운 두 뺨, 옷가지와 머리에 매달려 있는 바깥 공기의 내음을 소중히 들이마시며, 그녀도 아이를 꼭 안아 주었다. 그녀가 풀어 줄 준비가 되기도 전에, 아이는 금세 품속에서 빠져나갔다.

"엄마, 무슨 일이 있었는지 알아맞혀 보세요."

아이의 눈이 반짝거렸다.

"오늘 어니 아저씨가 도니와 날 사냥에 데려가 주었어요."

"사냥?"

아이의 눈에서 머리카락을 떼어내 주며 그녀가 물었다.

"총을 갖고?"

"아뇨."

아이는 약간 낙담한 듯 대답했다.

"호크가 우린 아직 총을 쓸 수 없다고 했어요. 하지만 우린 덫을 놓았다가 그걸로 토끼를 잡았다구요."

"네가?"

그녀는 애정어린 표정으로 아이의 얼굴을 유심히 살폈다. 약간 햇볕에 탄 코를 제외하면, 아이는 원래대로 사랑스러워 보였다.

"네, 하지만 우린 놓아 주었어요. 토끼들이 어리니까 잡으면 안 된다고 어니 아저씨가 말했어요."

"아저씨는 그런 일에 대해 잘 아는 것 같구나."

"어니 아저씨는 모르는 게 없어요."

새로운 친구에게 잠시 고개를 들어 환한 미소를 보내며 스콧이 외쳤다.

"거의 호크랑 같을 정도라구요. 호크가 이 부족에서 왕자나 대통령 같은 인물이라는 거 아세요, 엄마?"

아이가 목소리를 낮추어 비밀스럽게 말했다.

"그는 진짜 중요한 사람이래요."

랜디는 호크의 자랑을 들어 줄 마음이 없었다.

"오늘 또 무슨 일을 했니? 점심은 맛있게 먹었니?"

"샌드위치였는데, 아주 맛있었어요."

그녀가 아이의 셔츠 자락을 끼워 넣으려 하자, 아이는 꿈틀거려 빠져나가며 무심히 대답했다.

"레타 아줌마가 쿠키를 구웠어요. 정말 맛있었어요. 엄마가 구운 것보다 더요."

미안한 듯이 말하는 아이를 보며, 랜디의 눈에 눈물이 맺혔다.

"그 말은 용서해 주마."

"엄마는 하루 종일 뭐 했어요? 어니 아저씨 말로는 호크의 오두막에서 할 일이 있었다고 하던대."

"그래. 음…… 엄마도 하루 종일 바빴단다."

"호크와 또다른 게임을 했니요?"

"게임?"

"있잖아요, 오늘 아침 우리가 했던 그런 게임이요."

그녀가 슬쩍 호크를 쳐다보았다.

"아니, 게임은 하지 않았어."

아이가 몸을 앞으로 내밀며 그녀에게 속삭였다.

"비밀을 말할 게 있어요, 엄마."

랜디는 깜짝 놀랐다. 어떤 말할 수 없는 방법으로 학대를 받았을 거라는 확신이 들었다.

"물론이지, 애야. 우리 둘만의 얘길 위해 자리를 옮긴다고 해도 호크가 뭐라고 하지는 않을 거야."

호크를 쳐다보며, 그녀는 반대하려면 해 보라는 듯이 스콧을 옆으로 끌어당겼다. 그녀는 오두막 구석에 몸을 웅크린 채 스콧을 자기 쪽으로 돌렸다.

"그게 뭐지, 스콧? 엄마에게 말해 보렴."

"호크가 우리 게임을 좋아하지 않았던 것 같아요."

아이의 비밀이란 그 진지한 표정과는 거의 어울리지 않았다. 잠시 그녀는 움찔했다가 이윽고 성마른 표정을 나타내지 않으려 애쓰며 물었다.

"왜 그렇게 생각했는데?"

"그의 표정이 하루 종일 이랬다니까요."

아이가 두 눈썹을 모아 험상궂은 얼굴을 만들어 보였다. 평상시라면 웃음이 터질 수도 있었을 것이다.

"그리고 어니 아저씨가 레타 아줌마에게 하는 말을 들었어요. 호크가 우리가 한 행동 때문에 아주 기분이 나쁘다고요."

스콧은 랜디의 어깨에 달래듯이 한 손을 올려놓았다. 마치 역할이 바뀌어 아이가 더 현명한 사람이라도 된 듯한 행동이었다.

"엄마가 재미있어 했다는 건 알아요. 하지만 다시는 그런 게임을 하면 안 될 것 같아요, 엄마."

"그래, 그럴 거야."

거짓으로 실망한 표정을 만들 필요도 없었다. 호크의 기분이 스콧에게 얼마나 중요한지 알게 된 것이 대단히 실망스러웠던 것이다. 아이는 그 남자의 찬성을 원했다. 그게 아이에게 중요한 것이 분명했다.

그녀는 다시 스콧을 끌어당겨, 턱 아래에 아이의 머리를 끼우고 두 팔로 아이를 감쌌다.

“사랑한다, 스콧.”

“나도 사랑해요, 엄마.”

하지만 대꾸를 하자마자, 아이의 마음은 이미 다른 곳에 가 있었다. 아이가 그녀의 품안에서 빠져나갔다.

“이제 가야 해요. 도니가 기다리고 있거든요. 우린 팝콘을 튀길 거예요. 도니가 자기 집에서 같이 자자고 초대했어요. 엄마는 호크와 같이 여기 있어야 하기 때문에 신경쓰지 않을 거라고 어니 아저씨가 그랬는데.”

“맞아, 하지만 그 점은 걱정하지 말아라.”

“걱정 안 해요. 엄마에게도 같이 잘 친구가 있다는 게 멋진 걸요. 그럼 두 사람이 텔레비전에 나오는 다른 아빠와 엄마들처럼 같은 침대에서 자는 건가요?”

“스콧! 그런 말 하는 거 아니야.”

그녀의 상처 입은 듯한 시선이 호크에게로 옮겨갔다. 그는 방 건너편에서 이제 곧 잡아먹을 새처럼 그녀를 보고 있었다. 그의 표정은 변함이 없었지만, 스콧의 날카로운 목소리를 듣지 못했을 리가 없었다.

“진짜 엄마와 아빠가 아니기 때문이에요?”

“그래.”

“음.”

한쪽으로 고개를 기울이며 아이가 곰곰이 생각에 빠졌다.

“엄마가 한 말이라면 아마 맞겠죠. 그럼 잘 자요, 엄마.”

아이는 랜디의 뺨에 아무렇게나 의례적인 뽀뽀를 한 다음 문으로 달려나갔다. 문가에서 어깨 너머로 호크에게 소리쳤다.

“잘 자요, 호크.”

잠시 어니가 호크에게 단호한 시선을 보냈다. 그 이상한 표정을 뭐라 규정할 수는 없었지만, 어쩐지 책망하는 것과 비슷한 느낌이었다. 그가 등뒤로 문을 닫고 나가자 그 둘만이 남겨졌다. 잠시 침묵이 흐른 후, 호크가 입을 열었다.

"그럼 어떻게 할 거요? 마루, 아니면 내 침대?"

"마루."

어깨를 으쓱하는 모습이 그녀의 선택에 아무 관심이 없다는 걸 말해 주었다.

"이리 오시오."

그녀가 완고하게 그 자리에 서 있자, 그는 눈살을 찌푸리며 그 증오스런 가죽 끈을 집어 들고 다가왔다. 그가 그녀의 손을 잡아 등뒤로 두 손을 돌리자 그녀는 움찔했다.

"다시는 도망 가지 않아요. 약속할 게요."

"내가 왜 당신 말을 믿어야 하지?"

"난 스콧과 같이가 아니면 떠나지 않아요."

"하지만 잠자는 사이 내 목을 베어 버리면 만족감이 이만저만이 아니겠지."

그가 그녀의 치마 주머니에 손을 넣어 칼을 집어냈다. 스콧을 껴안고 있는 동안 성공적으로 꺼냈다고 생각했는데. 아이를 오랫동안 껴안고 있었던 것이 그 이유 때문은 아니었지만, 차가운 칼의 손잡이가 손에 닿는 걸 느끼자, 신이 보내 주신 선물인 것만 같았다. 그녀는 그걸 잡을 기회를 놓치지 않았다.

호크가 그녀에게서 칼을 빼앗은 것은, 자존심을 빼앗아 간 것과 마찬가지였다.

"이런 탈출 시도가 점점 지겨워지는군, 프라이스 부인. 포기하시는 게 어때?"

"지옥에나 떨어지는 게 어때요?"

그녀는 뒤로 손이 묶인 사람이 할 수 있는 가장 위엄 있는 자세로 그를 지나쳐 저녁 식사 시간과 스콧이 왔을 동안만 빼면 온종일을 보냈던 침대 발치에 다시 앉았다. 말 한 마디 없이, 호크가 그녀 앞에 무릎을 꿇고 침대 다리에 그녀의 손목을 묶었다. 방 구석의 벽장에서, 그가 담요와 베개를 가져 와 바닥으로 던졌다.

"누워."

랜디는 반항하고 싶었지만, 너무나 지쳐 버려 기력이 없었다. 자신의 에너지를 비축해 두기로 했다. 나중에 좀더 쓸모 있는 곳에 사용할 수 있도록. 그녀는 옆으로 누우며 베개 위에 머리를 얹었다. 호크가 담요를 펼쳐 그녀 위로 떨어뜨렸다.

"금방 올 거요."

오두막을 나서기 전에 그가 한 말은 이것뿐이었다. 그가 랜턴을 가져 가 버렸기 때문에 그녀는 완전한 어둠 속에 남겨졌다. 한 시간이 훨씬 지났다. 랜디는 그가 어디로 갔으며 무얼 하고 있는지 궁금해졌다. 주위를 순찰하는 걸까? 다른 추장들과 토론 중인가? 던과 사랑을 나누고 있을까?

그 가능성이 그녀의 마음에 무겁게 내려앉았다. 두 사람이 함께, 하나는 탄탄하고 건강하며, 하나는 부드럽고 관능적인 두 몸뚱이가 완벽하게 일치되어 움직이는 모습을 상상했다. 그의 엉덩이가 나긋나긋한 여자의 몸에 율동을 가하는 동안 긴장된 남성적인 호크의 얼굴이 눈앞에 떠올랐다.

그의 입술이 여자의 가슴에서 열렸다가 닫히며, 그의 혀가 꼿

꼿하게 긴장된 젖꼭지를 부드럽게 간지럽혔다. 그곳을 빨아들이는 입술의 동작은 열렬하고 강하기만 했다.

랜디는 자신의 몸 속에서 물결치는 갈망에 큰 소리로 신음을 흘렸다. 자신의 민감한 몸이 증오스러웠지만, 거부할 수가 없었다. 그녀의 환상은 소멸되길 원하는 그녀의 의지에 반해서 수치도 모르는 뜨거운 열기를 발생시켰다. 그 남자는 호크였다. 그는 자기가 받은 만큼의 기쁨을 연인에게 제공할 것이다. 그의 손길로 알 수 있었다. 그날 아침, 그의 능란한 애무가 그녀에게 고통을 일으켰지 않은가. 그녀의 가슴에, 그리고 허벅지 사이에 열기를 점화시켰던 것이다.

그녀의 허벅지에 가볍게 올려놓았던 그의 손이 환상처럼 번뜩이며 뇌리를 스쳤다. 피부에 그의 호기심어린 탐색의 손길을 느끼고 싶은 열망의 신음을 억제하기 위해 그녀는 아랫입술을 깨물었다.

너무나 환상에 빠져 있었던 탓에, 호크가 문을 닫고 들어섰을 때는 화들짝 놀라고 말았다. 그가 소리 없이 다가와 그녀의 얼굴 바로 위에 랜턴을 비출 때 잠든 척했다. 두 뺨의 홍조가 나타나지 않기를 바랄 뿐이었다. 또한, 숨결이 잠자고 있다는 걸 확신시킬 정도로 고르기를 희망할 뿐이었다.

희망대로 그는 아무 눈치를 못 챈 듯했다. 아무 말도 하지 않았던 것이다. 그는 탁자 위에 랜턴을 올려놓고 불을 껐다. 바닥을 치는 그의 부츠 소리와 옷을 벗는 작은 바스락 소리가 들리고는 그의 무게로 인해 침대 스프링이 삐그덕거렸다. 그녀는 그의 낮게 코고는 소리나 안정된 숨소리를 기다렸다. 그 소리가 잠든 것을 알려 줄 테니까. 하지만 그는 그녀를 너무 기다리게 했다. 귀를 기울이는 동안, 어느새 그녀가 잠이 들어 버리고 말았다.

한밤중의 어느 순간엔가, 그녀는 혼란스레 잠에서 깨어났고 자기를 내려다보고 있는 그를 발견했다. 그녀는 움찔하며 놀란 눈으로 올려다보았다. 창문 사이로 들어오는 은색 달빛이 그의 얼굴과 몸의 윤곽을, 그리고 그 파란 눈동자에 빛을 더했다.

"떨고 있군."

그가 낮게 중얼거렸다. 무언가를 그녀 위로 펼치자 그 끝이 그녀의 뺨에 닿았다. 양가죽. 캠프 여기저기에서 그걸 보았던 기억이 났다. 그녀는 그 가죽이 제공하는 온기 속으로 깊이 몸을 파묻었다. 호크가 말없이 자기 침대로 돌아갔다.

그후로 한참 동안, 랜디는 창문을 응시하며 누워 있었다. 담요를 덮어 줄 때 뭉쳤다가 풀리던 그의 팔 근육, 그의 가슴은 드럼처럼 매끈하고 팽팽했었다. 젖꼭지는 작고 단단하게 돌출되어 있었으며 허리는 가늘었고 배는 군살 하나 없었다. 넓게 펼쳐졌던 검은 털들이 그녀의 시선을 아래쪽으로 유혹해댔다.

그 모든 것을 회상하며 그녀는 숨을 죽였다.

호크 오툴은 야성적이고 원초적으로, 아름답게 벌거벗었던 것이다.

그녀는 레타와 같이 남자들을 위해 시중을 들고 있었다. 난로에서 테이블까지 왔다갔다하며, 무거운 에나멜 커피 포트를 날라 빈 잔들을 채웠다. 부족 연합회가 전략을 논의하기 위해 오늘 아침 호크의 오두막에 모여 있었다. 현대적인 작전 회의와 똑같았다.

아마도 그녀는 자신이 거기 없기나 한 듯이 그녀에 대해 애기하는 그들에게 분개해야 마땅했을 것이다. 하지만 그러지 않았다. 그러지 않은 한 가지 이유는, 그들의 행동 전략에 대해 모르는 것보다 아는 게 더 낫고, 다른 한 가지는 오두막에서 자유롭게 움직이며 창문 너머로 스콧을 볼 수 있다는 이유에서였다. 그애는 도니와 같이 밖에서 놀고 있었다.

또한 호크 오툴의 관심 밖으로 벗어날 수 있다는 것도 좋은 점이었다. 어젯밤 이후로, 그의 무시는 안도감이 되었다. 오늘 아침 일찍 깨어났을 때 오두막은 비어 있었지만, 가죽 끈은 풀려 있어 그녀의 팔은 자유로운 상태였다. 얼마 후 호크가 들어서자, 레타와 어니가 그와 함께 오두막으로 들어왔다. 그는 마치 일부러 그녀를 똑바로 쳐다보길 피하는 듯이 보였다. 그녀가 그를 피하는 것과 똑같이 말이다.

연합회와 토론하는 동안, 그는 그녀의 이름을 자주 언급했지만 쳐다본 것은 딱 한 번뿐이었다. 그녀가 재채기를 터뜨려, 방 안의 모든 사람을 순간적으로 침묵시켰던 때였다. 그녀도 수줍게 변명하며 잠시 호크를 쳐다보았다. 누가 먼저 시선을 피했는지는 말하기 대단히 어려웠다.

이 회의의 목적은 아침 신문이 도착하길 기다렸다가 그걸 보고 대응을 논의하는 것이었다. 가장 가까운 마을로 사람을 보내 아침 신문을 사 오도록 했다. 가장 가까워 봤자 대단히 먼 거리였지만, 마침내 심부름 갔던 자가 도착했다. 그가 트럭 문을 닫고 오두막을 향해 달려오자, 한 사람이 문을 열고 기다렸다.

겨드랑이에 끼웠던 신문 세 부를 그가 탁자의 사람들에게 나눠 주었다. 그의 표정은 음울했다. 호크는 그의 기분을 감지하고 나서 1면 기사를 눈으로 말없이 읽었다.

헤드라인 밑에 그녀와 스콧의 사진이 실린 걸 볼 수 있었다. 수척해 보이는 모턴의 사진도 찍혀 있었다. 그는 과연 자기 역할을 잘 해내고 있었다. 진정 사악한 인간만이 이렇게 감쪽같이 속일 수 있겠지. 자신의 자아에 중독된 인간만이 이런 시도를 할 용기를 갖고 있을 것이다. 그녀는 진심으로 기사를 읽어 보고 싶었다. 모턴의 말을 읽는 건 아주 흥미로울 것이다. 그리고 또한 스콧과 그녀의 몸값으로 얼마나 매겨졌는지도 알고 싶었다.

테이블에 모여 앉은 남자들이 불편하게 몸을 들썩이기 시작했다. 어니는 한 번 고개를 들어 호크를 강렬하게 쳐다보고 나서 다시 신문으로 시선을 내렸다. 남자들 중 하나가 욕설을 내뱉더니 테이블을 떠나 창문가에 섰다. 그가 스콧에게 시선을 고정시킨 것이 랜디를 불안하게 만들었다.

그녀는 호크에게 묻는 듯한 시선을 던졌다. 그의 표정은 심각했고 시간이 지날수록 더 어두워졌다. 그는 이를 갈고 있었다. 신문 양쪽에 놓여 있는 그의 손이 주먹으로 뭉쳐졌고, 눈썹은 콧대 위로 날카로운 V자를 형성했다.

"빌어먹을!"

그가 주먹으로 테이블을 내려치며 격하게 내뱉자 그녀는 진짜로 펄쩍 뛰고 말았다.

"다른 면에 기사가 더 있을지도 몰라."

어니의 씁쓸한 주장에 신문을 가져 왔던 남자가 말했다.

"내가 벌써 살펴봤는데 더이상은 없었어요. 그게 전부라구요."

“그 개자식이 우릴 거의 언급하지도 않았어.”

“언급은 했지, 납치는 야만적인 범죄 행위라고 말이야.”

“난 그자가 우리 편에 서서 동정적으로 정부에 호소해 줄 거라고 생각했어.”

남자들이 저마다 한 마디씩 내뱉었다. 호크만이 유일하게 침묵을 지키고 있었다. 그것이 더욱 불길하게 느껴졌다. 마침내 그는 머리를 들어 랜디를 쏘아보았다. 그녀의 몸 속에 공포의 떨림이 전해 왔다.

“방에서 나가.”

호크의 격한 말소리는 간신히 들릴 정도였다.

모두가 어떻게 해야 할지 알 수 없는 듯이 신중하게 서로를 둘러보았다. 창문가에 선 사내가 제일 먼저 반응을 보였다. 그가 걸어나가자, 다른 사람들이 서로 중얼거리며 따라나갔다. 레타가 문가에 멈춰 불안하게 호크 옆에 서 있는 어니를 기다렸다.

어니가 주의를 주었다.

“대응하기 전에, 모든 가능한 결과들을 생각하라구.”

“빌어먹을, 내가 하는 일은 내가 알아.”

호크가 거칠게 말했다.

어니는 그 말을 받아들이는 것 같지 않았지만, 어쨌든 레타와 같이 다른 사람들 뒤를 따랐다. 물을 필요도 없이, 방에서 나가라는 호크의 간결한 명령 속에 그녀는 포함되지 않음을 랜디는 알고 있었다. 그녀는 선 자리에 그대로 뿌리 박힌 듯이 남아 있었다.

오두막이 조용해졌다. 익숙한 소리들만이—아이들이 노는 소리, 망치질하는 소리, 개 짖는 소리—뒤로 들려 왔다. 말들이 히잉거리며 콧김을 뿜어냈다. 어울리지 않는 엔진 소리도 생생하게 들려 왔다. 하지만 일상적인 소음들은 오두막의 묵직한 침묵과는 동떨어져 있는 듯했다. 실내에서는 난로의 장작 타는 소리와 랜디의 낮고 빠른 숨소리만 빼면, 아무 소리도 들리지 않았다.

마침내 더이상 긴장을 견딜 수 없다고 생각했을 때, 호크가 움직였다. 그는 천천히 의자 긁히는 소리와 함께 일어서 테이블을 돌아 그녀에게 다가왔다. 절대 그 돌덩이 같은 시선에서 그녀를 풀어 주지 않은 채.

둘 사이에 몇 센티미터만 남게 되었을 때, 그가 멈춰 섰다. 그는 아무 감정 없는 목소리로 말했다.

"셔츠 벗어."

9

그녀는 아무 말도, 아무 행동도 하지 않았다. 동공의 빠른 수축과 반사적인 떨림만이 그녀가 그 말을 들었다는 걸 알려 줄 뿐이었다.

"셔츠 벗어."

그가 되풀이해서 말했다.

"싫어요."

그녀의 목소리는 쉰 파열음이었다. 그 다음에, 머리를 흔들며 그녀는 더 대담하게 말했다.

"싫어요, 싫어요."

"정 그렇다면……"

날카로운 칼날이 가죽 칼집에서 불길한 소리를 내며 빠져나왔다. 랜디는 한 걸음 뒤로 물러섰다. 오른손에 칼을 쥔 채로, 호크의 왼손이 그녀에게 뻗어 왔다. 그녀가 몸을 숙이자, 그가 머리카락을 한 움큼 잡아채 주먹에 감고 끌어당겼다. 고통이 호크가 무슨 행동을 하는지 알아차리지 못하게 했다. 피부에 닿는 공기의 움직임을 느끼고 나서야 팔을 내려다보았다. 셔츠가 넓게 벌어져 있었다. 충격이 목에 가득 찬 비명 소리를 억눌렀다.

그가 머리채를 놓아 주었지만, 너무 놀란 그녀는 달아날 생각도 들지 않았다. 그가 그녀의 한 손을 잡고는 다시 칼을 휘둘러 그녀의 엄지를 살짝 벤 다음 아무렇지도 않게 칼을 칼집 속으로 집어 넣었다.

랜디는 엄지의 상처에서 새어나오는 피를 멍하니 쳐다보았다. 말할 수도 움직일 수도 없었으므로, 호크가 어깨에서 셔츠를 벗겨내도 저항조차 하지 못했다. 그는 소매에서 그녀의 무기력한 팔을 빼 벗겨냈다.

"당신의 완고함이 우리 목적에 도움이 될 거요. 셔츠가 잘린 게 더 효과적일걸."

그는 피가 손으로 흘러내릴 때까지 그녀의 엄지를 꽉 눌렀다. 피나는 부분을 셔츠로 누르고, 피를 닦아 플란넬 위에 얼룩지게 만들었다.

"당신 피라는 걸 그들이 증명하겠지."

그의 손가락에 감겨 있던 그녀의 머리카락을 신중하게 옷의 천 속으로 쑤셔 넣었다.

"당신 머리카락."

그의 입술이 냉소적으로 비틀렸다.

"당신이 야만적인 범죄 행위의 희생자임을 그들은 확실히 알게 될 거요."

"그럼, 아닌가요?"

그가 그녀의 맨 가슴을 내려다보았다. 굴욕감으로 약하게 몸을 떨며, 랜디는 두 눈을 감았다. 그가 팽팽해진 젖꼭지를 보고 있었다.

"어쩌면 그렇겠지."

그가 더 가까이 다가와 그녀의 피나는 손을 잡고 자신의 아래쪽으로 잡아 끌었다. 그리고 자신의 팽창된 아랫도리를 감싸게 했다.

"난 당신에 대한 갈망으로 이래, 프라이스 부인. 우리가 다른 것으로 셔츠를 적셔야만 했을까? 그들이 입증하기 위해 현미경도 필요 없는 것으로?"

그가 자신에게 그녀의 손을 힘껏 내리눌렀다. 그녀는 날카롭게 비명을 지르며 획 뿌리쳤다. 그의 유치한 제안에 대한 항의나 무신경한 강요 때문이 아니라 진짜 고통 때문이었다.

"왜 그래?"

그의 목소리가 변했다. 더이상 위협적인 사탕발림이 아니었다. 그 뒤에 숨은 걱정은 진짜였다. 번들거리지도 사악하지도 않은 그의 눈동자가 살피듯이 그녀 위로 움직였다.

"아무것도, 아무것도 아니에요."

그녀의 숨가쁜 대답에도 불구하고 그가 그녀의 팔뚝을 움켜쥐었다.

"거짓말하지 마. 뭐야?"

그녀를 잡고 흔들다가, 그녀가 움찔하자 즉시 손을 풀었다.

"팔이야?"

랜디는 어떤 약함도 보이고 싶지 않았지만, 그가 고집스럽게 굴었기 때문에 고개를 끄덕일 수밖에 없었다.

"불편한 자세로 바닥에서 잤기 때문이에요. 당신이…… 덮어 주기 전에 추웠거든요."

그녀는 부드럽게 말을 마치며 시선을 피했다.

"근육이 뭉쳤나 봐요."

그가 뒤로 몇 걸음 물러섰다. 잠시 후 랜디가 눈을 들었을 때도, 그는 여전히 그녀를 쳐다보고 있었다. 갑자기 몸을 돌리더니 서랍장으로 가서 깨끗한 셔츠를 꺼냈다. 그것도 플란넬이었지만, 그녀가 입고 있던 것보다 훨씬 컸다. 그의 것인 듯했다.

그는 그녀의 어깨 주위로 셔츠를 걸치고 팔을 소매 속으로 집어 넣어 주었다. 소맷단이 그녀의 손가락 끝 아래에 매달렸다. 그녀가 온순한 아이처럼 그의 앞에 서 있는 동안, 그는 소맷단을 손목까지 말아 올렸다. 그녀의 엄지에서 아직도 피가 나고 있다는 걸 알아챈 건 그때였다.

랜디는 거의 심장이 튀어나오는 줄 알았다. 그가 그녀의 엄지를 들어올려 입에 넣고 힘껏 빨았던 것이다. 그들의 시선이 만나며 얽혀들었다. 그의 혀가 베어진 상처 위로 가볍게 스쳤다. 놀람의 작은 숨을 들이쉬자, 그의 시선이 다시 한 번 그녀의 젖가슴으로 이끌렸다. 지금은 셔츠를 걸쳤지만, 단추가 잠기지 않은 상태라 손만 뻗으면 충분히 만질 수 있었다. 부드러운 옷감에 닿는 젖꼭지가 또렷했다. 어쨌든 그것은 벌거벗었을 때보다 더욱 섹시하였다.

그의 손가락이 드러난 목덜미에 닿으며, 이틀 전 그의 강한 키스로 인해 변색된 부분을 찾아냈다. 그가 부드럽게 그 자국을 문질렀다. 그의 눈 속에 나타난 후회와 자부심의 흔적을 랜디는 놓치지 않았다.

그의 손가락이 미끄러지더니 플란넬을 옆으로 쓸어내며 젖가슴 하나를 드러냈다. 남성적인 재질의 셔츠와 그의 구릿빛 손에 비교하니 창백한 핑크빛은 금방이라도 깨어질 듯 연약해 보였다. 그 곡선 안쪽으로 그의 손가락 관절이 스쳤다. 감촉이 변하여 더이상 순진한 것이 아니라 에로틱해 보일 때까지 그의 엄지가 섬세한 젖꼭지를 덮어 눌렀다. 그의 눈이 재빨리 그녀를 훑었다. 그녀의 눈동자는 호크 오툴의 부드럽고 다정한 면에 대한 놀라움으로 가득 차 있었다. 그의 눈동자는 욕망으로 달아 있었다.

그때, 마치 그녀에게 아니면 자기 자신에게 화가 난 듯, 그가 손을 빼낸 다음 몸을 돌렸다. 한참 동안 그는 팽팽하게 굳은 몸을 하고서 방 한가운데 서 있었다. 이윽고 입을 열었을 때, 그의 목소리는 퉁명스러웠다.

"당신이 돌아오든 말든 당신 남편은 신경쓰지 않더군."

"그럴 거라고 했잖아요."

말을 잇기가 대단히 힘들었다. 무릎이 흐물거리고, 몸 아래쪽은 갈망으로 인해 두근거리며 촉촉이 젖어 있었다. 수치심에 그녀는 두 뺨이 빨갛게 물들었다. 그녀는 조용히 덧붙였다.

"그는 내 남편이 아니에요."

"아직 스콧에게는 관심이 있소."

"왜냐하면 그게 대중이 기대하는 것이니까요."

"그자는 신문에 우리 문제에 대해 거의 말하지 않았소."

그가 홱 돌아서며 피로 얼룩진 셔츠를 흔들었다.

“그래서 이게 필요한 거요. 우리 계약 조건을 그자에게 일깨우기 위해.”

“그게 효과를 발휘할지는 의심스러운 걸요. 그걸 받았다는 걸 공식적으로 발표하지도 않을 거예요.”

“그자에게 보낼 게 아니오. 직접 애덤스 지사에게 보낼 거요. 우리가 무얼 원하는지, 인디언 지역 경제에 론 퓨마 광산이 왜 그렇게 중요한지를 자세히 밝힌 편지와 같이 말이오.”

“호크, 그 일에 대해서는 당신이 원하는 걸 얻어냈으면 좋겠어요. 진심이에요. 하지만 당신은 나와 스콧을 돌려보내야만 해요. 우편으로 피 묻은 옷을 보내는 것은, 말없는 폭력의 협박임과 동시에 위험하고 어리석은 짓이에요. 도움이 되기보다 오히려 당신을 다치게 할 거예요.”

“충고해 달란 부탁 안 했소. 그런 것 따윈 필요 없소.”

그의 시선이 열린 셔츠로 내려갔다. 두 개의 봉우리가 부드러운 계곡을 형성하며 모여 있는 곳에 시선이 멈추었다.

“난 당신의 전문 분야 한 가지만 생각할 뿐이요. 그리고 내가 어떻게 해야 할지는 이미 알고 있지.”

분노로 입을 벌린 그녀를 놓아 두고, 그는 문을 쾅 닫고 나가 버렸다.

“그는 쉽게 살아온 사람이 아니에요. 그래서 가끔씩 그렇게 힘들어지는 걸 거예요.”

레타가 랜디에게 진지하게 말했다.

“그 이면에는 아주 다정한 면도 있다고 생각해요. 그는 단지 약하게 보일까 봐 그걸 알리고 싶어하지 않는 거예요. 그는 부족의 지도자로서의 책임을 무척 진지하게 수행하거든요."

랜디도 동의할 수 있었다. 호크의 오두막 테이블에서 두 사람은 스튜에 넣을 야채를 써는 중이었다. 랜디는 몇 시간 전 피묻은 셔츠를 든 채 문을 쾅 닫고 나가 버린 이후로 호크를 보지 못했다. 떠나기 전에 그녀를 묶어 둘 생각을 하지 못했다는 것이 어쨌든 놀랍긴 했지만, 그것은 몇 분 후 레타가 도착했을 때 설명이 되었다. 그녀는 몇 가지 수선할 옷감과 야채 바구니를 들고 왔었다. 랜디의 엄지 상처에 붙일 밴드도 함께.

"당신이 내 경비원인 모양이군요."

레타를 보고 처음 그녀가 한 말이었다.

하지만 레타의 악의 없는 미소가 무너지는 걸 보고, 랜디는 자신의 퉁명스런 말을 후회했다. 그녀가 인간의 심장을 갖고 있지 않은 남자의 포로가 된 것은 이 여자의 잘못이 아니었다. 레타는 그 남자, 추장의 명령에 복종할 뿐이다. 아마 말을 배울 때부터 그렇게 하도록 길들여졌겠지.

"당신한테 못되게 굴어서 미안해요, 레타. 커피가 남았는데, 좀 마실래요?"

부족의 지도자가 그녀의 몸에서 셔츠를 베어내고, 칼로 공격을 하고, 가장 악의적인 방법으로 모욕을 준 이때에 소꿉질이나 하고 있다니 우습지도 않았다. 하지만 레타는 그런 상황의 모순에 대해서는 신경쓰지 않는 듯 반갑게 커피 잔을 받아 들었다. 그녀는 옷을 수선하기 시작했고, 그 일이 다 끝나자 수다를 떨면서 야채를 썰었다.

대화가 점점 자연스레 호크 오툴에게로 옮겨가는 것이 랜디는 내심 기뻤다. 직접적인 질문을 하지 않고도 그에 대해 모든 것을 알고 싶었다. 그리고 사실 전혀 물어 볼 필요도 없었다. 레타는 행복하게 여러 정보를 제공했던 것이다.

"부드러운 모습은 그다지 본 적이 없는 걸요."

차가운 물이 담겨져 있는 그릇에 껍질을 깐 감자를 담그고 다른 하나를 집어 들며 랜디가 말했다.

"오, 분명히 있어요. 그는 여전히 엄마와 사산되어 버린 동생을 애도하고 있어요. 할아버지도 그리워하고 있구요."

"내 생각에, 그분이 호크의 인생에서 유일하게 긍정적이고 좋은 영향력을 미쳤던 것 같아요."

레타는 그 말을 생각해 본 다음, 고개를 끄덕여 동의했다.

"호크와 그의 아버지는 고양이와 개처럼 싸웠어요. 호크는 그분이 돌아가셨을 때 눈물 한 방울 흘리지 않았죠. 난 그때 너무 어려서 보지 못했지만, 어니가 말해 주었어요."

그녀는 껍질을 다 깐 당근을 세어 보고 잘게 썬 다음 하나를 더 까기로 결정했다.

"어니의 맏아들과 호크가 같은 나이예요. 그들은 대학에서 함께 축구를 했대요."

"대학?"

"음, 그들은 둘다 공학 석사 학위를 땄어요. 데니스는 댐과 다리 같은 일들을 맡고 있고, 호크는 할아버지가 돌아가시자 이곳으로 돌아왔어요. 도시에서의 직업은 포기했죠."

랜디는 반쯤 깐 감자를 들고 있다는 사실도 잊어버렸다.

"도시에서의 약속된 직장까지 버렸다면, 돌아와야 한다는 강한 강박 관념을 느꼈던 모양이군요."

"그의 아버지와 광산 때문이었던 것 같아요."

"그의 아버지와 광산?"

"자세한 건 모르지만, 호크의 아버지는 광산의 관리인이었어요. 그분은……."

그녀가 목소리를 낮췄다.

"그분은 그렇게 믿음직한 사람이 아니었죠. 거의 항상 술에 취해 있었다고 어니가 그랬어요. 하여튼, 그분이 주민들을 설득하여 광산을 그들에게 팔게 만든 거예요."

랜디는 더 듣고 싶은 마음을 드러내지 않으려고 애썼지만, 기대감으로 입술을 적셨다.

"그분이 투자자들에게 광산을 팔았나요?"

"네. 부족이 속았다고 말하는 걸 들은 적이 있어요. 거의 모든 사람들이 호크의 아버지를 비난했죠. 그분은 마침내 술에 미쳐서 돌아가시고 말았어요."

"그래서 호크가 그 비난에 대한 책임감을 느끼는 거군요."

랜디가 조용히 이야기를 매듭지었다.

그것이 호크 오툴에 대해 많은 것을 설명해 주었다. 그는 부족의 생계를 위해 광산을 열고 싶어할 뿐만 아니라, 자기 집안의 죄를 씻어 버리기를 원했던 것이다. 학위와 지도자적인 성격으로, 그는 세계의 어느 광산에서든 일할 수 있었을 것이다. 하지만 그는 이곳에 머물렀다. 자신이 내정된 추장이라서가 아니라, 죄책감이 족쇄를 채웠던 때문이었다.

"어니는 호크를 걱정하고 있어요."

랜디의 개인적인 사색을 눈치채지 못한 레타가 말을 이어 갔다.

"그이는 호크가 결혼해서 아이를 낳아야 한다고 생각해요. 그

러면 지금처럼 자주 우울한 기분에 빠지지 않을 테니까요. 호크
는 외로운 거래요. 그것 때문에 가끔씩 이상하게 행동하는 거구
요. 그는 원하기만 하면 부족의 미혼 여자는 누구든 선택할 수
있었어요, 하지만 그러지 않았죠.”
　“누군가 선택한 적이…… 그런 생각이 날 때면…….”
　레타의 눈이 수줍게 내려갔다.
　“여자를 원할 때면, 그는 며칠 동안 도시로 가요.”
　랜디는 힘겹게 침을 삼켰다.
　“얼마나 자주 가나요?”
　“그건 말하기 어려워요, 한달에 몇 번쯤.”
　레타가 어깨를 으쓱했다.
　“그렇군요.”
　“가끔은 며칠씩 머물다가 와요. 하지만 그럴 때면 제일 심술
이 나 있죠. 돈으로 산 여자들과 오래 있을수록 더 짜증스러운
것 같아요.”
　그녀가 수건에 손을 닦은 다음 테이블에 펼쳐 놓았던 신문지
에 껍질을 둘둘 말아 넣었다.
　“매춘부는 그에게 아이도 주지 못하지요.”
　“그는 절대 아이를 낳지 않겠다고 어니에게 말했어요.”
　“응? 왜요?”
　“어니 말로는 자기 엄마 때문에 두려운 것 같대요. 그분이 돌
아가시는 걸 봤거든요.”
　랜디의 적대감이 거의 모두 스르르 무너져 내렸다. 그처럼 말
로 표현할 수 없는 슬픔으로 고통받은 사람에게 악의를 갖기란
어려운 일이었다.

"호크가 당장 아이를 갖지 않을 거면, 어니를 따라잡기 위해 두 배는 더 열심히 해야 할 거예요."

레타가 약간 밝은 어조로 말하면서, 수줍고 은밀한 미소를 지어 보였다.

"당신 임신했어요?"

고개를 위아래로 끄덕이는 레타의 눈동자가 춤을 추고 있었다.

"어니에게 말했어요?"

"어젯밤에."

"축하해요, 두 사람 모두."

레타가 낄낄거렸다.

"어니한테는 벌써 손자가 있어요. 하지만 아기에 대해서는 아주 뽐을 낸다니까요."

배를 내려다보며, 그녀가 애정어린 손길로 어루만졌다.

그녀의 부드럽고 애정어린 표정은 소박한 얼굴을 아름답게 빛나게 했다. 랜디는 그녀를 위해 기쁘면서도 한편으로는 질투의 감정을 느꼈다. 어니에 대한 레타의 사랑은 너무나 단순했고, 그들의 생활도 간단했다. 물론, 그가 죄를 저질러 감옥에 갈 수도 있을 것이다. 하지만 세상의 그 누구도 레타에게 그런 말을 해서 행복을 가리울 수는 없을 것이다.

잠시 후, 도니와 스콧이 안으로 달려 들어왔다. 그들은 레타와 랜디가 만들어 준 샌드위치를 점심으로 먹었다. 랜디는 스콧을 가까이 앉히고는 표나지 않지만 기회가 있을 때마다 아이를 쓰다듬었다.

"와우, 엄마. 도니네 집에서 자는 건 정말 재미있었어요! 어니 아저씨가 귀신 얘기를 해줬다구요, 인디언 귀신 얘기요."

아이는 우유를 벌컥벌컥 들이키고는 손등으로 입을 닦아 냈다.

"호크네 집에서 자는 건 재미있었나요?"

그녀의 미소가 흔들거렸다.

"괜찮았어."

"점심 먹은 후에 호크가 말을 태워 주겠다고 했어요. 그리고 엄마한테 샌드위치를 하나 만들어 달라고 하던데요. 내가 가져다 줄 거예요."

그녀는 직접 오두막에 와서 만들어 가라는 메시지를 되돌려 주고 싶었다. 하지만 그들의 싸움에 스콧을 끼워 넣고 싶지는 않았다. 틀림없이 호크가 그 점까지 생각했던 거겠지. 두 개의 샌드위치를 싸서 스콧에게 들려 주며, 그녀는 아이를 힘껏 껴안았다.

"조심하거라. 초보자라는 걸 명심해. 불필요하게 위험한 짓은 하지 말구."

"알았어요. 호크가 같이 있을 텐데요 뭐. 기다려, 도니! 지금 나갈게."

스콧은 문으로 돌진해 현관을 지나쳐 계단을 내려갔다. 아이는 엄마를 한 번도 돌아보지 않았다. 그녀가 몸을 돌렸을 때, 레타는 아주 가엾은 듯 그녀를 쳐다보고 있었다.

"호크가 별일 없도록 보살필 거예요. 내가 알아요."

랜디는 힘없이 미소지었다.

"내가 협조하는 한은 그렇겠죠. 나도 그럴 생각이구요."

그녀가 깊은 숨을 내쉬었다.

“그러니 당신도 여기 나와 같이 있을 필요 없어요. 할 일이 많을 거 아네요. 가서 당신 할 일을 하세요. 난 어디에도 가지 않아요.”

“도망치려고 했었잖아요.”

“다시는 그런 짓 안 할 거예요.”

“호크가 찾아낸다는 걸 알았어야 했어요.”

“그런 생각은 했어요. 하지만 그럴 수밖에 없었죠.”

레타는 랜디의 결정을 이해할 수 없어 하며 고개를 흔들었다.

“난 혼자 있는 것보다 남자의 보호를 받는 게 더 좋아요.”

그 솔직한 말이 랜디를 혼란스럽게 했다. 호크의 보호 아래 있다는 것이 왜 이렇게 갑자기 그럴 듯하게 들리는 걸까? 그걸 생각하기 위해 혼자만 있고 싶었다.

또한 힘든 밤을 보냈던 것이 지금 그녀의 몸에 신호를 보내고 있었다. 수면 부족으로 눈이 깔깔하기만 했다. 하품을 참을 수가 없어 굳이 예의 바른 척 숨기지 않기로 했다. 그녀는 레타에게 혼자 얌전히 있겠다고 약속을 했고, 결국 그 젊은 여인은 항복하고 말았다.

레타 뒤로 문이 닫히자마자, 랜디는 침대로 비틀거리며 걸었다.

담요를 한껏 덮고 누워 베개 속으로 머리를 묻었다. 호크가 자기 침대에서 자는 걸 좋아하지 않는다면, 마음대로 하라지. 그녀가 잠을 자지 못한 것은 그의 잘못이었다. 우선 그는 그녀를 딱딱한 바닥에서 자도록 내버려 두었다. 그 다음에는 거의 죽을 만큼 놀라게 한 다음에 이불을 덮어 주었지 않은가. 거기다 나체의 모습을 드러냈고.

그런 세밀한 기억과 함께 그녀는 깊은 잠 속으로 빠져들었다.

잠에서 깨어났을 때 그가 오두막 안에 있었다. 그녀는 일어나 앉아, 냉기로 몸을 떨며, 방안을 둘러보았다. 호크는 움직임도 없이 난로 옆의 등 곧은 의자에 웅크려 앉아 있었다. 부츠를 신은 발을 앞으로 쭉 뻗었고, 두 손은 벨트 버클 위로 느슨하게 걸쳐 있었다. 그의 시선이 눈도 깜박이지 않고 그녀에게로 향해 있었다. 그녀는 언젠가 그런 눈을 본 적이 있었다고 생각했다.
"미안해요."
담요를 걷고 바닥으로 내려서며 랜디가 불안하게 말했다.
"지금 몇 시죠?"
"무슨 차이가 있소?"
"아뇨, 없는 것 같군요. 이렇게 오래 잘 생각은 아니었는데."
창문 빛으로 가늠해 보건대, 늦은 오후라는 걸 짐작할 수 있있다. 태양은 이미 산 뒤로 숨어들었고, 오두막 벽에 걸린 그림자들은 점점 길어지고 짙은 색을 띠었다.
"궁금하지 않나?"
그녀는 냉기를 덜어 보려고 팔뚝 위아래로 손을 문질렀다.
"뭐가요?"
"셔츠에 대해서."
"우편으로 보냈나요?"
"그래."
"그게 우리를 더 빨리 집으로 보내 준다면, 난 그걸로 만족해요."
그녀는 일어서서 엉망으로 주름진 셔츠를 매만졌다.

"스콧에게 말을 태워 주었나요?"

"아주 잘 타더군."

"그애는 어딨죠?"

"어니네 집에서 카드 게임을 하고 있을 거요, 틀림없이."

"저녁 식사 시간에나 볼 수 있겠군요."

"당신은 식사 시간을 놓쳤소. 우린 오늘 일찍 먹었거든."

"내일까지 스콧을 볼 수 없다는 뜻인가요? 왜 날 깨우지 않았어요?"

그녀가 화를 냈다.

그는 그녀의 분노와 질문 모두를 무시하고 자기 질문을 던졌다.

"왜 팔을 문지르고 있지?"

"추우니까요. 기분이 좋지 않아요."

굴욕감으로 또다시 그녀의 눈에 눈물이 고이기 시작했다.

"머리가 지끈거려요. 하루 종일 아팠다구요. 다 당신 잘못이에요. 아스피린을 먹으면 나았을지도 모르는데, 당신이 엄지를 베는 바람에 모든 게 다 엉망이 됐다구요."

"밴드를 보냈잖소."

"당신네 접시들을 씻을 때 없어져 버렸어요!"

그녀가 소리를 쳤다.

"내 아들을 만나고 싶어요. 잘 자라는 키스를 해야겠어요. 당신이 거의 하루 종일 그애를 나에게서 떼어놓았잖아요."

그가 등을 펴며 일어섰다.

"도망칠 생각을 하기 전에 그런 생각까지 했어야지."

"언제까지 날 처벌할 작정이죠?"

"충분히 깨달았다는 확신이 들 때까지."

그녀의 머리가 실망으로 떨어져 내렸다. 눈물이 뺨을 타고 흘렀다.

"부탁이에요, 호크. 스콧을 만나게 해주세요, 5분만요."

그는 그녀의 턱에 손을 대 들어올렸다. 그리고는 잠시 동안 그녀의 얼굴을 살핀 다음 갑자기 놓아 주었다. 그는 침대에서 담요를 거둬 들이고 선반에서 다른 담요를 하나 더 꺼냈다.

"이리 와."

문으로 향하며 그가 말했다.

그녀는 뺨의 눈물을 닦으며 기쁘게 따라나섰다. 좁은 길을 내려가는 그를 뒤따르며 트럭으로 향하는 게 이상하다고 생각했지만, 걸어가지 않고 차를 타고 갈 모양이라고 생각했다. 하지만 트럭이 반대 방향으로 움직이자, 그녀는 그에게로 돌아 앉았다.

"뭐 하는 거예요? 날 어디로 데려가는 거죠?"

"금방 알게 될 거요. 그냥 즐기라구. 아름다운 밤이잖소."

"난 스콧을 보고 싶다구요."

그는 아무 말도 하지 않은 채, 창밖만을 고집스레 쳐다보고 있었다. 랜디는 다시 눈물을 보여 그를 만족시킬 생각이 없었다. 애원하는 것도 이젠 싫었다. 등을 똑바로 세우고 턱을 높이 든 자세로 그저 몸을 굳히고 앞만을 노려보았다. 울며 애원할 수도 있었으리라. 하지만 그것은 그녀를 수치스럽게 할 뿐만 아니라, 아무 효과도 없는 일이었다.

그들은 그다지 멀리 가지 않았다. 하지만 호크가 트럭을 세웠을 때, 주위의 풍경은 사람들이 살고 있는 지역보다 훨씬 더 원

초적이었다. 그가 시동을 끄고 핸드 브레이크를 당기자, 랜디는
실망스레 그를 쳐다보았다.

"여기가 어디예요? 여기서 뭐 하는 거죠? 여기가 내 시체를
묻을 곳인가요?"

말 한 마디 없이, 호크는 차에서 내려 그녀 쪽으로 돌아왔다.
그녀도 땅으로 내린 다음 그가 트럭에서 담요를 꺼낼 때까지
기다렸다.

"저 위로 올라가시오."

그녀가 조심스레 경사진 길을 앞서 갔다. 정상에 올랐을 때,
그녀는 멈추어 숨을 들이쉬었다. 가파른 경사 때문이 아니라 눈
앞의 풍경이 가장 문학적인 사람이라도 숨을 삼킬 만했기 때문
이었다. 전 세계가 그들 아래 펼쳐진 듯, 그들과 노을 사이에
아무것도 존재하지 않는 듯했다.

그 빛깔은 가장 불타오르는 주홍빛에서부터 가장 반짝이는
자줏빛까지 생동감이 넘쳐흘렀다. 시시각각 어둠이 짙어질수록,
봄비를 맞은 후 새로 피어나는 꽃처럼 별들이 톡톡 튀어나왔다.
수평선 바로 위의 반달은 거대한 고급 도자기같이 흠 하나 없
었다. 시원한 바람이 그녀의 몸에 옷을 달라붙게 했다.

"우린 저기로 비집고 들어가야 하오."

호크가 그녀의 귀에 대고 말했다.

"어디로?"

그는 딱딱한 돌벽을 가리키고 있는 것 같았다.

"여기."

그녀의 손을 잡아 그가 앞으로 이끌었다.

더 자세히 살피니 바위 속에 틈이 한 군데 있었다. 그 틈은

날씬한 사람 한 명이 간신히 들어갈 정도나 될까 했다. 호크가 그녀를 앞으로 밀어 넣자, 그녀는 그 틈새로 비집고 들어갔다. 그도 뒤따라왔다. 통로는 다른 쪽 끝에 이를수록 더 넓어졌다. 랜디는 통로 밖으로 한 걸음 내딛고 나서, 그대로 멈춰 서고 말았다.

몇 발짝 바로 앞에 작은 연못이 있었다. 부글부글 끓는 솥처럼 그곳에서 증기가 피어오르고, 소용돌이치는 안개가 땅을 덮으며 그녀의 발목과 종아리까지 감싸고 돌았다. 땅밑에서 올라오는 기운으로 인해 물 속에서는 거품이 일었다.

호크가 입을 열었다.

"뜨거운 목욕을 위해 자연의 품에 오신 걸 환영합니다."

10

소용돌이치는 뜨거운 물 속에 잠길 수 있다는 것은 즐거운 일이었다. 진짜 목욕을 한 지가 벌써 며칠이나 지났다. 얼음장 같은 시냇물 속에서 목욕하고 싶지 않았기 때문에, 그녀는 유괴된 이후로 물그릇의 물로 그저 간단한 목욕을 하는 것에 만족해야 했었다.

"들어가고 싶소?"

호크가 물었다.

"네."

그녀는 흥분하여 소리 질렀다가, 좀더 침착하게 덧붙였다.

"괜찮다면요."

"그걸 위해서 데려온 거요. 뜨거운 물이 머리를 맑게 해주고 뼈 속의 냉기도 가라앉혀 줄 수 있을 것 같아서 말이오.”

그녀는 연못으로 한 걸음 내딛었다가 이내 자신이 옷을 모두 입은 상태라는 걸 깨달았다.

“옷은 어쩌죠?”

“벗으시오.”

“그러고 싶지 않아요.”

“그럼 젖겠지.”

그가 자신의 셔츠 단추를 풀기 시작했다. 어깨를 뒤로 젖혀 허리춤에서 셔츠 자락을 빼어 내자, 랜디는 얼른 시선을 돌렸다. 그는 겁을 주려는 것이다. 위협당하고 싶지 않았다.

그녀는 호전적으로 운동화를 벗고 양말도 벗어, 마른 바위 위에 조심스럽게 올려놓았다. 치마를 풀어 흘러내리게 한 다음 발을 밖으로 내딛었다. 지나치게 큰 셔츠가 허벅지까지 닿아 그녀를 적당히 가려 주었다.

물거품 소리 너머로 호크의 지퍼가 열리는 소리를 들으며, 그녀는 돌길이 허락하는 한 재빠르게 움직여 연못으로 들어갔다. 부드럽게 비명이 터져나왔다. 차가운 발이 물에 타는 것만 같았던 것이다. 하지만 그녀는 억지로 발을 들여놓았다.

잠시 후 익숙해지자 허리, 그 다음엔 어깨까지 거품이 일렁이도록 더 깊숙이 들어갔다. 마침내 목까지 깊이 잠기며 묵직한 느낌이 전해졌다.

인간이 만든 온수 욕조는 이것에 비하려면 천 개의 분출구는 가져야 할 거라고 생각했다. 사방에서 물이 그녀를 향해 용솟음쳤고, 아픈 근육을 마사지하며, 뻣뻣한 관절들을 매끄럽게 하고, 소름 돋은 피부에 온기를 주었다.

"마음에 들어?"

머리를 돌려 그를 바라보기가 겁이 났다. 하지만 그녀는 과감히 고개를 돌렸고 그도 턱까지 깊이 잠겨 있음을 보고 안도했다. 흐려진 표면 아래로, 그가 완전히 벗은 몸이라는 걸 알았지만 그것에 대해서는 생각지 않으려고 애썼다.

"환상적이에요. 어떻게 발견해 냈나요?"

"할아버지께서 사냥한 날이면 이곳으로 데려오곤 하셨지. 내가 좀더 나이 들었을 때는, 여자애들을 데려왔고."

"그 이유는 물을 필요가 없겠군요."

그가 진짜로 씨익 웃었다.

"물은 금지된 것을 녹이는 한 방법이지. 조금만 시간이 지나면 여자애들은 싫다는 말을 잊어버리거든."

"많았었나요?"

"여자애들?"

그는 어깨를 으쓱였다.

"누가 세기나 하나? 그냥 왔다가 간 거지."

"적당한 수였어요?"

그의 웃음은 낮고 자신을 조소하는 듯했다.

"젊은 남자에게 몇 명이면 적당하겠소?"

"그럼 좀더 나이 든 지금은요?"

그가 그녀를 유심히 쳐다보았다.

"몇 명쯤이면 적당하겠소?"

이 대화를 계속하지 않는 게 현명하다는 걸 알면서도, 그녀는 어쨌든 뛰어들었다.

"레타한테 당신이 도시로 갔다온다는 얘길 들었어요. 돈을 받은 여자들이 당신을 만족시켜 주던가요?”

“그래. 나도 그들을 만족시켜 줬지.”

랜디는 시선을 돌렸다. 이내 그가 매끄럽게 물어 왔다.

“당신은 어때? 한 번이라도 만족한 적 있었나? 당신의 불길을 끄기 위해 연인이 몇 명쯤 필요했지?”

그녀는 상처 입은 반응을 보이지 않으려고 이를 악물고는 대답했다.

“당신은 날 방종한 여자로 생각해요. 난 당신을 범죄자로 생각하구요. 우린 둘다 상대방이 벌을 받아야 마땅하다고 생각하죠. 좋아요, 그냥 이대로 두고 서로 모욕하는 건 그만둘 수 없나요? 특히 지금은요. 논쟁으로 지금 이 순간을 망치지 말자구요. 부탁해요. 너무나 감미로운 느낌이에요. 바보 같은 논쟁으로 망치고 싶지는 않아요.”

이번엔 그가 고개를 돌렸다. 그의 옆모습이 서쪽 수평선에 비추어 어두운 그림자를 형성했다. 어느새 밤과의 전쟁에서 지고 있는 그곳 수평선과 함께 랜디는 그의 남성적인 아름다움을 감상했다.

만약 호크 오툴을 다른 시간, 다른 장소에서 만났더라면 어땠을까? 그녀는 궁금했다.

불행한 가정에서 벗어나기 위해 너무 어린 나이에 모턴 프라이스와 결혼하지 않았더라면 호크 같은 남자를 만날 수 있었을지도 모르는데. 강하면서도 다른 사람을 생각할 줄 아는 남자, 돈이 아닌 다른 이유로 움직이는 남자, 개인적인 야망이 없는 지도자. 그와 어찌할 수 없이 사랑에 빠졌을 수도 있었다.

그녀는 그런 말도 안 되는 생각을 떨쳐내려고 고개를 흔들었다.

"당신 할아버지에 대해 말해 줘요."

"그의 어떤 점?"

"그분을 사랑했나요?"

그의 머리가 재빨리, 의심스러운 듯이 돌아왔다. 이윽고 그녀가 농담하는 게 아니라는 걸 알자, 그가 낮은 목소리로 대답했다.

"난 그분을 존경했소."

그의 말을 열심히 들어 주자, 그는 어느새 자신의 어린 시절과 청소년기에 대해 얘기하고 있었다. 재미있는 회상을 할 때는 미소를 짓기까지 했다. 그러나 특히 재미있었던 일화를 얘기하고 나서, 그의 미소가 찌푸림으로 변했다.

"하지만 나이가 들수록, 난 내가 불리한 입장이라는 걸 점점 깨달아 갔지."

"무슨?"

"인디언인 점과 술주정뱅이 아버지를 가진 것 말이오. 한 쪽을 싫어하지 않으면, 다른 쪽을 틀림없이 싫어할 요소지."

그녀는 쓸데없이 벌집을 쑤시는 게 아닌지 가늠해 보다가, 잃을 게 없다는 결론을 내렸다. 그녀가 그를 더 잘 이해할 수 있다면 오히려 많은 걸 얻을 것이다. 그녀가 살며시 말을 꺼냈다.

"호크, 레타에게 당신 아버지 얘기 들었어요, 사기꾼들한테 광산을 잃어버리셨다는 얘기요."

"빌어먹을."

그가 벌떡 일어서자 물결선이 허리 바로 아래로 내려갔다. 매끈한 가슴으로 물이 뚝뚝 떨어지며 물방울이 그의 배꼽 근처의 검은 털 속으로 모여들었다. 랜디는 그 호기심어린 부분을 보고 싶었지만, 그의 성난 시선이 그녀를 붙잡았다.

"레타가 또 무슨 얘기를 떠들어댔지?"

"그녀 잘못이 아니에요."

랜디는 재빨리 변호에 나섰다. 젊은 여자에게 부족의 비밀을 누설했다는 누명을 씌우고 싶지 않았다.

"내가 당신에 대해 물어 본 거예요."

"왜?"

그녀는 당혹스럽게 그를 보았다.

"왜냐니요?"

"그래, 왜? 왜 나에 대해 알고 싶어했지?"

"당신의 배경을 더 잘 알게 되면, 당신의 동기를 이해할 수 있을 거라고 생각했어요. 그리고 바로 그랬구요. 이제 난 광산의 소유권을 되찾는 게 당신에게 왜 그렇게 중요한지 알게 되었어요. 당신은 아버지의 실패를 만회하고 싶은 거예요."

그녀가 그의 팔에 한 손을 올렸다.

"호크, 아무도 당신을 비난하지 않아요. 그건 당신 잘못이 아닌 걸요……."

그는 그녀의 손을 떨쳐내며 일어섰다.

"당신에게 그런 동정 따위 바라지 않소, 프라이스 부인. 당신이 나에게 애원을 해야지."

그가 몸을 돌려 연못을 나서려는 순간, 랜디는 그의 손을 붙잡았다. 그녀도 물 밖으로 일어서서 그를 공격했다.

"당신을 동정하는 게 아냐, 이 고집쟁이 노새야! 난 단지 당신 머리 속으로 들어가, 이해하려고 노력하는 것뿐이라구."

그가 그녀의 어깨를 움켜쥐어, 발가락 끝만이 겨우 바닥에 닿을 정도로 들어올렸다.

"살색이 하얗기 때문에 넌 절대 날 이해할 수 없어. 넌 과장되게 동정을 보이는 위선자들의 아첨을 받은 적도, 고집쟁이들에게 비웃음을 받은 적도 없잖아. 매일매일 인간으로서의 가치를 입증해야 할 필요도 없었구. 당신은 태어난 그날부터 무조건적으로 사회에 받아들여졌지. 난 아직까지 그걸 얻으려고 투쟁하고 있는데 말이야."

그녀는 그의 움켜쥔 손을 뿌리쳤다.

"그런 냉소적인 생각이 너무 무겁지 않은가요? 그걸 던져내고 없애 버리고 싶은 적 없어요? 유전적인 이유 때문에 못되게 구는 사람은 당신 말고는 아무도 없다구요."

집게 손가락으로 그의 가슴을 찔러 가며 그녀가 소리 질렀다.

"아버지의 실패를 당신에게 부담 지운 사람도 없어요, 당신만 빼고. 그가 한 행동에 벌을 받아야 한다고 느끼기 때문에 스스로 일을 어렵게 만들고 있는 거예요. 그건 어리석은 짓이고 미친 짓이라구요."

그의 얼굴은 무관심의 표정을 보이며 가라앉아 있었다. 하지만 그의 시선은 그렇지 못했다. 난폭하게 휘몰아치며 들끓고 있었다.

"자기 위치를 잊어버렸군."

"내 위치!"

그녀는 째지는 듯 고함을 쳐댔다.

"정확히 내가 있어야 할 위치가 어딘데요?"

"남자 아래."

그녀를 끌어당기며 그가 으르렁댔다. 그는 머리를 숙여 격렬히 키스했다. 그녀는 빠져나오려고 몸부림을 쳤지만, 그의 힘을 당해 내지 못했다.

그녀의 입술이 벌어질 때까지 그의 혀가 밀고 들어왔다가 입술이 열리자, 능숙하게 입 속의 축축한 열기 속으로 미끄러져 들어왔다. 그 혀가 여인의 저항을 녹아내리기 위해, 능숙하게 조롱하듯 움직여댔다. 효과가 있었다. 랜디의 몸부림이 더 가까이 달라붙으려는 노력으로 변했던 것이다.

그녀는 민첩한 그의 혀의 침입을 반갑게 받아들였다. 하지만 그가 자신의 입 속으로 혀를 이끌어 부드럽게 빨아들이자 그녀는 전기를 맞은 듯한 충격에 사로잡혔다. 그러나 충격이 잦아들자 그녀는 광포한 호기심과 육체적인 기쁨으로 더 열성적으로 그곳을 탐험하기 시작했다.

그녀의 맨 허벅지가 그의 살을 내리눌렀다. 그가 그녀를 더 힘껏 안으려고 팔을 움직일 때마다 단단한 가슴 근육이 그녀의 가슴에 닿아 꿈틀거렸다. 배에 그의 욕망의 증거를 확실히 느끼자 그녀는 소리내어 신음을 흘리고 말았다.

호크가 그녀를 떼어놓았다. 숨을 몰아쉬는 동안 그들의 눈이 얽혀들었다. 바람이 그들의 뜨거운 육체를 식혀 주었고 산 공기가 그들의 머리를 진정시켰으며 물은 다리 주위로 거품을 뿜어냈다.

하지만 아무것도 서로에 대한 그들의 정열적인 욕망을 식혀 주지는 못했다.

그의 시선이 가슴으로 떨어졌고 랜디는 그의 날카롭고 재빠른 숨소리를 들었다. 그녀의 유두가 몸에 매달린 젖은 천에 덮여 있었다.

호크가 셔츠 맨 윗단추로 손을 뻗었다. 그의 눈에 최면이라도 걸린 듯이, 그녀는 그의 행동을 내버려 두었다. 두 번째 단추도 풀렸다. 그의 손가락 마디가 그녀의 젖가슴에 부딪혔다가 다음 단추로 내려가면서 배를 스쳤다.

마침내 모든 단추가 풀려 나가자 그는 천을 양쪽으로 열어젖혔다. 그의 눈동자가 한참을 그 위에서 헤매이며, 매끄럽고 창백한 젖가슴과 그 위로 검게 솟아오른 유두를 갈증난 듯 빨아들였다.

낮게 굶주린 탄성을 지르며, 그의 손이 셔츠 안으로 들어가 그녀의 가슴을 받쳤다. 그녀의 가슴이 그의 엄지와 손가락들 사이에서 골짜기를 이루었다. 그는 그 어두운 꼭대기를 살짝 쓰다듬어 민감성을 시험해 보았다. 그것들이 재빨리 뛰어오르듯 반응을 보였다. 그는 머리를 숙여, 그 하나를 뜨겁고 힘있는 입 속으로 집어 넣었다.

랜디의 등이 반사적으로 휘어졌다. 머리는 뒤로 젖혀지고, 아랫부분은 그의 단단한 곳에 밀착되었다. 그가 머리를 들고 일련의 관능적인 말들을 속삭이자 수치스럽게도 그녀의 몸에 전율이 흘렀다. 그녀의 손을 잡아 그가 연못 밖으로 이끌어 냈다. 그들은 함께 담요에 누웠다.

"나에게 또다른 범죄가 더해지는군."

그녀의 팬티를 벗겨내며 그가 중얼거렸다. 그는 몸을 굽혀 그녀의 배에, 가슴에, 입술에 계속해서 키스를 퍼부었다. 그의 벨벳 같은 남성의 끝이 그녀의 안에 들어왔을 때 그녀는 이미 더할 수 없이 축축해 있었다.

그는 그녀 안에서 힘껏 나래를 펼치며, 더듬어 가며, 끝없이 높은 곳으로 날아올랐다.

그에게 완전히 소유되는 충격으로 랜디는 숨을 삼켰다. 그가 그녀 안에서 움직일 때, 그녀 위로 아름다운 하늘이 펼쳐진 것 같았다. 그 백열하는 빛에 눈을 감아 보았지만, 반짝임들은 여전히 그녀의 위로 쏟아부어지고 있었다. 별 하나하나 불타는 그 강렬한 열기가 몸 속으로 주입되었다. 그녀는 부들부들 떨기 시작했다.

그제서야 호크는 얼굴을 그녀의 머리 속에 파묻으며 해방감에 굴복하는 것이었다.

담요에 얽힌 채 누워, 그녀는 그의 가슴으로 얼굴을 돌렸다. 수줍게 키스를 하고는 손가락으로 그 매끄럽고 나긋한 살결을 어루만졌다.

"내가 연못에서 녹아난 또 하나의 여자애로군요."

"아니."

그가 그녀 쪽으로 몸을 굴리며 손으로 그녀의 허벅지 사이를 따뜻하게 감쌌다.

"그들 중 누구도 금색은 아니었어."

"호크."

그녀는 숨을 헐떡이며 짧고 날카롭게 그의 이름을 불렀다. 그의 엄지가 둔덕 위를 무례하게 움직여대는 동안 그것이 그녀가 할 수 있는 최선이었다. 그녀는 간신히 눈을 뜨고는 입을 열었다.

"당신은 날 미란다로 불렀어요."

그의 손이 정지했다.

"뭐라고?"

"당신이 음…… 당신이 날 미란다로 불렀다구요."

그의 손이 떨어져 나갔고, 그의 얼굴은 마치 장막이 내려진 듯 닫혀 버렸다.

"호크?"

"일어나, 돌아갈 시간이야."

그가 일어서서 손을 내밀었다. 그 손을 잡으며, 그녀는 슬며시 자신의 속옷을 움켜쥐었다. 그걸 입는 동안 그녀의 어색함을 호크는 눈치채지 못하는 것 같았다. 그는 자신의 옷가지를 빠르게 걸치고 있었다. 랜디는 젖은 셔츠를 입는 것이 무척이나 싫었지만, 어쩔 수 없었다. 옷을 다 입고 나자, 그가 다시 그녀의 손을 잡고 바위 사이로 이끌었다. 그리고 트럭이 있는 곳까지 언덕을 내려왔다.

트럭에 도착했을 때, 랜디는 그를 돌려 세웠다.

"왜 날 미란다로 불렀죠?"

"난 그런지도 몰랐소. 크게 생각하지 마시오."

"난 크게 생각지 않아요. 하지만 당신은 그렇겠죠. 그 이유가 당신을 괴롭힐 거예요. 왜죠?"

잠시 동안 그의 눈이 그녀가 아닌 다른 곳을 노려보았다. 마침내 그녀의 얼굴로 시선을 내리더니 그가 말했다.

"난 다른 자들과 다르고 싶었소."

"다른 자들?"

"당신의 다른 연인들."

캠프로 돌아오는 동안 말은 거의 없었다. 그의 오두막 앞에

차가 정지했을 때, 랜디는 그가 연못에서의 일을 후회하고 있다
는 걸 알았다. 무표정해진 얼굴과 얇게 다문 입술로 그녀의 방
종한 행동을 마음에 들어하지 않는다는 걸 추측할 수 있었다.
그런 얼굴은 보기 싫었다. 그래서 그녀는 그를 제대로 쳐다보지
않았다.

그는 먼저 트럭에서 나와 그녀 쪽 문을 열어 주기 위해 돌아
왔다. 호크가 앞을 가로막고 있었기 때문에 그녀는 겨우 내려설
수 있었다. 랜디는 땅바닥만을 쳐다보았다.

그가 그녀의 턱을 들어올렸다.

"난 분명 콘돔을 쓰지 않았소."

"난 그것에 대해선 생각조차 못했어요."

잠시 침묵이 흐른 후, 그가 말했다.

"당신은 걱정할 거 없소. 난 이전에 한 번도 실패한 적이 없
으니까."

그녀 안의 모든 것이 그대로 정지해 버렸다. 거의 숨을 쉴 수
도 없었다. 그는 무심결에 그녀가 특별했다고, 적어도 달랐다고
말해 주었다. 큰 의미는 아니었다 해도, 약간의 의미는 부여할
수 있었는데……. 그의 말로 모든 것이 사라져 버린 것 같았다.

"당신도 걱정할 거 하나 없어요, 호크."

"다른 연인들과 할 때부터 조심을 했었나?"

그녀는 머리를 저으며 짜디짠 눈물을 떨구지 않으려고 눈을
깜박였다. 입술을 축이며 그녀가 쉰 목소리로 대답했다.

"다른 연인들 따윈 없어요, 아무도. 남편밖에는. 그리고 지금
은 당신. 맹세해요."

그의 눈동자가 이렇게 밝았던 적은 없었다. 그 빛을 닫아 버

리기라도 하듯, 그가 의심스럽게 두 눈을 가늘게 떴다. 잠시 후 뒤로 물러서더니 그녀의 팔꿈치를 잡았다.

"이리 와."

"어디로?"

그는 오두막이 아니라 오히려 거기서 멀어지고 있었다.

"스콧에게 잘 자라는 키스를 하고 싶을 것 같아서."

그녀는 그의 곁에서 비틀거리며 걸으면서도, 고르지 않은 땅이 아니라 그에게만 시선을 맞추었다. 이 남자의 수수께끼를 풀어 보려 애쓰면서.

호크 오툴의 불가사의는 다음날에도 풀리지 않은 채 남아 있었다.

어젯밤 30분쯤 스콧을 만난 후에, 그들은 호크의 오두막으로 돌아왔다. 그녀는 솔직히 스콧이 어니네 집에 있는 것이 기뻤다. 그애는 거기 있는 걸 행복해 했고, 랜디는 밤새 호크와 둘만 있을 수 있다는 기대감에 몸을 떨었던 것이다.

하지만 그는 다시 사랑을 나누려 하지는 않았다. 그녀는 그가 그럴 것이라고 생각, 아니 희망했었는데. 그들은 침대에서 함께 잤다. 그가 그녀의 옷을 천천히 태평스레 벗겨내고, 자신의 옷을 벗기 시작했을 때는 점점 성급해지는 마음이었다.

그는 이불 밑으로 그녀를 끌어당겨 베개에 놓인 그녀의 얼굴을 뚫어져라 응시했다. 그의 두 손이 조각가의 손길처럼 예민하게 그녀의 몸을 훑어내렸다. 하지만 그는 키스조차 하지 않았다.

한 번, 한밤중에 그녀는 자신을 꼭 껴안는 그의 팔과 이리저리 움직이는 그의 다리를 느끼며 깨어났다. 그의 입술이 부드럽게 그녀의 목덜미에 키스하며 그녀의 이름을 내쉬었다. 자신의 엉덩이에 그가 단단하게 부풀어 있음을 느꼈다. 하지만 그녀의 가슴 주위로 손을 감아 가까이 끌어안는 것 이상은 나아가지 않았다. 결국 그는 잠이 들었고, 가슴의 두근거림이 잦아들었을 무렵 그녀도 잠이 들었다.

그녀가 잠에서 깼을 때, 그는 이미 오두막에 없었다. 그녀는 일어나서 옷을 입고, 불을 지피고, 침대를 정리하고 커피도 끓였다. 이렇게 가정적으로 행동하는 자신을 꾸짖어 보았지만, 순간순간 반짝이는 표면에 반사되는 자신의 모습을 볼 때마다 눈 속에 담긴 빛과 끊임없이 피어오르는 미소가 유쾌했다.

또한 아래쪽에서 지속적으로 묘한 통증이 느껴졌다. 가슴도 무겁고 달아오른 느낌이었다. 유두는 모든 자극에 민감하게 반응했다. 호크는 그녀의 굶주림을 만족시킨 것이 아니라, 오히려 불러일으켜 놓았다.

문이 열리는 소리에, 그녀는 숨가쁘게 돌아섰다. 호크가 문지방에 멈춰 서 있었다. 그들의 시선이 한참인 듯한, 아주 오랫동안 마주쳤다가 이윽고 그가 안으로 들어섰다. 그의 뒤로 다른 추장들이 따라 들어왔다. 그러나 아무도 긴장된 분위기를 전혀 눈치채지 못하는 것 같았다. 그녀를 교묘히 쳐다보는 어니만 제외하고는.

"모두에게 커피를 따르시오."

호크의 거친 명령에 랜디의 등이 뻣뻣해졌다.

"부탁하오."

그가 낮은 소리로 덧붙였다.

그녀는 명령이 점잖게 수정되었기 때문이 아니라, 그들이 신문을 가져 왔기 때문에 그에 따랐다. 그녀의 피 묻은 옷과 거기에 동봉된 편지를 받은 시장의 반응을 알고 싶었다.

"최소한 그의 관심은 끌었어."

최근의 사건 전개를 설명한 신문을 다 읽은 호크가 한 마디 했다.

"그자가 광산 폐쇄에 대해 알아보기로 약속했어. 또 프라이스를 제치고 **FBI**와 단독으로 회담을 가질 거야. 랜디와 스콧의 납치건에 대해 모든 걸 알고 싶어해. 한편으로는, 랜디가 육체적으로 어떻게든 피해를 당했다면, 법이 허용하는 한 자신의 권한을 사용해 꼭 처벌을 내리겠다고도 경고했어."

그가 랜디를 힐끗 보았다. 뺨이 붉어지는 느낌에, 그녀는 얼른 시선을 내렸다. 그가 처음으로 그녀의 이름을 언급했다는 걸 알고나 있는지 궁금했다.

"이제 어떻게 하지?"

그 중 한 명이 물어 왔다.

호크는 랜디가 건네 주었던 머그 잔에서 커피를 한 모금 마셨다.

"잘 모르겠어. 생각 좀 해 보자구. 저녁 식사 전에 한 번 더 모여서 계획을 의논하도록 하지. 그 동안에는, 쉬는 시간이나 즐기라구."

그의 시선이 둥그렇게 모인 사람들을 둘러보았다.

"우린 금방 다시 일하게 될 거야."

남자들이 떠난 후, 레타가 도니와 스콧을 데리고 들어왔다. 소년들은 호크와 어니가 논의를 하는 동안 마룻바닥에서 씨름을 했다. 랜디는 그들이 무슨 애기를 하는지 알고 싶었지만, 그들의 목소리는 꽤 낮았다. 호크가 어니에게 무슨 생각을 제시하고, 어니는 계속해서 거부하는 것 같았다. 분명 자신에 대한 애기가 아니었으므로, 그녀는 아침 식사를 준비하는 레타를 도와주었다. 그들은 호크의 오두막 테이블에 둘러앉아 함께 아침을 먹었다.

대화는 순조롭게 흘러갔다. 누가 보면 스콧과 그녀가 인질이라는 걸 절대 짐작하지 못할 거라고 랜디는 생각했다. 스콧은 고무총을 고쳐 달라고 호크에게 부탁했고, 그는 그것을 고쳐 주며 안전하게 사용하는 법에 대해 강의를 했다.

"우리 아직 집에 가야 되는 거 아니죠. 그렇죠, 엄마?"

스콧의 질문은 완전한 놀라움 그 자체였기에 그녀는 즉시 대답을 해주지 못했다.

"글쎄…… 모르겠구나. 왜?"

"오랫동안 있었으면 좋겠어요. 난 여기가 마음에 들어요."

그 말을 끝으로, 아이는 도니를 따라 문으로 달려나갔고, 어른들은 어색한 침묵으로 남아 있었다. 먼저 입을 연 사람은 레타였다. 어니의 어깨를 잡으며 불안하게 몸을 일으켰다.

"기분이 좋질 않아요."

어니는 이때까지 랜디가 본 중에 가장 빨리 움직였다. 그는 무어라 중얼거리며 서둘러 아내를 데리고 나갔다.

"저게 다 무슨 애기야?"

랜디가 그들 뒤로 문을 닫자마자, 호크가 다그쳤다.

"레타가 임신했어요."

호크는 잠시 그녀를 바라보다가 시선을 돌려 문을 쳐다보았

다. 그 나무를 통과해 어니와 그의 어린 아내를 볼 수 있기나
한 듯이 한참을 쳐다보고 있더니 욕설을 중얼거리며 두꺼운 머
리카락에 손가락을 넣어 긁어댔다. 그는 얼굴에서 머리를 쓸어
올리고는 테이블에 팔꿈치를 기대고 두 손에 얼굴을 묻었다.
　조용히 랜디가 그에게 다가갔다.
　"그들을 위해 기쁘지 않은가요?"
　"아주 기뻐."
　"그런 것 같지 않은데요."
　그의 머리가 재빨리 들려졌다.
　"어니가 이 일로 유죄가 된다면, 그는 감옥에 가게 될 거요."
　그녀가 그의 맞은편 의자에 앉았다.
　"아, 명확한 사고의 세계에 오신 걸 환영해야겠군요, 오툴 씨.
그게 바로 내가 며칠 동안 당신에게 한 말이었어요. 당신들은
모두 감옥에 가게 될 거예요."
　그가 아니라고 머리를 저었다.
　"난 프라이스와 거래를 했소. 우리 계획대로 잘 안 되면, 내
가 전적으로 책임지겠다고 다른 사람들에게 말했지. 내가 체포
되면, 그들은 흩어져서 숨기로 피로 맹세했다구."
　랜디는 그의 희생 정신에 감탄하지 않을 수 없었다.
　"당신의 행동은 고상하지만, 그래도 그들이 기대할 수 있는
건 도망자로서의 삶뿐이에요."
　"그게 죄수보다는 나아."
　"과연 그럴까요. 어니는 어때요? 그는 그 맹세를 하지 않았
죠?"
　"아니, 했어. 하지만 내가 감옥에 가면, 자기도 자수할 거라고

말한 적이 있지.”

“레타는 아마 그 사실을 모를 거예요.”

“어쩌면.”

그가 벌떡 일어나 오두막 안을 걸어다니기 시작했다. 랜디는 테이블의 아침 식사 접시들을 치운 다음 난로 위에 올려놓았던 물을 세면대에 부어 설거지를 했다. 호크의 딜레마에 정신이 빠져 있어 불편함도 거의 느끼지 못했다.

일을 다 끝내고 호크를 돌아보자, 그는 작은 노란 열쇠로 철제 금고를 열고 있었다.

“그게 뭐예요?”

“론 퓨마의 서류들. 내가 이리로 갖고 왔소.”

그녀는 탁자에 던져 놓는 뒤죽박죽의 서류 더미를 쳐다보았다.

“그런 엉망인 종이가 서류란 말인가요?”

“난 기술자요. 은이 어디 있는지, 그걸 어떻게 하면 안전하고 경제적으로 갖고 나올 수 있는지 알아. 난 또…… 판매까지도 해 봤소. 하지만 장부 정리원은 아니오.”

“한 명 고용할 수도 있었잖아요.”

“거기까진 생각 못했소.”

그가 의자에 몸을 내렸다.

“여기에 내가 미처 알아차리지 못한 어떤 것이, 놓쳐 버린 무언가가 있을 것 같소.”

랜디도 그의 맞은편에 앉았다. 그가 하나씩 하나씩 서류들을 훑어보고 내려놓자, 그녀는 그것들을 가져다 읽어 보았다. 그녀는 서류를 급료 명세서, 영수증, 도면, 세금 명세서로 분류해 내기 시작했다.

원색적인 욕설을 중얼거리며, 호크가 론 퓨마 광산 소유권을 투자자들에게 넘긴 계약서 사본을 한쪽으로 던져 버렸다. 랜디는 그걸 주어 읽어 보았다. 처음 보았을 때는 대단히 표준적인 계약서로 보였다. 인디언들이 받은 돈 액수는 굉장히 합리적으로까지 여겨졌다. 광산의 잠재적인 소멸 시기와 급료의 지불 시기도 고려했을 정도였다.

하지만 더 신중하게 읽어 보자, 특별한 한 군데가 자꾸 그녀의 마음에 걸렸다. 흥분된 마음으로, 하지만 신중하게 자신이 성급하게 낙관적인 결론을 내리지 않았다는 걸 확신하기 위해 다시 한 번 읽어 보았다.

"호크, 이건 뭐죠?"

그녀가 소유지 측량도 하나를 들어올렸다.

"도면이지. 측량 기사들이 그걸 만들어서……."

"그건 알아요."

그녀가 성급하게 말을 잘랐다.

"난 측량 사무실에서 일한다구요."

그 말이 그를 완전히 놀라게 만든 모양이었다.

"당신이 뭘 해? 일을 한다고?"

"물론이죠. 그러지 않으면 스콧과 내가 어떻게 먹고 살겠어요?"

"난 프라이스가……."

"아뇨."

그녀가 단호하게 고개를 저어 보였다.

"난 그에게 한푼도 요구하지 않았어요. 양육비도요. 의무적인 것이라 해도 싫었어요. 어쨌든,"

그녀가 탁자 위에 도면을 넓게 펼쳤다.

"이게 뭐예요? 바로 이 지역."

도면의 점선이 그려진 부분을 가리켰다.

호크의 입술이 쓸쓸하게 뒤틀렸다.

"우리 소를 먹이는 초원지요."

"소?"

"부족은 몇 백 마리를 소유하고 있었소. 쇠고기를 얻기 위해 길렀지."

"지금은요?"

"초원지도 없고, 소도 없소. 광산을 팔면서 잃어버렸지."

놀라웁게도 랜디가 미소를 지어 보였다.

"새로운 소유자들이 광산과 함께 그 땅의 사용권까지 가져 갔단 말인가요?"

"지금은 그 주위에 가시철 울타리를 박아 놨소. 통과할 수 없 다는 표지판이 몇 미터마다 박혀 있고. 난 그걸 그 지역 이용권 까지 몰수한 걸로 받아들였지."

"그럼 그건 불법이에요."

그의 눈썹이 한데 모아졌다.

"무슨 뜻이요?"

"봐요, 그 초원지는…… 몇 평방 킬로미터나 돼요, 맞죠?"

그녀는 스스로 확신하며 고개를 끄덕였다.

"그 땅이 도면에는 지정되어 있지만, 사실상 계약서에는 언급 되지도 않았다구요."

"확실해?"

그는 흥분을 억제할 수가 없었다.

"호크, 난 이런 도면들을 하루 온종일 보면서, 소유지가 이전되기 전에 세심한 부분까지 점검해요. 내 말이 무슨 의미인지는 알고 있어요. 그 투자자들은 사기꾼이면서 또한 대단히 멍청했어요. 그들은 성급하게 사들였죠. 분명 연말 세금을 포탈하기 위한 수단이었겠죠."

그녀가 그의 손을 잡아 눌렀다.

"부족은 여전히 그 초원을 소유하고 있어요, 호크. 그리고 이 자료를 지사님께 제시하면, 그분은 틀림없이 전체적인 조사를 실시할 거예요. 모턴은 중개자로서 불필요해요."

그녀가 앞에 펼쳐진 도면과 계약서를 탁 내리쳤다.

"이게, 그자가 백만 년 걸려야 할 수 있는 것보다 훨씬 더 당신에게 많은 도움을 줄 거예요."

그는 서류들을 들여다보고 있었다.

"한 번도 면밀히 검사한 적이 없었어. 빌어먹을! 아주 화가 났었다구. 그것에 대해 생각할 때마다 배까지 아팠다구. 정신차리고 보지도 않았어."

"그런 지난 일 때문에 자신을 비난하지는 마세요. 지금은 그 정보를 갖고 행동할 때예요. 뒤늦게라도 전혀 보지 않은 것보다는 낫죠."

그는 서류들을 모조리 모아 금고 속에 집어 넣어 랜디가 신중히 분류해 놓았던 것을 쓸모없게 만들어 버렸다.

"서류 정리하는 건 여전히 많은 문제의 소지가 있군요."

그는 단지 씨익 웃어 보였을 뿐이었다. 금고를 잠그고 그는 테이블로 돌아왔다. 랜디 옆에 서서, 그녀의 머리를 한 움큼 쥐어 위쪽으로 들어올렸다.

"그 연인들에 대해 말해 봐."

그녀의 시선은 흔들리지 않았다.

"어젯밤에 말했잖아요. 아무도 없었다고. 존재하지도 않았다구요."

"왜 그 불결한 주장들을 부인하지 않았지?"

"내가 왜 그래야 하죠? 사실도 아닌 얘기들을 부인함으로써 괜히 무게를 두고 싶지 않았어요. 모턴에게는 연인이 많았죠. 그는 결혼 초기부터 나에게 불성실했어요. 의회의 자리를 차지한 후, 그 많은 일회용 여자들을 자신이 획득한 지위의 당연한 권리나 보너스인 것처럼 생각하더군요. 내가 스콧을 위해 가정을 깨고 싶어하지 않는다는 걸 알고는, 내 면전에서 자기 연애 사건들을 으시댔어요. 마침내 한계에 다다라 그의 불륜을 참을 수 없었을 때, 이혼을 요구했죠. 그는 내가 간통을 이유로 이혼 청구를 하면 스콧에 대한 권리를 모조리 빼앗겠다고 협박했어요. 그러면 자기 이미지에 전혀 좋을 게 없으니까요."

"그자는 절대 아이에 대한 권리를 받지 못했을 거요."

"아마도 그랬겠죠. 하지만 난 그런 지저분하고 공공연한 재판으로 스콧을 밀어 넣고 싶지 않았어요. 모턴도 그걸 알고 있었죠. 게다가, 내가 이길 거라는 절대적인 확신도 들지 않더군요. 그는 높은 자리에 친구들이 많았고 그들에게 내가 그들을 유혹해서 같이 잠잤다는 거짓 맹세를 증언하도록 만들 수 있었으니까요."

"어떤 친구들?"

"모턴에게 정치적인 호의를 빚진 남자들."

“내가 불성실한 아내라고 비난했을 때는 왜 부인하지 않았소? 왜 내가 괴롭히도록 내버려 두었냐구?”

“모턴이 내 애정 행각들에 대해 소문을 흘리기 시작했을 때, 엄마는 쯧쯧 혀를 차시며 신중하지 못했다고 책망만 하셨어요. 난 엄마에게도 부인하지 않았어요. 엄마가 나에 대한 거짓말을 믿는 거라면, 그냥 그렇게 내버려 두기로 했어요. 나에게 전혀 믿음이 없는 분인데, 그분의 생각을 신경쓸 필요가 없다고 생각했죠.”

“그럼 왜 나한테는 말한 거지?”

그들 사이에 말없는 대답이 가늘게 울렸다. 그녀에 대한 호크의 견해는 아주 중요했다.

그의 손가락이 여전히 그녀의 머리를 움켜잡고 있었다. 뒤로 젖혀진 목이 아플 만도 했는데, 그렇게 느껴지지 않았다. 그녀의 얼굴로 쏟아지는 호크의 뜨거운 시선만이 느껴졌을 뿐이었다. 그는 그녀의 뒷머리에 무의식적으로 약간의 압력을 가해 그녀의 얼굴을 자기 무릎으로 끌어당겼다. 본능적으로 랜디는 손을 올려 그의 허벅지를 감싸 안았다. 그가 어찌할 수 없는 신음을 흘렸다.

헐떡이는 숨소리 사이로 그가 말했다.

“당신이 계속 그런 눈으로 쳐다보면…….”

노크 소리가 그들을 떼어놓았다. 랜디는 재빨리 손을 잡아 뺐고, 호크는 그녀의 머리를 풀어 주며 뒤로 물러섰다.

“들어와.”

그의 목소리는 강하게 그녀를 잡고 있는 눈동자만큼이나 깊이 있었다. 어니가 문으로 들어서며 한눈에 상황을 짐작해 냈다. 공기 중에 짜릿한 관능미가 스며 있었던 것이다.

"나중에 올까?"

열린 문으로 뒷걸음질치며 그가 말했다.

"아니, 그렇지 않아도 찾으러 가려던 참이었어. 해야 할 이야
기가 아주 많아."

그는 떠날 때 오두막 문을 잠그지 않았다.

11

그날 밤 사람들의 분위기는 거의 축제에 가까웠다. 부족 연합회는 광산을 되찾을 계획을 세웠다. 사람들은 그 계획을 정확히 알지 못했지만, 그다지 신경쓰지도 않았다. 단지 연합회가 그들을 위해 성공할 것이라고 믿을 뿐이었다. 모든 추장들이, 그 중에서 특별히 호크가 평소보다 더한 존경과 경의를 받았다.

조니가 랜디와 호크가 식사하고 있는 담요로 다가왔다. 그녀의 도주 계획이 실패한 날부터, 그는 언제나 열심히 일하는 모습이었다. 이전의 게으름을 보충하려는 듯했다. 그가 호크 앞에 서서 두 손을 벌렸다. 그 손은 더이상 떨리지 않았다.

"난 3일 동안 술을 마시지 않았습니다."

그가 말했다.

호크는 미소 한 번 비치지 않았지만, 그 남자도 그걸 기대하지 않는 것 같았다.

"넌 트럭 일을 잘 해냈고 내 신뢰감을 회복했다. 우리가 광산으로 돌아가면, 특별 장비들이 검사를 받아야 할 거다. 도시에 있는 기계 학교에 가겠다고 약속하면 그 차고 관리 일을 영원히 네가 할 수 있도록 해주겠다. 부족이 너의 급료를 지급할 거다. 어떤가?"

"좋습니다."

호크가 칭찬하는 시선을 보냈다.

"가능한 한 빨리 알아보겠다."

조니의 검은 눈동자가 반짝거렸지만, 그는 더이상 아무 말도 없이 떠나갔다. 전처럼 헤매다니지도 않고 다른 사람들과 함께 어울렸다. 랜디는 그가 어떤 젊은 여자에게 다가가 주저하며 말을 거는 모습을 보았다.

"찢어진 마음과 상처받은 자아가 고쳐진 것 같군요."

호크는 무심코 동의해 보였지만, 그의 관심은 이미 손에 손을 잡고 다가오는 한 쌍의 연인들에게 향해져 있었다. 잘생긴 젊은 남자는 자신만만하게 서 있었지만, 여자는 얌전하게 땅만 쳐다보고 있었다.

"돌아온 걸 환영한다, 아론."

호크가 사내에게 말을 걸었다.

"이틀간만 있을 겁니다. 등록은 했지만, 월요일까지는 학교가 시작하지 않거든요."

"필요한 돈은 충분히 있나?"

젊은 남자가 고개를 끄덕였다. 그가 소녀를 쳐다보고는 처음으로 불안한 느낌을 나타냈다. 입술을 적신 다음 다시 말하기 시작했다.

"던 재뉴어리와의 결혼을 허락받고 싶습니다."

호크의 시선이 던에게로 옮겨갔다. 그녀는 짧게 그를 쳐다본 다음, 다시 아래로 시선을 내렸다.

"학교는 어쩌고?"

"전 5월에 졸업합니다. 우린 6월에 결혼하고 싶어요. 가을 학기에 던이 대학에 입학해서 학위를 받았으면 합니다."

"이건 연합회 앞에서 말해야 하는 일이다."

"오늘 오후에 그러고 싶었지만, 다른 긴급한 토론 거리들이 많다는 걸 알았기 때문에 하지 않았습니다."

그가 랜디를 힐끗 쳐다보았다.

"개인적으로 다른 추장님들께는 모두 애기를 드렸습니다. 모두 허락해 주셨습니다."

"던의 가족도 동의했나?"

"네."

"그럼 던은?"

젊은 남자가 여자를 약간 앞으로 끌었다. 그녀가 부드러운 처녀의 목소리로 대답했다.

"전 아론과 결혼하고 싶습니다."

"그럼 허락하겠다. 하지만 졸업할 때까지는 안 된다, 아론."

호크가 재빠르게 제한을 두었다.

그들은 적절한 예의를 갖춰 감사 인사를 한 다음, 몸을 돌려 나아갔다. 어둠이 그들을 삼키기 전, 호크와 랜디는 던이 약혼자의 목덜미에 팔을 감아 몸을 밀착시키는 모습을 지켜보았다.

“저들이 6월까지 기다릴지 모르겠군.”

“아침까지 기다릴지도 의문인 걸요. 던이 그것에 대해 할 말이 있다면 아니겠지만요.”

랜디의 비꼬는 어투에 호크의 머리가 재빨리 사방을 둘러보았다. 그의 엄격한 얼굴은 그녀의 심술궂은 말에 미소짓지 않으려고 애쓰는 중이었다.

“난 아론이 임신을 시켜서 결혼식 날을 몇 달 앞당기지 않도록 주의하길 바랄 뿐이오. 우린 아론의 대학 교육에 아주 많은 돈을 들였지. 지금까지는 우리 기대대로 잘 해주었소. 사실 난 걱정했었지, 아론이 대학에서 앵글로 여자를 만나……..”

“만나서?”

그가 문득 말을 멈추고 말끝을 흐리자 랜디가 다그쳤다.

“아무것도 아냐.”

“만나서요?”

“결혼하고 싶어할까 봐.”

“그게 그렇게 중요한 문제인가요?”

그녀의 가슴이 아파 왔다. 그의 대답을 듣고 싶지 않았지만, 알아야만 했다.

“우리에겐 아론처럼 강하고 지적인 사내가 필요하오. 만약에 그가 백인 여자와 결혼을 하면, 그는 부족을 떠날 가능성밖에 남지 않지.”

“그리고 절대 돌아온 걸 환영하지도 않을 테고요.”

그가 일부러 내뱉지 않았던 말을 그녀가 조용히 덧붙였다.

“인디언 구역에서 살 수는 있지만, 연합회의 자리를 얻을 수는 없을 거요. 불가능하진 않지만, 두 문화 사이에 걸터앉는다는 건 아주 어렵지. 일단 선택하면, 평생의 선택인 거요.”

그가 고개를 돌렸다. 랜디는 부드러운 불빛에 뚜렷한 윤곽을 그리는 그의 옆모습을 살펴보았다. 거칠지만 공평한 지도자. 그의 정의감에 감탄했다. 그의 처벌은 미묘하지만 효과적이었다. 칭찬이 흔하지 않기 때문에, 그것은 대단한 가치를 발휘했다. 그는 부족 개개인의 문제들을 가슴 깊이 받아들였다. 이런 남자를 만날 수 있어서 그녀는 기뻤다. 항상 일인자를 추구하지 않는 남자. 호크 오툴을 알 때까지, 그런 사람이 존재할 거라곤 생각지도 못했었다.

하지만 그를 계속 쳐다보면서, 그녀에게 또다른 생각이 떠올랐다. 호크는 외로웠다. 분명히 그를 존경하는 사람들 사이에 앉아 있으면서도, 그는 그들과 동떨어져 있었다. 그의 고독에 가슴이 아팠다. 그의 파란 눈동자 깊숙이에는 슬픔이 숨어 있다. 신중하게 가려 놓긴 했지만, 어느 순간 경계가 풀렸을 때 그걸 보려고 하는 사람에게는 분명히 모습을 드러냈다. 불행한 어린 시절과 가슴속에 배어든 죄책감 때문에, 그는 침묵 속에서 고통받았고 혼자 고통을 참아내고 있었다.

그녀 안에서 휘몰아치는 감정들을 자세히 살피기도 전에, 스콧이 나타나 그녀 옆에 앉았다.

“안녕, 엄마.”

이상할 정도의 우울함으로, 아이가 바짝 달라붙어 그녀의 가슴에 머리를 기댔다.

“안녕, 애야. 어디 있었니? 한참 동안 보질 못했구나. 무슨 일 있었니?”

“아무 일 없었어요.”

호크에게 묻는 듯한 시선을 보냈지만, 그는 어깨를 으쓱이며
스콧의 우울함이 무슨 이유인지 알지 못한다는 뜻을 전했다.
“뭐가 잘못됐니?”
“아뇨.”
스콧이 투덜대듯 말했다.
“진짜로?”
“네, 그냥 한 가지……..”
“그냥 한 가지 뭐?”
아이가 몸을 세워 앉았다.
“도니가 새 동생을 얻는대요.”
“나도 알아. 그건 아주 멋진 소식이라고 생각해. 넌 그렇지
않니?”
“그런 것 같아요. 하지만 그애는 모든 사람들에게 말하고 다
녀요.”
아이는 마치 세상을 전부 포함하려는 듯이 두 손을 넓게 펼
쳐 보였다.
“개가 난 동생을 갖지 못한다고 했어요. 우리도 가질 수 있
죠, 엄마? 그렇죠?”
잠시 그 질문이 그녀의 말문을 막아 버렸다. 그런 다음 그녀
는 부드럽게 웃으며 세상의 모든 부모가 하는 식의 변명을 만
들었다.
“어떻게든 해 보자꾸나.”
“버니 토끼에 대해서도 그렇게 말했었지만, 난 절대 버니 토
끼를 갖지 못했다구요. 내가 아기를 보살펴 주겠다고 약속할 게
요, 엄마아.”

“스콧.”

아이의 열성적인 애원은 호크의 목소리로 중단되었다.

“네?”

“네 칼은 어디 있지?”

스콧이 허리춤에서 칼을 꺼내자, 호크는 손바닥에 놓고 유심히 살펴보았다.

“다시 잃어버린 적은 없겠지?”

스콧에게 칼을 돌려 주면서, 엄마가 껴안으면서 빼냈다는 말은 하지 않았던 모양이었다.

“그럼요.”

“음, 이 칼을 그렇게 잘 간수했으니 상을 받아야겠구나. 칼집 말이다.”

“칼집은 벌써 있는 걸요, 호크.”

“하지만 이런 건 아니잖아.”

셔츠 주머니에서, 호크가 세공된 가죽 칼집을 꺼냈다. 그 안에 칼을 집어 넣어 스콧에게 돌려 주자, 아이는 완전히 성스러운 보물을 받는 듯이 받아 들었다.

“와우, 호크. 굉장해요. 어디서 났어요?”

“내 할아버지에게서. 내가 네 나이 또래였을 때 할아버지가 나를 위해 만들어 주셨단다. 네가 갖고 있으렴.”

‘그걸로 날 기억해 주려무나.’

그 말을 하지 않았지만, 랜디는 호크의 목소리를 마음속으로 들을 수 있었다. 그 선물은 작별의 선물 같았다. 전혀 말이 안 되지만 그 생각이 갑자기 그녀를 공포로 가득 차게 했다. 며칠 전만 해도 도망치려고 했던 그녀가 아닌가? 그런데 이제 떠나

면 다시는 호크 오툴을 보지 못한다고 생각하니 무척이나 침울
해졌다. 왜 이런 변화가 생긴 것일까?

랜디가 생각을 정리하기도 전에, 레타와 어니가 도니와 같이
다가왔다. 도니는 그 칼집에 매혹되어 앞으로 태어날 동생에 대
한 자랑을 잠시 그쳤다.

"오늘밤도 스콧을 우리 오두막에서 재울까요?"

호크와 랜디를 번갈아 쳐다보며 어니가 물었다.

"내 오두막보다는 당신 오두막에 방이 더 많지. 그러니 그러
는 게 낫겠군."

"여기 왔을 때 사용했던 오두막이 있잖아."

어니의 생각은 호크의 찬성을 얻어내지 못했다.

"난로에 며칠째 불을 지피지 않았어. 너무 추울 거야."

"스콧은 전혀 걱정하지 마세요."

그들 사이에 흐르는 긴장을 의식하지 못한 레타가 기꺼이 말
하며 두 아이들을 데리고 갔다. 그것에 대해 더 할 말이 있는
듯했던 어니도 가족들을 따라갔다.

"어니가 날 좋아하지 않는 것 같아요."

그들이 어느 정도 멀어진 후 랜디가 말했다.

한 번만에 손을 쓰지도 않고, 호크가 벌떡 일어나서 랜디를
이끌어 세웠다. 그들은 함께 그의 오두막이 있는 곳을 향해 걷
기 시작했다.

"어니는 대개 앵글로 여자를 좋아하지 않소."

"그 점은 들었어요."

"그는 앵글로 여자가 공격적이고 너무 영리하다고 생각하지."

"아주 순종적이진 않죠."

"말하자면 그런 얘기요."

"당신은 어떻게 생각해요?"

"여성 해방 운동이 진행되는 한 어니의 생각은 타당성을 얻지 못하겠지."

"내 말은, 당신은 앵글로 여자에 대해 어떻게 생각하냐구요?"

"특별한 사람 말인가?"

이젠 오두막에 다 도착했다. 그는 그 질문을 하며 문을 확실하게 닫았다.

랜디가 그를 마주 보았다.

"나에 대해서 어떻게 생각하죠?"

그가 둘 사이의 간격을 좁혔다.

"당신에 대한 견해를 아직 완성하지 못했소."

"첫인상은요?"

교태를 부리는 목소리였다.

"침대로 데려가고 싶었어."

그녀가 숨을 들이켰다.

"아."

방안의 유일한 빛은 난로의 불길뿐이었다. 우아한 그림자들이 거친 통나무 벽 위로, 바닥으로, 서로의 눈을 쳐다보고 있는 두 사람에게로 춤을 추었다.

한참을 그들은 그대로 있었다. 그런 다음 가슴이 아플 만큼의 느릿함으로 호크가 그녀의 머리를 감아 빗어 내렸다. 그녀의 목덜미에서 머리채를 들어 양쪽 옆으로 쏟아냈다. 그 금발의 물결 사이로 흐르는 불꽃을 응시하며 아주 부드럽게 쓸어내렸다.

"아름다운 머리야, 특히나 불빛 속에서 더욱."

랜디는 소리를 내기가 힘들었지만, 간신히 고맙다고 중얼거렸다.

호크는 두 손으로 그녀의 얼굴을 감싸며 엄지로 속눈썹을 쓰다듬었다.

"봄의 새싹 같은 빛의 눈동자."

그녀의 목으로 손을 내려 일시적으로 감아 쥐었다가 가슴까지 흘러 내려갔다. 그녀는 그날 아침 깨끗한 셔츠를 받았었다. 그 전 것들보다 더 매력적일 것도 없는 옷이었지만 호크는 그걸 알아채지 못하는 것 같았다. 그 안에 숨겨져 있는 형태에 더 관심이 있는 듯했다. 쳐다보는 그의 눈길이 그녀에게 자신이 더욱 아름다워진 듯한 느낌을 갖게 만들었다.

그의 두 손이 부드러운 젖가슴 위로 미끄러졌다.

"벗어."

두 손을 옆으로 내리며 그가 말했다.

그녀는 한 번 눈을 내려 맨 위의 단추를 확인했을 뿐, 그 다음에는 그의 시선을 붙잡고 단추를 풀며 셔츠를 벗어 갔다. 셔츠가 바닥으로 떨어져 내렸다. 호크가 침을 삼키며 그의 손이 뻗어 오는 모습을 보았지만, 그의 손길이 닿았을 때 그녀는 이미 눈을 감은 채였다.

"아름다운 가슴."

그가 소중한 듯이 감싸 쥐었다.

"아름답고 민감한 젖꼭지."

그의 애무하는 손길에 그녀의 유두가 딱딱해지자 그는 길고 거친 숨을 토해 내었다. 머리를 내려, 혀 끝으로 그 중 하나를 쓸어 보았다. 랜디의 배가 꿈틀거리며 입에서 부드러운 신음이

터져나왔다. 그 단단해진 정상을 감싸는 사랑의 행위가 계속되
자 그곳이 거의 그에게 닿을 지경까지 팽창되었다.

　그는 그것을 원했다. 서둘러 셔츠 단추를 풀어 더이상 빠를
수 없을 정도로 재빠르게 벗어 던졌다. 그녀의 등에 강한 손을
대, 그녀를 자신에게로 밀착시켰다. 그녀의 젖가슴이 그의 가슴
에 축축한 느낌을 전했다. 기쁨의 신음을 흘리며, 그는 머리를
내려 그녀에게 입을 맞추었다. 단호하고 요구하는 듯한 키스가
아니라, 깊고 묻는 듯한 키스. 마치 자신의 탐색하는 혀로 그녀
의 영혼을 만지고 싶어하는 듯했다.

　그들은 서로의 코와 뺨과 턱과 입술을 계속해서 부벼댔다. 랜
디는 그가 자신을 껴안지 않는 이유를 금세 알아차렸다. 바지의
단추를 풀고 있었던 것이다. 그 일이 다 끝나자, 그는 한 걸음
뒤로 물러섰다.

　서로를 쳐다보는 두 사람의 숨결은 불안정하고 거칠었다. 마
침내 랜디의 시선이 그의 가슴으로 내려갔다. 그곳은 믿을 수
없을만치 매끄럽고 유연하여, 근육과 뼈와 피부로 형성되어 있
다는 것이 기적과도 같아 보였다. 그녀는 그의 가슴의 근육선을
쓰다듬어 보았다. 가슴뼈에 이르러 얕게 움푹 들어간 곳을 따라
물결쳐진 배근육 위로, 좁은 허리를 넘어 짙고 반짝이는 털의
선까지 미끄러져 내려갔다. 배꼽의 깊은 부분도 만져 보았다.
그곳에서 희롱을 하며 자신에게 기대되는 것이 과연 무엇일까
찾아헤맸다.

　그걸 찾기 위해 더이상 기다릴 필요는 없었다. 호크가 그녀의
손을 잡아 청바지의 열린 부분으로 이끌었던 것이다. 하지만 그
는 자신의 손은 떼어냄으로써 그녀에게 결정권을 맡겼다.

랜디는 두 눈을 감고 앞으로 몸을 기울였다. 한쪽으로 고개를 돌려 그의 가슴에 뺨을 갖다 댔다. 그리고 그녀의 손을 그 무성한 털 속으로 미끄러뜨렸다. 그녀가 그를 만졌을 때, 그는 몸서리를 쳐댔다. 그를 감싸 밖으로 끄집어 내자, 그가 비명처럼 그녀의 이름을 외쳐 불렀다. '미란다' 그리고 그녀를 두 팔로 꼭 끌어안았다.

그녀는 그의 유혹적인 키스를 받아들이기 위해 머리를 뒤로 젖혔다. 그는 그녀의 치마 밑으로 손을 넣어 팬티를 벗겨 냈다. 두 손에 치마를 움켜쥐고서 엉덩이를 자신을 향해 힘껏 끌어당겼다. 그들은 완벽하게 밀착되었다. 이제 그들은 더이상 참아낼 수 없었다.

호크가 침대로 이동해 갔다. 반쯤 벽에 몸을 기대어 앉으며 그녀를 무릎 위로 끌어내렸다. 두 손으로 그녀의 엉덩이를 받쳐주며, 자신의 입으로 끌어당겨 치마 속으로 입술을 묻었다. 그녀의 배에, 매끈한 허벅지에, 그 사이의 황갈색 털에 입술을 맞췄다. 그는 계속 키스하며 더 아래로 파묻어 갔고, 혀로 그녀의 실크 같은 여성스런 그곳을 탐험하고 있었다.

그와 거의 동시에 랜디는 몸이 떨리며 심장이 멈출 듯한 클라이맥스에 도달했다. 완전히 정신이 들기도 전에, 그는 그녀의 엉덩이를 내려 자신의 단단한 열기를 그녀에게로 집어 넣었다. 그들의 입술이 광포하고 격렬한 키스로 만났다. 그녀의 엉덩이에 교묘한 압력을 더하며 그의 두 손이 움직임을 유도해 갔다.

그를 기쁘게 해주고 싶다는 열망으로, 그녀는 모든 금지 사항을 벗어던지고 그가 요구한 것 이상을 제공했다. 모든 걸 소모해 버릴 듯한 정열에 굴복하며, 그들의 몸뚱이는 땀으로 번들거렸고 열기로 뜨거웠다.

간신히 움직일 힘을 모아, 그들은 남은 옷가지를 벗을 정도로만 떨어졌다. 그런 다음 호크가 그녀의 벗은 몸을 안고서 그들 위로 담요를 끌어당겼다.

"어니는 찬성하지 않았잖아요."

그의 목덜미에 대고 그녀가 속삭였다.

"그런 건 잊어버려."

그녀의 귀에 그의 킥킥거리는 웃음이 떨리는 듯 전해졌다.

만족스럽던 그녀의 미소가 흐려졌다.

"호크, 나 때문에 부족에서의 당신 지위를 더럽히고 싶지 않아요."

그가 그녀의 고개를 들어올렸다.

"오늘 일로 달라질 건 아무것도 없어."

"확실해요?"

"그럼."

"하지만 만약에……."

"쉬이."

그의 엄지가 그녀의 아랫입술을 살짝 두드렸다.

"입술이 멍들었군."

"당신이 너무 세게 키스해서 그래요."

"아프게 해서 미안해."

"난 괜찮아요."

그녀가 고개를 들어올려 그의 입술에 입술을 눌렀다.

그들은 길고 달콤하게 녹아드는 키스를 나눴다. 그 동안 그의 손은 그녀를 사랑하기 위해 헤매고 있었다.

그 후로는 랜디의 머리 속에 별로 기억되는 것이 없었다. 그의 구릿빛 살갗을 머리카락으로 덮고 귀 속으로 그의 심장 박동 소리를 들으면서 편안히 누워, 잠으로 빠져들었다는 것밖에.

그녀는 그의 온기가 사라진 것으로 인해 깨어났다. 눈을 뜨기 전, 더 바짝 달라붙으려고 그를 찾았지만 텅 빈 느낌만이 전해졌던 것이다. 그녀는 눈을 뜨고 혼자 침대에 누워 있음을 알았다. 놀라서 주위를 둘러보다가, 창가에 선 그를 발견한 순간 안도하며 뒤로 몸을 기댔다. 어깨를 창턱에 기댄 채, 그는 꼼짝 않고 창밖을 내다보고 있었다.

여전히 벌거벗은 모습, 방안의 냉기는 전혀 느끼지 못하는 모양이었다. 어깨 위로 이불을 끌어올리며, 랜디는 그가 알아채지 못하는 틈을 이용하여 그를 관찰했다. 넓은 어깨, 길고 아름답게 균형잡힌 상체, 팽팽하고 좁다란 엉덩이가 등 끝에서부터 우아하게 부풀어올랐다. 그는 긴 허벅지와 강인한 종아리를 가지고 있었다. 팔과 손, 다리…… 단 하나의 흠도 찾아낼 수가 없었다.

그녀는 그의 몸이 신의 가장 멋진 창조물 중 하나라고 감탄했다. 여자로서, 그녀는 갈망을 느꼈다. 그는 그녀에게 믿을 수 없을 정도의 쾌락을 줄 수 있는 능력, 그녀가 알지도 못했던 느낌과 감각들을 이끌어 내는 능력이 있었다. 태어난 이래로 계속 잠자고 있었던 그녀의 성적인 관능에 생기를 불어넣었다. 그는 그녀의 몸에 강력하고도 환상적인 마법을 걸었던 것이다.

충만한 감정으로 랜디는 이불을 젖히고 그에게로 걸어갔다. 그의 뒤로 움직여 몸을 갖다 댄 다음 겨드랑이로 손을 넣어 그의 가슴을 안았다.

"안녕."

그의 어깻죽지에 입술을 누르며 그녀가 말했다.

"안녕."

"이렇게 일찍 뭐 하는 거예요?"

"잠잘 수가 없었어."

"날 깨우지 그랬어요?"

"그럴 필요까진 없었지."

어쩌면 그가 깊은 생각에 잠길 수 있도록 내버려 두었어야 했는지도 모르겠다. 그는 다정하게 대화할 만한 분위기가 아니었다. 하지만 그녀는 그가 없이 텅 비어 버린 듯한 침대로 돌아가고 싶지 않았다.

"뭘 보고 있어요?"

"하늘."

"무슨 생각해요?"

비록 소리는 내지 않았지만, 그의 가슴이 깊은 한숨을 짓듯 올라갔다가 다시 내려갔다.

"내 인생, 어머니, 아버지, 태어나지 못하고 죽어 버린 동생, 할아버지, 인디언 여자를 아내로 받아들이고 나에게 앵글로의 눈동자를 전해 준 아일랜드 남자."

그녀는 그 눈동자가 얼마나 황홀한지 말해 주고 싶었지만, 이미 알고 있을 거라 확신했다. 또한 그 독특함에 대해서 그가 어떻게 느낄지도 확신했다.

"당신은 인디언 눈이 아니라서 화가 나는 거죠, 그렇죠?"

그가 냉담하게 어깨를 으쓱였지만, 그녀는 자신의 추측이 옳

았음을 강하게 감지했다. 그녀는 그의 등에 입을 맞추며 배 위로 두 손을 펼쳤다. 천천히 손길을 내려가며, 그의 은밀한 털 위를 스치고는 그의 허벅지 위로 움직여 갔다. 그의 몸이 긴장되는 걸 느꼈지만, 확실한 반응은 없었다.

"당신은 아름다워요, 호크 오툴. 당신의 모든 것이 아름다워요."

그녀의 손이 다시 올라가기 시작했지만, 이번엔 분석적인 것이 아니라 더 관능적인 손길이었다. 갑자기 그가 그녀의 손을 잡더니 그대로 중지시켰다.

"침대로 돌아가. 춥다구."

거칠고 간결한 말이었다.

랜디는 실망스런 외침을 뱉어 내며 재빨리 손을 거둬 들였다. 퉁명스럽게 거절당하고 말았다는 실망감에 휩싸여 그녀는 몸을 돌렸다. 하지만 두 발짝을 걷기도 전에, 그의 손이 그녀의 허리를 감아 끌어들였다.

"당신을 원하지 않는다고 생각하는군. 그런 게 아니야."

질문이 아닌 확신을 그가 거칠게 뱉었다.

랜디가 반응할 시간도 없이 그는 그녀를 허벅지로 안아 올려 벽에 기대게 하고는 그녀의 안으로 자신을 밀어 넣었다. 손바닥끼리 마주한 네 개의 손이 그녀의 머리 위 양쪽 벽에 딱 달라붙었다. 그녀의 머리에 얼굴을 묻으며, 그가 엉덩이를 움직여댔다. 그리고 신음했다.

"오, 맙소사. 당신을 원하지 않았으면 좋겠어. 그런데도 원해. 당신은 날 약하게 만들어, 그래서 원하지 않았으면 좋겠다구."

처음에는 당혹감으로 두 다리를 벌려 그의 허리를 감고 그를 더 가까이 끌어당겼다. 그 뒤로는 반사적으로 그녀의 엉덩이가 움직이기 시작했다.

"안 돼, 움직이지 마."

그가 거칠게 헐떡였다.

"안 돼…… 날 간직해 주기만 해. 다른 건 아무것도 하지 마. 영원하게 만들어 줘. 날 감싸 줘. 당신이 날 둘러싸고 있다는 것만 느끼게 해줘. 날 머물게 해줘…… 오, 아, 아……."

그 헐떡이는 말들이 뜨겁게 분출하는 물결 속으로 흩어져 버렸다. 그의 해방의 신음은 낮고 길었으며 또한 필사적인 절망의 흔적이 어려 있었다.

어느 정도 시간이 흐른 후, 그가 그녀를 바로 세워 주었다. 랜디는 그의 회피하는 얼굴에서 설명을 구하려고 살펴보았다. 상처받지는 않았지만 혼란스러웠다. 당혹스러움이 두려움으로 젖어드는데 그게 무엇 때문인지 알 수가 없었다. 그 의미를 물으려던 찰나, 새벽을 거칠게 깨우는 사뭇 부산한 소음들이 들려왔다.

창문으로 다가가 밖을 내다보았다. 떠오르는 태양이 산허리 위로 그 빛줄기를 막 뿜어내는 시간, 한 떼의 차량들에서 내린 사람들의 모습이 마치 까만 벌레들처럼 보였다. 그들은 거친 땅을 서둘러 걸어 다가오고 있었다.

"호크!"

그녀가 놀라서 비명을 내질렀다.

"경찰이에요. 어떻게 여기 왔을까? 우릴 어떻게 찾아냈을까?"

"내가 불렀소."

12

“당신이 불렀다구요! 왜요?”

그가 청바지를 집어 입었다.

“자수하려고.”

그의 얼굴이나 목소리 어떤 것에도 전혀 감정이 드러나지 않
았다.

“당신도 옷을 입는 게 좋겠소. 그들은 당신이 얼른 나타나길
바랄 테니까.”

“호크!”

그녀는 그의 팔을 잡아 억지로 자신을 쳐다보도록 했다.

“어떻게 된 거예요? 왜 이런 짓을 했어요? 난 당신이 그걸 주
지사에게 보낼 거라고 생각했다구요.”

그는 그녀의 손을 뿌리치고 하나씩 옷가지를 던져 주었다.

"복사본이 어제 그의 사무실로 전달됐지. 몇 시간 읽을 시간을 준 후, 내가 전화를 했소."

"직접 통화했단 말이에요?"

"좀 노력이 필요했지. 하지만 내가 당신의 생명에 대해 협박을 좀 했더니, 그가 통화해 주더군."

"그래서, 그가 뭐라고 하던가요?"

그가 등을 돌려 나머지 옷을 입기 시작하자, 그녀는 성마르게 다그쳤다.

"자기가 충분히 그 문제를 고려하겠다고 했소. 내가 경찰에 자수하고 당신과 스콧을 풀어 준다면 말이오. 난 당신들 유괴 사건을 나 혼자만 책임진다는 보장만 해준다면 동의하겠다고 했소. 그리고 그가 보장해 주었지."

"호크, 그건 공평치 않아요."

가슴에 옷가지들을 부여안고 그녀가 비참하게 외쳤다.

"대단한 건 아니오. 이제 옷을 입어."

"하지만……."

"옷을 입어, 벌거벗은 채 입구로 끌려가고 싶지 않으면. 당신 전남편이 그걸 이해할 것 같지 않은걸."

유괴가 일어난 직후 첫날 밤 후로는 그가 이렇게 거칠고 비타협적인 태도를 보인 적이 없었다. 그의 턱은 완고하게 굳어졌고, 눈은 증오감으로 번들거렸다.

"당신 자수에 모턴은 무슨 역할을 했죠?"

"모르겠소. 하지만 틀림없이 스콧과 당신을 환영하기 위해 두 팔 벌리고 저기서 기다리고 있을 거요."

"당신은 내가…… 우리가…… 그에게 돌아가길 바라나요?"

그의 눈동자는 그의 밀처럼이나 차갑고 냉정했다.

"더 바랄 수 없을 정도요. 여기 있는 동안 당신은 유쾌한 오락거리였지. 보기에도 좋고, 느낌도 좋고……."

그가 헝클어진 침대 쪽으로 턱을 가리켰다.

"이혼하기 전이나 그 후로 전혀 연인이 없었다는 게 사실이라면, 당신은 재능을 썩히고 있는 거요."

랜디의 가슴은 비명을 지르고 싶은 고통으로 들먹거렸다. 하지만 그녀는 그것을 억눌렀다. 그에게 등을 보이며 아랫입술을 악물었다. 근육이 너무 뻣뻣하여 간신히 옷을 걸칠 수 있을 정도였다. 옷을 다 입고 나서 그녀는 몸을 돌렸다. 돌처럼 무표정한 얼굴로 그가 문을 열어 놓고 있었다.

오두막으로 이어진 좁은 길 끝에, 어니가 스콧과 같이 기다리고 있었다. 작은 소년의 눈은 수면 부족으로 부풀어올라 있었고 또한 걱정에 차 있었다. 호크와 그녀가 가까이 다가가자, 아이가 달려왔다.

"엄마, 어니 아저씨가 그러는데 이제 집에 가야 한대요. 거짓말이죠, 그렇죠? 더 있어도 되죠?"

그녀는 아이의 손을 잡고 물기어린 미소를 보였다.

"그건 안 될 것 같구나, 스콧. 이미 떠날 시간이 지났어."

"하지만 난 아직 집에 가고 싶지 않아요. 도니와 같이 여기서 놀고 싶다구요. 도니의 동생이 태어나는 것도 보고 싶구요."

"스콧."

호크의 한 마디가 아이의 칭얼거림을 중지시켰다.

"하지만 호크, 난……."

눈 하나 깜짝이지 않는 호크를 쳐다보더니 아이가 입을 다물었다. 그리고 낙심한 채 머리를 숙이며 랜디 옆에 조용히 섰다. 어니가 호크의 길 앞을 가로막았다.

"나도 같이 가겠어."

"이 일은 백 번도 더 말했었잖아. 어리석은 짓 하지 마. 당신은 여기 남아서 아이들을 돌봐야 해. 아이들이 똑똑하고 강하게 자라는 모습을 지켜보라구. 그애들을 신념과 목적이 있는 인간으로 만들라구."

어니의 얼굴 주름들이 더 길고 깊어 보였다. 그가 슬프게 호크의 어깨에 손을 올려놓았다. 그들은 한참 동안 의미 깊은 시선을 나누었고, 마침내 어니가 팔을 내려 옆으로 비켜섰다.

호크는 랜디와 스콧을 이끌고, 입구 쪽을 향해 길을 걸어 내려갔다. 랜디는 그들을 보고 있는 엄숙하고 황량한 눈동자들을 의식했다. 입구 너머로, 경찰 문장이 찍힌 차들이 위협적인 반원형을 형성하고 있었다. 그녀는 주지사인 가운데 서 있는 남자를 알아보았다. 그리고 그의 옆에 선 모턴, 그를 보자 구역질이 나려 했다.

"아빠예요."

스콧이 낮고 냉담한 목소리로 말했다.

"그래."

"여기 왜 왔을까요?"

"네가 그리워서 보고 싶었던 모양이지."

스콧은 아무 말도 하지 않았다. 아빠를 만나고 싶어 걸음을 빨리 하지도 않았다. 아니, 오히려 더 꾸물거렸다고 할까.

"엄마, 이 경찰관들이 다 여기서 뭐 하는 거예요? 나 무서워요.”

“네가 무서워할 건 전혀 없어, 스콧. 그들은 널 집까지 호위해 주고 싶은 거야, 그것뿐이야.”

“호위가 뭔데요?”

“아주 중요한 사람에게만 해주는 그런 거야, 대통령 같은 사람.”

“아.”

경찰의 호위를 받는다는 것이 그를 흥분시키는 것 같지는 않았다.

입구에 도착하기 전, 호크가 멈춰 섰다. 랜디는 뒤로 그를 쳐다보며, 묻는 듯한 시선을 보냈다.

“그들은 당신이 나보다 먼저 올 걸로 생각해. 내가 당신들이 떠난 후에 체포되겠다고 했거든, 아이를 위해서.”

수갑을 차고, 경찰차 뒤에 쑤셔 넣어지는 호크. 스콧이 그걸 볼 생각을 하자 몸서리가 쳐졌다.

“당신이 그것까지 생각해 주어서 기뻐요. 물론 그게 최선이겠죠.”

아까 그가 그녀에게 내뱉었던 거친 말들에도 불구하고, 랜디의 마음은 찢어지는 것 같았다. 그의 얼굴을 마음속에 새기고 싶었다. 이것이 그의 눈과 똑같이 닮은 하늘을 배경으로, 그의 옆모습처럼 울퉁불퉁하고 어느 것에도 굴복하지 않는 산허리를 배경으로, 그의 모습을 새겨 놓는 마지막일지 모른다.

그의 몸은 뒤에 늘어선 상록수들처럼 크고 가늘었다. 바람이 그의 머리칼을 흩어 놓자, 그녀는 거대한 매의 까맣고 반짝이는 날개를 떠올렸다.

“호크, 우리와 같이 가지 않을 건가요?”

스콧이 떨리는 목소리로 물었다. 무슨 일이 일어나는지는 모른다 해도, 아이는 벌써 무언가 잘못되었음을 감지한 것이다.

“그래, 스콧. 너희가 떠나고 난 후에 난 이 사람들과 할 일이 좀 있단다.”

“나도 같이 있고 싶어요.”

“안 된다.”

“부탁이에요.”

아이의 목소리가 갈라져 나왔다.

뺨 근육이 꿈틀댔지만, 호크는 거만한 자세를 유지했다.

“네 칼과 칼집은 어디 있니?”

눈물이 담긴 눈으로 아랫입술을 떨며, 스콧은 허리춤을 두드렸다.

“좋아. 네가 엄마를 지켜 줄 걸로 믿겠다.”

“그러겠다고 약속할 게요.”

그는 어니가 작별 인사를 했던 것과 똑같이 스콧의 어깨를 힘주어 잡고 재빨리 손을 거둬 뒤로 물러섰다. 마치 눈에 보이지 않는 끈에 잡아당겨진 것 같았다. 그런 다음 그는 랜디를 꿰뚫을 듯이 쳐다보았다.

“가시오, 저들이 재촉하기 전에.”

그녀는 수천 가지의 하고 싶은 일과 수천 가지의 하고 싶은 말들이 있었다. 그걸 말할 시간이 있다면, 그리고 호크가 듣고 싶어만 한다면…… 간신히 힘을 끌어모아, 그녀는 머뭇거리는 스콧을 데리고 돌아섰다.

입구를 통과해 가자 모턴이 달려나와 그녀의 어깨를 붙잡았다.

"랜디, 당신 괜찮아? 저자 협박대로 어디 다친 건 아니오?"

"내게서 손 치워요."

그녀가 내뱉었다.

모턴은 놀라움으로 눈을 깜박였지만, 구경꾼들을 의식해 얼른 표정을 바꾸었다.

"스콧? 스콧, 너 괜찮니, 아들아?"

"괜찮아요, 아빠. 그런데 내가 왜 지금 집에 가야만 하나요?"

"뭐……."

"애덤스 지사님이신가요?"

랜디가 입을 열었다.

주지사는 웅변 기술이 뛰어난 사람으로, 이미 벗겨진 대머리와 별 인상도 없이 뚱뚱하게 튀어나온 몸매를 날카로운 정치적 소양으로 보충하였다. 그가 앞으로 한 걸음 나섰다.

"그렇소. 프라이스 부인이신가요? 왜 그러십니까?"

그녀의 손을 잡으며 그가 말했다.

"끔찍한 일을 겪으셨다는 거 압니다. 당신을 도울 수 있는 일이라면, 무엇이든 해 드리지요."

"감사합니다. 경찰관들에게 총을 치워 달라고 지시해 주시겠습니까?"

애덤스 지사가 일시적으로 침착함을 잃었다. 그는 음식이나 물, 깨끗한 옷, 의료 행위라든가 보호를 부탁받을 거라고 생각했던 것이었다. 랜디의 요청은 완전히 그의 예상을 빗나갔다.

"프라이스 부인, 그들은 당신을 보호하기 위해 무기를 겨누고 있는 겁니다. 당신을 아무 손상 없이 보내 주겠다는 오툴의 말을 믿을 수 없으니까요.”

“왜죠? 우리가 어느 모로 보아 다친 것 같은가요?”

“음, 아니요. 하지만…….”

“오툴 씨가 우릴 다치지 않게 하겠다고 약속하지 않았습니까?”

그건 그녀의 추측일 뿐이었지만, 주지사의 당혹스런 얼굴로 보아 정확한 것이었다.

“그렇소, 약속했소.”

“그렇다면 무기를 치워 주세요. 그렇지 않으면 이 자리에서 한 발짝도 움직이지 않겠어요. 그 총 때문에 아이가 겁을 먹고 있어요.”

모턴이 양쪽 허리에 두 손을 올렸다.

“랜디, 대체 무슨 생각으로…….”

“나에게 그런 경멸적인 어조로 말하지 말아요, 모턴.”

“그래요.”

스콧도 열을 올렸다.

“당신이 엄마에게 소리치면 호크가 가만 있지 않을 거예요.”

“이런, 이제…….”

애덤스 지사가 손을 올렸다.

“부탁합니다, 프라이스 씨. 프라이스 부인이 무언가 할 말이 있는 것 같군요.”

“맞아요, 할 말이 있어요. 총은요?”

애덤스가 그녀를 신중하게 쳐다보더니 그녀의 어깨 너머로 하늘과 맞닿은 암벽 위에 서 있는 남자를 힐끗 쳐다보았다. 그런 다음 한 손을 흔들어 FBI 상급자 한 사람을 불러냈다. 그들은 간단하고 조용한 대화를 나누었다. 랜디는 그에게도 아까와 마찬가지로 강력히 고집을 부려야 했지만, 어쨌든 모든 무기를 거두라는 명령이 떨어졌다. 그들이 경계를 늦추는 모습을 지켜보고 나서야 그녀의 가슴에 고였던 긴장이 풀어지기 시작했다.

"어제 오툴 씨로부터 복사된 서류를 받으셨나요?"

"받았소."

애덤스 지사가 대답했다.

"아주 흥미로운 내용이었소."

"그리고 당신은 그 자료에 관해 오툴 씨와 통화한 다음, 조사를 하겠다고 약속하셨죠?"

"그 말이 맞소."

"그렇다면 이건 모두 필요 없습니다."

그녀가 경찰차들을 포함하며 두 팔을 넓게 벌렸다.

"저 남자가 경찰에 자수하겠다고 동의했소."

"왜죠?"

"왜라니?"

모턴이 소리를 질렀다.

"죄를 지었으니까지."

"그가 저지르긴 했지만 누가 계획했나요?"

그녀가 그에게 화살을 던졌다. 모턴의 얼굴이 창백해졌다. 그가 일시적으로 말을 하지 못하는 사이, 랜디는 불신과 불만으로 눈썹을 모으고 있는 주지사에게 돌아섰다.

"애덤스 지사님, 이 모든 사건은 모턴에게 전적으로 책임이 있습니다. 그는 오툴 씨가 인디언 구역의 조건이 개선될 수 있으며 론 퓨마 광산을 부족에게 되찾아 줄 수 있다고 생각하게 끔 속였습니다. 모턴에게 이런 작은 호의를 베푼다면 말이죠. 말할 필요도 없이, 모턴은 자기 외에는 누구에게도 관심이 없는 사람입니다. 그는 11월 선거에 앞서 대중의 관심이 자신에게 쏠리도록 이 유괴극을 사주했던 겁니다.”

주지사의 찌푸린 얼굴은 모턴을 돌로라도 만들 수 있을 것이었다. 그의 표정은 적당한 때에 그 문제를 처리할 것임을 뜻하고 있었다. 하지만 그 전에 눈앞에 닥친 문제들을 먼저 처리해야 했다.

“그렇다 해도 프라이스 부인, 오툴 씨가 당신과 당신의 아들을 기차에서 납치했다는 사실은 여전히 남아 있소.”

“만약 그가 기소된다면, 그렇지 않았다는 걸 말하겠어요. 우리가 기꺼이 그와 같이 간 거라고 제가 증언하겠습니다.”

그녀는 충실하게 언급했다.

“그는 승객 한 명의 돈도 훔쳤소.”

“스스로 영리하다고 생각하는 떠버리 한 명이 자기 손으로 쥐어 준 돈이었습니다. 목격자들이 증언대에 서면, 그 사실을 입증해 줄 겁니다. 모두가 그 강도 사건을 짓궂은 장난 정도로 생각했어요. 위험에 처한 사람은 아무도 없었습니다, 한 명도.”

“당신과 당신의 아들만 빼고죠.”

“절대 그렇지 않아요.”

그녀가 대담하게 머리를 저었다.

“난 당신의 피가 묻은 찢어진 셔츠를 받아 보았소.”

그녀가 상처난 엄지 손가락을 들어 보였다.

“부엌에서 베인 거예요.”

그건 거짓말이었다.

“셔츠도 제 것이 아니었구요.”

이 말도 진실을 회피하는 것이었다.

“거기에 제 피를 묻혀 당신에게 보낸 건 당신의 관심을 얻기 위한 오툴 씨의 필사적인 행동이었습니다. 우린 결코 진짜 육체적인 위험에 처한 적이 없었습니다. 스콧에게 물어 보세요.”

애덤스 지사가 열심히 듣고 있던 스콧을 내려다보며, 무릎을 꿇었다.

“스콧, 인디언들이 무섭지 않았니?”

아이는 인상을 찌푸리며 생각에 잠겼다.

“약간요, 처음 어니 아저씨와 같이 말에 탔을 때요. 하지만 아저씨는 날 놓치지 않겠다고 말해 주었어요. 그 다음에는 제로니모가 약간 무서웠어요. 머리로 내 엉덩이를 받으려 했거든요.”

“제로니모는 염소예요.”

랜디가 부연 설명을 했다.

“아직도 그 녀석을 썩 좋아하지는 않아요.”

스콧이 덧붙여 말했다.

“오툴 씨가 아프게 하지는 않았니? 아프게 하겠다고 위협했다던가?”

그 질문에 당황해 하며, 스콧이 머리를 저었다.

“아뇨, 호크는 친절했어요.”

아이가 어깨 너머로 시선을 돌려 건장한 형체에 대고 열심히 손을 흔들었다.

“호크는 잔디에 이런 차들을 주차해서 흔적을 만드는 게 싫기 때문에 손을 되흔들어 주지 않는 거예요. 가끔 사람들이 땅에 나쁜 짓을 한다고 말했거든요. 땅 위의 어떤 것도 망치지 않으면서 은을 채굴하는 것도 그래서래요.”

주지사는 분명 그 이야기에 감명을 받은 듯했다. 하지만 스콧에게 마지막 질문을 던졌다.

“오툴 씨가 네 엄마를 아프게 하지는 않았니?”

스콧은 태양빛에 눈을 가늘게 뜨고서 엄마를 올려다보았다.

“아뇨, 하지만 칼을 가지고…….”

“칼?”

“이거예요.”

스콧이 새 칼집에서 칼날을 끄집어 냈다.

“호크가 이걸 나한테 주면서, 그가 엄마를 다치게 하면 이걸로 자기 심장을 찔러도 된다고 했어요. 그런 일은 절대 하지 않았으니까, 찌를 필요도 없었지요. 어쨌든 그런 일이 생길 것 같지는 않아요. 호크는 칼이란 동물 가죽을 벗기거나 생선 내장을 꺼내는데 사용하면 괜찮지만 사람에게 쓰면 안 된다고 했거든요.”

모턴이 랜디를 호되게 비난했다.

“내 아이에게 칼을 갖고 놀도록 했단 말이오? 당신 새 애인처럼 야만인으로 만들 셈이야?”

그가 칼로 손을 뻗었다.

“그건 나한테 다오.”

“안 돼요!”

스콧이 비명을 지르며 칼을 빼앗기지 않으려고 허리를 푹 굽혔다.

모턴은 아이에게 달려들어 그 작은 팔을 거칠게 움켜쥐었다.

그러자 호크가 바위에서 뛰어내리더니 앞으로 달려오기 시작했다. 좀전에 치워졌던 총들이 일제히 제자리로 올라 그를 겨누었다.

"쏘지 마!"

애덤스 지사가 두 손을 올리며 소리쳤다. 호크는 주춤 그 자리에 멈추어 섰다.

긴장된 순간이 지난 후, 애덤스 지사가 랜디에게 돌아섰다.

"프라이스 부인, 당신이 이……."

그가 말을 멈추고 비난의 시선을 모턴에게 던졌다.

"…… 불유쾌한 오해를 명확히 하는데 커다란 일조를 하셨습니다. 하지만 저로서는 그 문제를 그냥 떨쳐 버릴 수는 없을 것 같아 유감이군요."

"왜 안 된다는 거죠?"

"이번 사건은 납세자들의 돈을 많이 소모시켰거든요."

"그렇다고 오툴 씨를 체포할 필요는 없을 거예요."

"시민들이 만족스런 설명을 요구할 겁니다."

"지사님, 이것이 인디언들에 대한 지원을 다시 불러모을 기회라는 걸 생각해 보세요. 분명 그 문제에 충분히 공감하고 계실 테니까요."

그는 그녀에게 빈틈없는 평가의 시선을 던졌다.

"좋소, 즉시 퓨마 광산 사기건을 조사해 보겠다고 약속하겠소. 이제 당신과 아이를 내 리무진까지 모셔 가도 되겠소?"

"감사합니다, 주지사님. 하지만 우린 돌아가지 않을 거예요."

"여기 있을 거란 말인가요?"

스콧이 탄성을 질렀다.

"와우, 도니한테 말하러 가도 돼요?"

허락의 말을 기다리지도 않고, 아이는 아빠를 스치듯 지나 안으로 돌진하여 달렸다.

모턴이 흥분하여 입을 열었지만, 애덤스가 퉁명스런 손짓으로 그를 침묵시켰다. 그리고 관심을 랜디에게 되돌렸다.

"그렇다면 오툴 씨에게 내 말을 전해 주시겠습니까?"

"기꺼이요."

"내가 부족 연합회 대표들과 변호사들, 광산의 현재 소유자들과의 모임을 주선할 거라고 말해 주십시오. 정보 기록부 직원도 거기 참석하고 싶을 거라고 확신합니다. 시간과 장소를 정하는 대로, 내가 그에게 연락을 취하겠소. 그때까지 그가 론 퓨마 근처의 마을로 돌아가 있기를 제안하는 바입니다."

그녀가 그의 손을 잡았다.

"대단히 감사합니다, 애덤스 지사님. 감사합니다."

그녀가 지나칠 때 그녀의 이름을 불쾌한 어투로 부르는 모턴을 그녀는 돌아보지조차 않았다. 그 별명, 그의 경멸은 최소한 그녀에게 문제가 안 되었다. 그녀의 시선은 입구 바로 안쪽에서 있는 남자에게만 고정되어 있었다. 가슴이 심하게 뛰어댔지만, 그를 향해 가는 발걸음만큼은 확실하고 주저함이 없었다.

둘 사이가 몇 센티미터로 가까워졌을 때, 그녀는 그의 완고한 얼굴을 들여다보며 말했다.

"당신이 날 기차에서 강제로 끌어내렸기 때문에 이렇게 된 거예요. 당신이 날 갈망하는 거 알아요. 날 사랑하는 것 같다고 생각해요. 당신이 인정하고 싶어하진 않지만요. 하지만 무엇보다도 당신은 날 필요로 해요, 호크 오툴. 홀로 있는 밤에 당신을 안아 줄 날 필요로 해요. 의심받는 처지에 있을 때 내 지원도 필요로 하죠. 당신에게는 내 사랑이 필요해요. 나도 당신의 사랑이 필요하구요."

그의 얼굴에는 아무 표정도 나타나지 않았다. 그녀가 초조하게 입술을 적셨다.

"게다가, 지금 날 돌려 보낸다면 난 지독한 멍청이로 보일 거예요."

그의 눈 속에 우스운 듯한 번득임이 스쳤다. 그가 손을 뻗어 그녀의 머리를 한 움큼 그러모아, 그녀의 머리 움직임을 조정할 수 있을 때까지 감아 쥐었다. 그런 다음 불타는 키스를 위해 그녀의 입술을 끌어당겼다.

에필로그

"아름답지 않아요?"

랜디는 갓 태어난 아들의 머리를 쓰다듬었다. 검은 색의 꼿꼿한 직모였다.

"잡종치고는, 괜찮군."

아이의 뺨을 매만지던 호크의 손가락을 그녀가 탁 때려 물리쳤다.

"내 아들에 대해 감히 그렇게 말하지 말라구요."

"우리 아들이야."

남편이 애정어린 미소로 정정해 주었다. 그는 다시 아기의 뺨에 손가락을 갖다 댔다. 그 볼이 엄마의 젖을 열심히 빨아댈 때마다 부풀었다 움푹해졌다.

"아름답지, 그렇지?"

호크의 얼굴은 경외감과 놀라움으로 가득 차 있었다.

평상시에는 엄격한 그의 모습, 그 모습은 여전히 변하지 않았
다. 하지만 일년 전에 비하면, 지금은 좀더 자주 부드러워졌다.
스콧의 괴상한 행동에 웃음을 터뜨릴 때나, 랜디와 사랑을 나눌
때, 사람들이 많은 곳에서 그들의 눈이 마주치고 말없이 눈으로
만 서로의 사랑을 전할 때 그의 표정은 지금처럼 부드럽게 풀
렸다.

"그럼요. 하지만 벌써부터 이 녀석한테 당신 기질이 보인다니
까요."

그녀가 아이를 가슴에서 떼어냈다. 주먹진 손을 공중에 휘둘
러대며 아기의 얼굴이 불만족스럽게 찡그려졌다.

"진정해, 아가야. 한쪽만 먹었잖니."

랜디가 점잖게 타이르며, 다른 쪽 가슴으로 아이를 옮겼다.
아이는 젖꼭지를 덥석 물고는 요란스레 빨아대기 시작했다.

자기 아들의 식욕에 호크가 미소지었다.

"그렇게 먹다간, 자라서 하프백이 되겠어."

"스콧이 그렇게 될 것 같은 걸요."

"공격적인 팀에는 항상 두 명의 하프백이 있게 마련이지. 아
들을 둘 더 낳으면 후위를 모두 맡을 수 있겠어. 그 녀석들을
제일 높은 몸값을 제시하는 축구팀에 팔 거야."

"저도 할 말이 많지 않겠어요?"

"당신은 매일 밤 내 손이 닿을 때마다 싫다고 말할 수도 있
었어."

그가 몸을 내려 그녀의 입술에 입을 부볐다.

"하지만 한 번도 그런 적이 없지."

그녀가 새초롬하게 속눈썹을 내리깔았다.

"그 점을 지적하시다니 대단히 천박하시군요, 오툴 씨."

그때 간호사가 장미를 가득 꽂은 꽃병을 들고 병실 안으로 들어왔다.

"꽃이 더 왔네요."

그녀가 테이블 위에 꽃병을 내려놓으며 호크 너머로 아기를 들여다보았다.

"자, 아기는 어때요?"

"드디어 배가 부른 모양이에요."

랜디는 아들을 사랑스럽게 내려다보았다. 지금 아기는 빨기를 멈추고 만족스레 잠들어 있었다.

"제가 신생아 실로 데리고 갈 게요."

"잠깐만."

호크가 아기 밑으로 손을 넣어 안아 올렸다. 아기의 이마에 부드럽게 입을 맞추고 뺨을 부비고는, 그 잠자는 얼굴과 튼튼한 팔다리에 감탄을 한 다음 조심스럽게 아이를 간호사에게 넘겼다.

그리고는 마치 신생아 실까지 무사히 돌아가는지 확인이라도 하고 싶다는 듯 문까지 그들을 배웅했다. 잠시 후 침대로 돌아섰을 때, 랜디의 눈에 눈물이 차 있는 모습을 보고 그가 깜짝 놀랐다.

"무슨 일이야?"

그녀는 코를 훌쩍였다.

"아무것도 아니에요. 그냥 당신을 얼마나 사랑하는지 생각이 들어서요."

그는 침대 옆 의자에 앉으며 아내에게 키스를 했다.

"이건 스콧이 보내는 키스야. 당신이 언제 새 동생을 집에 데려올 건지 아주 궁금해 하고 있지."

"이틀만 더 있으면 된다고 말해 주세요. 스콧은 어떻게 지내고 있죠?"

"당신을 위해 내일까지 끝내겠다고 약속한 그림을 그리느라 아주 바빠."

그녀가 미소지었다.

"기대되는 걸요. 꽃은 누가 보낸 거예요?"

그가 꽂혀진 카드를 읽었다.

"어니와 레타. 틀림없이 레타의 생각이겠지. 어니는 자기 아이보다 내 아들의 몸무게가 더 나간다고 부루퉁하거든."

"그렇군요."

그녀는 움찔하며 낯설게 평평한 배 위로 손을 올렸다.

"당신 아픈 거야?"

호크의 입술이 긴장되었다. 자기 어머니가 아이를 낳다가 돌아가셨기 때문에, 그는 임신 내내 랜디의 건강에 대한 걱정이 대단했었다.

도시의 병원까지 그녀를 데려오던 날, 랜디 자신보다도 훨씬 더 걱정한 그였다.

"아뇨, 아프지 않아요. 장난한 거예요."

그녀가 안심을 시키며 그의 이마에 흩어진 머리카락을 쓸어주었다.

결혼한 후 한동안, 그녀는 침대를 제외한 다른 장소에서 그에 대한 애정을 솔직히 표현하는 것이 주저되었었다. 하지만 금세 호크가 그녀의 자발적인 애정 표현을 즐긴다는 걸 알았다. 아마도 평생 애정을 받아 본 적이 별로 없어서인 듯했다.

"어니는 여전히 날 좋아하지 않아요."

장미를 힐끗 쳐다보며 그녀가 말했다.

"당신은 내 아내야."

"그래서요?"

"자기 부엌과 침대를 차지하는 여자가 아니라면, 그는 무관심해. 그의 무관심을 당신이 싫어하는 걸로 오해하는 거야. 그는 당신을 존경하고 있어."

"내가 당신을 인디언 구역에서 꾀어 나가지 않는다는 걸 확신했을 때 태도가 약간은 개선되었죠."

그가 손등으로 그녀의 목덜미를 쓰다듬었다.

"내가 당신이 자고 있던 트럭으로 올라가 목에 칼을 들이댔던 그 첫날 밤, 그는 당신이 얼마나 강하게 날 꾀어낼 수 있는지 알았다구."

아이를 낳았다는 것이 그녀를 감정적으로 뒤흔들어 놓았는지 다시 눈물이 날 것만 같아, 그녀는 개인적인 얘기에서 방향을 돌렸다.

"레타를 위해 그들의 새 집은 아주 멋진 것 같아요. 그 집 식구들이 살려면 공간이 더 필요했잖아요."

"그들은 올해 아주 성공적이었지. 우리 모두 그래. 광산을 우리에게 되찾아 줘서 고마워."

그가 조용히 덧붙였다.

"난 시작만 했을 뿐이에요. 그런 일을 만든 건 당신의 설득력이었다구요.”

그녀의 머리 뒤 베개 위로 팔을 짚으며 그가 몸을 기울였다.

“당신한테 고맙다고 했던가?”

“적어도 백만 번쯤요.”

“그럼 다시 한 번 말할게, 고마워.”

그는 달콤하고 부드럽게 키스를 했다.

“이건 내가 보내는 키스야.”

“특별한 의미가 있는 것 같은 걸요.”

“당신이 얼마나 그리웠는지, 당신 없는 침대가 얼마나 공허했는지, 당신을 얼마나 사랑했는지 내가 말했던가?”

“오늘은 안 했죠.”

그가 다시 입을 맞추며 내리눌렀다. 그녀의 혀가 그를 찾아 들어가자, 갈망의 신음이 흐르며 그의 입이 그녀에게로 빠져들었다.

그의 손은 그녀의 가운을 움직여 벌렸고 안으로 들어가 젖가슴을 사랑스레 혼자만의 것인 양 덮어 눌렀다. 끈적한 느낌이 전해지자, 그가 고개를 들고 그녀를 보았다.

“내 아이가 젖 먹는 모습은 아주 보기 좋아.”

“나도 알아요. 아이를 보는 당신의 모습을 지켜보는 게 난 좋아요.”

호크가 거무스름한 젖꼭지와 엄지에 묻어난 우유 방울을 가볍게 쓸어 보았다.

“녀석이 다 먹지 않았군. 아직 남았어.”

“아주 많이.”

그녀의 목소리는 쉬어 있었다.

　그의 묻는 듯한 시선이 그녀에게 올라왔다. 그리고 물기어린
시선으로 한참을 쳐다보았다. 그런 다음 랜디의 손이 그의 머리
에 감아 밑으로 끌어내렸다.

< 끝 >

리사 클레이파스
『그의 향기를 느낄 때』의 후속작
『PRINCE OF DREAMS』
예 고

＊ 리사 클레이파스

1987년에 <로맨틱 타임스>가 수여하는
신장르 역사 소설 부문에서
최고 작가상을 수상한 작가이다.
1989년에는 <어페어 드 코어스>지가 수여하는
골든 유니콘 상을 수상하였으며,
그녀의 작품은 수주간 뉴욕 타임스
베스트셀러에 오르기도 했다.

"나는 미래를 걱정하지 않아요. 내가 신경쓰는 것은 지금 여기 당신과 함께 있다는 사실뿐이에요……. 그리고 나는 정말로 당신을 사랑해요."

그녀의 말은 그의 피부를 태우는 듯했다.
"그래선 안 돼."
니콜라스는 부드럽게 말했다. 그의 가슴에서 하얗고 뜨거운 격정이 폭발했다.
"너는 그럴 이유가 없어……."
"이유 같은 건 필요 없어요. 사랑은 그런 게 아니에요."
그녀는 완고하고 비논리적인 열정의 표정이었다. 니콜라스는 그녀에게서 어떤 물러섬의 여지도 발견할 수 없었다. 그는 괴로움의 신음 소리를 내며 그 안에서 타오르는 불 같은 모든 정열을 다해 그녀의 입술에 키스했다. 그는 그녀를 꽉 껴안았다. 그녀는 입술을 열었다. 그는 그녀의 이마에 자신의 이마를 대고는 그녀의 입술 위에서 힘겹게 숨을 몰아쉬었다.
"뭘 원하죠?"
그녀가 속삭였다.
"나는 과거도 미래도 원하지 않아. 내가 너에게 말할 수 있는 것은……."
"뭘 말하고 싶은 거죠?"
그의 심장은 공포와 비슷한 감정에 사로잡혀 천둥처럼 뛰었다. 그는 그녀의 머리를 잡아 그녀의 반짝이는 푸른 눈동자를 똑바로 응시했다. 그녀는 너무 아름다웠다.
그리고 너무…….

1

1877년 런던.

"누굴 기다리나?"

한 남자의 목소리가 정원의 고요함을 깨뜨렸다.

그 러시아인의 부드럽고 목 뒤쪽에서 나오는 듯한 깊은 목소리가 엠마의 귀에 상쾌하게 들려 왔다. 쓴웃음을 지으며 엠마는 어둠 속에서 나오는 니콜라스 안젤로프스키 공작을 쳐다보았다.

금빛 피부에 태양이 줄이 간 듯한 머리, 예측할 수 없는 잔혹함으로 니콜라스는 사람이라기보다는 호랑이 같았다. 엠마는 다른 어떤 남자에게서도 그렇게 완벽한 아름다움과 위험함이 섞여 있는 것을 본 적이 없었다. 그녀는 개인적인 경험으로 그를 두려워해야 할 이유가 충분히 많다는 것을 알고 있었다. 그러나 그녀는 그런 위험한 생명체를 다루는 데 전문가였다. 그녀가 두려워하는 모습을 보이지 않으면 상처받지 않을 것이다.

엠마는 그녀의 등뼈에서 부드럽게 긴장을 풀고는 돌의자 위에서 더 편하게 자세를 잡았다. 그 돌의자는 정원에서 가장 은밀한 곳에 위치하고 있었다.

"당신을 기다린 건 아니었어요."

그녀는 활기차게 대답했다.

"당신은 왜 여기 나왔죠?"

그가 미소를 짓자 그의 하얀 이가 어둠 속에서 반짝였다.

"나는 산책하기를 좋아하지."

"좀 다른 곳에서 산책을 해줬으면 고맙겠네요. 나는 여기서 개인적으로 누군가를 만나려고 하거든요."

"누구지?"

손을 주머니에 넣고는 그는 그녀의 주위를 걸었다.

"가버려요, 니콜라스."

"말해 봐."

"가요!"

"내 집에서 나에게 명령할 수는 없단다, 아가야."

니콜라스는 그녀에게서 좀 떨어진 곳에 멈춰 섰다.

그는 키가 커서 그녀가 올려다봐야 하는, 런던에서 몇 안 되는 사람들 중 한 명이었다. 그는 손발이 컸고, 말랐지만 탄탄한 몸매를 가졌다. 어두움이 그의 얼굴을 가리고 있었지만 그의 눈이 찌르는 듯한 희미한 노란 빛을 어둡게 띠고 있는 것을 볼 수 있었다.

"난 어린애가 아니에요. 다 자란 성숙한 여성이라구요."

"맞아."

니콜라스가 부드럽게 대꾸했다. 그의 시선은 단순한 하얀 드

레스에 감싸여 있는 그녀의 마른 몸매를 쓸 듯이 응시하고 있었
다. 엠마의 얼굴은 항상 그랬듯이 분도 바르지 않고 화장을 하
지 않았다. 머리는 단단하게 묶어 올렸지만, 몇 올이 빠져나와
얼굴과 목 주위에 부드럽게 물결치고 있었다. 그녀의 머리는 장
엄한 빨간 색조로 금빛과 청동색이 섞여 있어 마치 불타는 듯
보였다.

"오늘밤 아름다워 보이는군."

그가 말했다.

그녀는 비웃는 듯한 어투로 대꾸했다.

"아첨하지 마세요. 매력적이라는 게 나에 대한 최상의 찬사겠
지요. 저도 알고 있어요. 내 머리를 머리핀에 찔러 넣거나, 숨을
쉴 수 없을 때까지 갈비뼈가 부러지도록 레이스로 조일 가치가
거의 없지요. 나는 남자들처럼 부츠를 신고, 승마용 반바지를 입
고 돌아다니는 것이 더 좋아요. 더 편하구요. 누군가가 아름답지
않다면 아름다워지려고 애써서는 안 되는 거죠."

니콜라스는 그 문제에 대해 견해가 달랐지만 논쟁하지는 않
았다. 엠마의 독특한 매력은 항상 그를 매료시켜 왔다. 그녀는
높은 돛대를 가진 배처럼 우아함을 지닌, 강하고 활기찬 여성이
었다. 그녀의 얼굴은 섬세한 각도의 광대뼈와 큰 입, 코를 가로
질러 금빛으로 흩뿌려져 있는 주근깨의 조합이었다. 긴 팔다리
와 마른 몸매의 그녀는 낮은 신발을 신어도 거의 6피트에 다다
르는 키였다. 니콜라스는 그녀보다 단지 2인치 더 컸다.

그는 종종 그녀의 긴 팔다리가 그를 꼭 감싸고 있어 그의 몸
에 그녀의 몸이 달라붙어 있는 것을 상상해 보곤 했다.

그들은 서로에게 딱 맞았다. 이상하게도 다른 사람들은 그렇
게 보지 않았지만 니콜라스에게는 그녀를 처음 만난 이래로 몇

년간 그것은 아주 명백한 것이었다.

그녀는 야성적인 머리와 격정적인 팔다리를 가진 정열적인 아이였다. 이제 그녀는 20세의 젊은 처녀가 되었다. 그녀는 그에게 그가 지난 7년 동안 알아 온 미지근한 유럽 여성들과는 전혀 다른 불꽃 같은 러시아 여인들을 연상시켰다.

엠마는 그에게 얼굴을 찌푸려 보였다.

"나는 예쁘지 않은 걸 신경쓰지 않아요. 아름답다는 것은 끔찍이 불편한 것이죠. 이제 정말 가셔야 돼요, 니콜라스. 당신이 근처에서 맴돌면 아무도 감히 내 곁에 가까이 올 수 없을 거예요."

"네가 기다리는 사람이 누구든지간에, 그는 다른 사람들보다 더 오래 지속되지는 않을 거다."

엠마는 그에게 도전적으로 얼굴을 찌푸렸다.

"이번엔 달라요."

"그들은 결코 오래 가지 않아."

그는 계속해서 빈정거렸다.

"너는 그들 모두를 보내 버릴 거야. 그들이 너에게 다가왔던 바로 그대로. 왜 그럴까?"

엠마의 머리카락이 생생하게 여러 가지 색깔로 빛을 내고 있었다. 그녀는 입술을 꽉 다물었다. 이번이 그녀에게 세 번째 시즌이었다. 곧 결혼하지 않는다면 결혼 시장에서 그녀는 실패자로 간주될 것이고 빠른 속도로 노처녀의 길을 걷게 될 것이다.

"왜 남편이 필요한지 나는 모르겠어요."

그녀가 말했다.

"누군가에 의해 소유되어진다는 것은 좋은 것 같지 않아요. 당신은 아마 내가 여자답지 않다고 생각하시겠죠?"

"나는 너를 정말 여자답다고 생각한단다."

그녀의 적갈색 눈썹이 약간 올려졌다.

"놀리시는 거예요?"

"절대 놀리는 게 아니란다, 엠마. 다른 사람에게는 그럴지도 모르지만 절대 너에게는 아니란다."

그녀는 못 믿겠다는 눈초리를 보냈다.

니콜라스는 더 가까이 다가와 부드러운 빛을 던지고 있는 정원 랜턴의 불빛 안으로 들어왔다.

"너는 이제 나와 함께 안으로 들어가야 해. 주인으로서, 또한 너의 친척으로서 나는 네가 사프롱 없이 여기에 있는 걸 허락할 수 없다."

"당신은 우리 사이에 혈연 관계를 주장할 수 없어요. 당신은 우리 새어머니와 친척일 뿐이니 우리는 아무런 관계가 없다구요."

"결혼으로 우리는 사촌이 됐지."

그가 주장했다.

엠마는 사촌이라는 말에 미소를 지었다. 그들은 더 친밀한 관계를 유지하고 있었다. 그들은 서로 이름으로만 불렀으며 사프롱 없이 둘만이서 이야기를 나누었다.

"당신이 말한 대로죠, 각하."

"내 미술품들을 구경하는 건 어떻겠니?"

니콜라스가 제안했다.

"네가 흥미있어할 만한 성상벽을 가지고 있지. 대부분이 13세기 노브고로드 작품이란다."

"나는 예술에는 흥미가 없어요. 그리고 확실히 어둡고 오래된 성상들은 더욱 보고 싶지 않고요."

엠마는 그를 의심스런 눈초리로 쳐다보았다.

"왜 그런 것들을 가지고 있지요? 당신은 전혀 그런 종교적인 그림들을 가지고 있을 사람으로 보이지 않는데요."

"성상들은 러시아 영혼의 창이지."

엠마는 조롱하듯 입술을 비틀었다.

"나는 당신이 영혼을 가지고 있다는 어떠한 증거도 결코 보지 못했는데요."

"아마 네가 충분히 가까이서 보지 않았기 때문이겠지."

그는 한 발 더 다가섰다. 그리고 그의 다리가 그녀의 하얀 드레스 자락을 스칠 정도로 더 가까이 다가섰다.

"지금 뭐 하시는 거죠?"

"일어서."

잠시 동안 엠마는 움직이지 않았다. 니콜라스는 결코 그녀에게 이런 식으로 말한 적이 없었다. 그는 느긋해 보였으며 그의 손은 느슨하게 내려져 있었다. 그러나 그녀는 이런 계산된 정적을 막 공격하려고 하는 고양이에게서 본 적이 있었다. 복종하는 게 쉽지 않았지만 그녀는 그들의 코와 코가 서로 스칠 정도로 가능한 한 똑바로 일어섰다.

"뭘 원하는 거죠, 니콜라스?"

"나는 너의 이번 친구에 대해 더 듣기를 원해. 그가 너를 안았니? 그가 너에게 사랑의 말을 속삭였니? 그가 너에게 키스했니?"

그의 손가락이 그녀의 팔을 잡았다. 섬세한 실크 소매를 통해 그의 손의 온기가 그녀에게로 스며들었다.

엠마는 뛰어오르며 작은 비명을 질렀다. 그녀의 심장은 아플 정도로 격하게 뛰었다. 그것은 그녀의 팔 위에 놓여져 있는 니콜라스의 손과, 그녀의 가슴이 그의 가슴에 닿을 정도로 그렇게 가까이 서 있는 것에서 느낄 것이라고는 상상할 수도 없었고 전혀 꿈조차 꿔 본 적 없는 그런 감정이었다. 그녀는 그를 뿌리치려고 했으나 그는 더욱 단단히 붙잡았다.

"만약 놀리는 게 끝났다면 니콜라스, 당신의 팔을 치워 주셨으면 친절하시겠군요. 나는 당신의 유머 감각이 고맙지 않아요."

"장난이 아니란다, 루이시카."

그의 팔이 그녀의 몸으로 미끄러졌다. 그녀는 그의 몸에 갇혔다.

그녀의 당황의 헐떡거림에 그가 설명했다.

"그것은 '작은 빨간 머리의 사람'을 의미하지."

"나는 작지 않아요."

그녀는 자유롭게 숨쉬기 위해 몸을 잡아당기며 말했다. 그는 아무런 노력 없이 그녀의 수고를 가두었다. 비록 그들이 키가 거의 비슷했지만 그는 그녀의 몸무게의 두 배였고 근육질에 굵은 뼈, 그리고 마치 교회 문 같은 넓은 어깨를 가졌다.

그는 그녀의 저항을 무시하며 계속 부드럽게 말했다.

"너는 정말 쉽게 너의 빨간 머리와 창백한 피부로 인해서 슬라브인으로 통할 수 있을 거야. 너의 눈은 예전에 보았던 발틱해의 어두운 파란 색이고."

엠마는 도움을 요청할까 생각했다. 왜 그는 이런 일을 하는 걸까? 그녀에게서 무엇을 원하는 것일까? 그녀는 니콜라스에 대해 들었던 그 소문들을 생각해 보았다. 그의 과거는 배신과 살인, 반역으로 이루어져 있었다. 그는 황제에게 대항해 죄를 짓고는 러시아에서 영원히 추방되었다. 많은 여성들이 그의 위험한 흥분의 이상한 분위기를 발견했지만 그녀는 그들 중 하나가 아니었다.

"가게 해주세요."

그녀는 숨죽인 목소리로 말했다.

"나는 당신의 게임을 좋아하지 않아요."

"그렇겠지."

그는 마치 그녀가 인형이나 작은 고양이나 되는 듯이 아주 쉽게 그녀를 붙잡고 있었다. 그녀는 그가 그의 힘을 그녀에게 행사하는 걸 즐긴다는 것을 알았다. 그는 그녀가 그의 힘이 얼마나 대단한지 알기를 바라는 것 같았다. 그녀의 머리가 기울어지며 눈이 감겼다. 그 순간 그녀는 그의 입술을 그녀 위에서 느낄 수 있었다. 그녀는 호흡을 멈추고 기다리고 기다렸다.

그의 팔 하나가 느슨해지며 그의 손이 가볍게 애정어린 손길로 그녀의 목으로 올라왔다. 그의 엄지 손가락이 그녀의 턱에서 뛰고 있는 맥박을 부드럽게 매만졌다. 그의 가벼운 터치의 예기치 못했던 즐거움이 그녀를 떨게 만들었다. 엠마는 그녀의 떨리는 속눈썹을 들어 그를 바라보았다. 그의 얼굴은 그녀의 얼굴과 매우 가깝게 있었다.

"언젠가 너에게 키스할 거야."

그가 말했다.

"그러나 오늘밤은 아니지."

엠마는 고통스런 작은 비명을 지르며 홱 몸을 빼냈다. 약간 몇 걸음 물러서며 그녀는 긴 팔을 들어 그녀의 가슴에 팔짱을 꼈다.

· · · · · ·

산드라 브라운 *Sandra Brown*

화려하고 짜임새 있는 감각적인 구성으로
돌풍을 일으키고 있는 그녀는 더이상의 수식이
필요 없는 대형 로맨스 작가이다.

침대에서 아침을 *(BREAKFAST IN BED)*   나채성 옮김 / 값 6,500원

과거에 너무나 많은 상처를 받아야 했던 여자, 슬론 페어차일드. 페어차일드 하우스를 운영하며, 조용히 삶을 정리하며 살고 싶었던 슬론에게 어느 날 그녀의 세상을 변화시킬 한 남자가 찾아온다.

때로는 연인처럼 *(A WHOLE NEW LIGHT)*   나채성 옮김 / 값 6,000원

갑작스런 사고로 남편을 잃고 단조로운 삶을 살고 있던 썬. 어느 날 남편의 친구이자 사업 파트너인 워스의 제의로 멕시코로 주말 여행을 떠난다. 뜨거운 태양과 이국적인 정취가 물씬 풍기는 아카풀코, 그 속에서 두 사람을 위협하는 갈망의 파도가 덮쳐 온다.

사랑이 눈뜰 때 *(ADAM'S FALL)*   김수정 옮김 / 값 6,000원

일에 대한 열정과 투철한 직업 의식을 소유한 물리 치료사 라이라. 그녀는 새로운 환자를 치료해 줄 것을 부탁받는다. 그런데 매순간마다 그녀에게 도전하는 아담에게 마음을 빼앗기고 있는 자신을 발견하는데……

황홀한 신부 *(FANTA C)*   나채성 옮김 / 값 6,000원

엘리자베스 버크의 낮 생활은 우아한 부티크를 운영하는 것과 두 아이를 돌보는 일로 가득 차 있다. 그러나 길고 외로운 밤은 사랑의 환상으로 채워야만 했다. 그 때 그녀의 인생으로 자신의 은밀한 환상 속에서 금방 빠져나온 듯한 태드 랜돌프라는 남자가 들어오는데……

오랜 기다림 후에 *(LONG TIME COMING)*   나채성 옮김 / 값 6,000원

16년 동안 마니는 언니의 아들을 자기의 아들처럼 키워 왔다. 언젠가 데이비드의 아빠가 그녀의 삶 속으로 돌아오는 상상을 하면서. 그는 그녀의 첫사랑이자 유일한 사랑인 로. 마니와 로가 만나면서 시리도록 아름다운 로맨스는 시작된다.

산드라 브라운의 텍사스 시리즈

사랑의 텍사스(행운의 럭키)

왜 날 떠나려고만 하는 거지? 당신도 날 사랑하잖아.

여자를 좋아하지만 결혼을 거부하는 남자, 모든 여자가 붙잡고 싶어 하지만 누구한테도 붙잡히길 거부하는 남자, 그런 럭키가 드디어 임자를 만났다. 빨간 머리의 여인을 구출하던 날 밤, 이전에는 상상도 할 수 없었던 일들이 일어난다. 그녀는 그를 흥분시켰고, 그에게 도전했으며, 욕망으로 미치게 만들었다. 그리고는 흔적도 없이 사라져 버렸다. 설상가상으로 럭키는 화재 사건의 용의자가 되어 있었다. 자신의 알리바이를 입증하기 위해서라도 그는 그녀를 찾아야 했다. 심각하게 얽힌 사건을 푸는 동안 럭키와 그녀의 밀고 당기는 줄다리기가 시작되고, 그들의 사랑의 갈등은 커져만 가는데…….

정열의 텍사스(새로운 시작)

바다보다 깊고 대지보다 영원한 사랑

사랑하는 아내 타냐를 잃은 체이스는 고통에 짓눌린 채 로데오와 술집을 전전한다. 한편 마르시는 자신이 운전하다 사고로 타냐가 죽자 체이스가 자신을 탓할까 두렵기만 하다. 하지만 사랑하는 체이스가 만신창이로 지내는 걸 계속 보고만 있을 수는 없었던 마르시. 그녀는 타일러 드릴링 사를 파산에서 구하기 위한 제안을 하게 되는데, 체이스는 자신의 귀를 의심한다. 그리고 마르시의 깊고 푸른 눈 속에 담긴 끝없는 정열에 끌리는 자신이 경멸스럽기만 한데……. 그의 상처를 아물게 하고자 하는 수줍음 많은 공부벌레 마르시가, 과연 무뚝뚝한 체이스와 사랑의 결실을 맺을 수 있을까?

연인들의 텍사스(세이지의 사랑)

단 한 번의 키스!
어느덧 그들은 사랑으로 채색되고 있었습니다.

약혼자에게 버림받은 최악의 순간을 하란 보이드에게 들킨 세이지가 그에게 이끌려 집으로 가야 하는데……. 세이지가 원하는 건 지독하게 섹시하면서도 재수 없는 그 남자를 다시는 보지 않는 것, 그리고 깨져 버린 약혼을 비밀에 부치는 것이었다. 하지만 거만하고 넋이 나갈 정도로 근사한 이방인 하란 보이드의 욕망은 전혀 다른 것이었다. 그녀는 하란이 만난 여자 중 가장 아름답고 도발적이며, 또 예측할 수 없는 여자였다. 그는 세이지에게 자신의 가치를 인정해 주는 남자가 필요하다는 걸 일깨워 주려 애쓴다. 버릇 없고 고집 센 세이지가 과연 그 남자를 사랑할 수 있을까?

◆ 출간 예정작 - 「Tidings of Great Joy」

아만다 퀵 *Amanda Quick*

크리스털과도 같은 문장에 흥미진진한
미스터리를 가미한 스타일의 로맨스 소설을
펴내는 그녀는 거장 중의 거장이다.

나의 사랑 이피지니아 *(Mistress)*

임정희 옮김 / 값 8,000원

매력적인 마르크스 백작의 정부로 위장해 숙모를 협박하던 범인을 잡으려 했던 이피지니아. 그러나 그녀에게 흥미를 느낀 백작은 그녀를 자신의 여자로 만들기로 단단히 결심하는데…….

자마리스의 여인 *(Mischief)*

이인실 옮김 / 값 7,000원

매우 독립적인 아가씨 이모겐 워터스톤, 그녀는 친구의 자살에 숨겨진 음모와 그 복수를 위해 사교계의 악명 높은 신사 콜체스터 백작을 끌어들인다. 하지만 어느 순간 이모겐은 자신이 정열의 노예가 된 것을 발견하는데…….

매혹의 왈츠 *(Ravished)*

김이숙 옮김 / 전2권 / 값 6,500원

기던은 우연히 함께 밤을 지낸 해리엇에게 청혼하지만, 해리엇은 이를 거부한다. 하지만 그들은 무도회에서 왈츠를 추며 사랑을 속삭이고…….

사랑의 사기꾼 *(Deception)*

신미향 옮김 / 값 7,000원

자레드는 가정교사로 변장하고 올림피아에게 다가간다. 그녀의 영혼을 사로잡은 남자. 그는 그녀가 꿈꾸어 오던 사랑의 화신이었다. 그러나 자레드는 베일에 싸인 자작임이 밝혀지고…….

신비한 매력 *(Mystique)*

신미향 옮김 / 값 6,800원

흑기사 휴와 고혹적인 앨리스의 사랑 이야기! 휴의 비운의 가족사를 둘러싼 음모와 배반의 소용돌이 속에서 휴와 앨리스는 대담한 사랑 모험을 시작하게 되는데…….

무모한 사랑 *(Reckless)*

이은정 옮김 / 전2권 / 값 6,000원

단 한 번의 키스로 포비의 운명은 결정지어지고, 가브리엘은 그녀를 소유하기 위해 자신만의 모험을 계획한다.

▶ 출간 예정작 ◀
「Desire」「Affair」「With This Ring」

아이리스 요한슨 *Iris Johansen*

'최고 중의 최고의 이야기꾼'*으로 격찬을 받고 있는 그녀는,
로맨틱 타임스의 종신 명예 작가상을 비롯하여 로맨스 소설 분야에서
거의 모든 주요한 상들을 수상한 베스트셀러 작가이다.

Affaire de Coeur

DARK RIDER
* 제목 미정

1806년 하와이의 타히티 섬,
원주민들과 함께 자유로운 생활을
즐기던 카산드라는 낯선 영국 배의
입항으로 알 수 없는 위험과 새로운
운명을 예감한다. 대담하고 정열적이며
강인한 몰랜드 공작이 복수를 위해
카산드라의 아버지를 찾아왔던 것이다.
두 사람은 달빛어린 야자수
그늘 아래서 우연히 만나 서로에게
운명적인 끌림을 느끼게 되는데……
그러나 사실을 알게 된 그녀는
아버지를 위해 그를 유혹해
이용할 거라고 선언한다.
공작은 그녀의 매혹적이고
당돌한 행동에 당혹감을 느끼면서도
속수무책으로 빠져드는데…….

근 간

THE WIND DANCER
* 제목 미정

1503년 이탈리아 플로렌스,
르네상스 시대의 이탈리아를
배경으로 윈드 댄서라는 전설의
페가수스 상을 둘러싼 사랑과 음모,
우정과 배신의 이야기가 전개된다.
전설에 의하면 윈드 댄서는
백색 광선의 뜨거운 열기 속에서
잉태되었으며 악을 정벌하고
국가와 사랑의 운명을 바꾸는
강력한 힘을 행사한다.
보기 드문 독특한 아름다움을 지닌
노예 소녀 상치아와 윈드 댄서에
대한 가문의 의무를 지키려는
강인한 성품의 귀족 라이오넬의
사랑이 윈드 댄서를 중심으로
마술처럼 펼쳐진다.

근 간

❖ 서점에서 찾기 어려운 큰나무의 책들은 직접 저희에게 문의해 주십시오.
  (전화 : 736-6960)
❖ 큰나무의 도서목록은 팩스나 우편으로 받아 보실 수 있습니다.